Laura Nieland

Der Mallorca Mord Club – Tödliche Hitze

FSC
www.fsc.org
MIX
Papier aus verantwortungsvollen Quellen
Paper from responsible sources
FSC® C105338

Liebe Leserin, lieber Leser,

vielen Dank, dass du dich für ein Buch von beTHRILLED entschieden hast. Damit du mit jedem unserer Krimis und Thriller spannende Lesestunden genießen kannst, haben wir die Bücher in unserem Programm sorgfältig ausgewählt und lektoriert.

Wir freuen uns, wenn du Teil der beTHRILLED-Community werden und dich mit uns und anderen Krimi-Fans austauschen möchtest. Du findest uns unter be-thrilled.de oder auf In stagram und Facebook.

Du möchtest nie wieder neue Bücher aus unserem Programm, Gewinnspiele und Preis-Aktionen verpassen? Dann melde dich auf be-thrilled.de/newsletter für unseren kostenlosen Newsletter an.

Spannende Lesestunden und viel Spaß beim Miträtseln!

Dein beTHRILLED-Team

Melde dich hier für unseren Newsletter an:

Über die Autorin

Laura Nieland wurde 1992 im schönen Münsterland geboren. Heute lebt sie mit ihrem Mann und ihren beiden Söhnen im Rheinland. Schon als Kind hat sie sich gerne Geschichten ausgedacht. Beim Lesen und Schreiben schlägt ihr Herz für Krimis und Fantasy. Immer dabei: viel Kaffee und Süßigkeiten. Wenn Laura nicht gerade an ihren Büchern schreibt, verbringt sie ihre Zeit mit ihrer Familie, am liebsten beim Wandern in der Natur.

Der Mallorca Mord Club – Die Serie

Traumhafte Strände, malerische Dörfer und belebte Promenaden: Auf Mallorca will sich Marie endlich ihren großen Traum von einer eigenen Bar erfüllen. Bis es soweit ist, arbeitet sie als Rezeptionistin in einem kleinen, exklusiven Wellnesshotel. Doch schon bald muss Marie feststellen, dass hinter der sonnigen Urlaubsidylle der Baleareninsel auch menschliche Abgründe lauern können. Und sie entdeckt eine neue Leidenschaft: das Lösen von Kriminalfällen!

Die Protagonisten

Um ihren Traum von einer eigenen Bar auf Mallorca zu verwirklichen, ist die 30-jährige **Marie Holstein** nach Mallorca ausgewandert und arbeitet an der Rezeption des Beach Residence and Spa. Sie liebt Strandspaziergänge, Cocktails und das Essen in ihrer neuen Heimat. Mit ihrer lebhaften und freundlichen Art findet sie schnell Anschluss in der Dorfgemeinschaft von Cavís. Doch ein tragischer Todesfall wirft einen Schatten auf den sonnigen Ort und Marie scheint die Einzige zu sein, die nicht an einen Unfall glaubt …

Eigentlich will der 62-jährige pensionierte Mordermittler **Christian Munker** nur drei Dinge: seine Ruhe haben, seine Routine beibehalten und diesen einen Fall vergessen. Aber was ihn noch mehr nervt als schief angeordnetes Geschirr, sind ungelöste mysteriöse Fälle – und Marie Holstein. Dennoch kann der neurotische Rentner nicht nein sagen, als Marie in um Hilfe bei der Aufklärung des rätselhaften Todes von Gertrud von Timmenbach bittet.

Der 29-jährige **Santiago Navarro** nimmt seinen Job sehr ernst. Nicht nur, weil ihm seine Karriere bei der Mordkommission der Policía Nacional wichtig ist, sondern auch, weil er Gerechtigkeit will. Doch sein Vorgesetzter steht ihm meist im Weg und bremst ihn aus. Beim Surfen hingegen muss sich Santiago nicht ausbremsen lassen und genießt die Zeit im Wasser und in der Sonne.

Für den neuesten Klatsch und Tratsch ist man bei **Alba** an der richtigen Adresse. Die sympathische Dame betreibt seit Jahren ihre Boqueria, einen kleinen Supermarkt, an der Promenade von Caví. Ihr Kaffee und ihre Baguettes erfreuen sich großer Beliebtheit.

Cassandra arbeitet ebenfalls im Beach Residence & Spa. Sie hat nicht die deutsche Gründlichkeit inne und geht die Dinge gern entspannt an. Mit ihrer frechen Art versüßt sie Marie oft die Zeit an der Rezeption. Wenn sie nicht arbeitet, entspannt sie sich gerne am Strand oder in einer Bar.

Die 49-jährige Hotelbesitzerin **Yolanda Ramirez** ist ein Tornado auf zwei Beinen. Wo sie hingeht, entsteht Trubel und Chaos. Besonders wichtig ist ihr der Ruf des Hotels, der so einige Male ins Wanken gerät.

Rubio Alonso ist Kriminalkommissar bei der Policía Nacional. Verbrecher jagen und über mögliche Tathergänge nachzudenken ist ziemlich anstrengend. Deshalb verbringt Rubio seine Zeit lieber in Cafés und Restaurants, wo er sich den Bauch vollschlägt oder seinen Lieblingskräuterlikör Hierbas trinkt – das Ermitteln überlässt er lieber Santiago.

DER Mallorca MORD CLUB

LAURA NIELAND

Tödliche Hitze

be THRILLED

Vollständige ePub-to-Print-Ausgabe des in der Bastei Lübbe AG erschienenen eBooks »Der Mallorca Mord Club – Tödliche Hitze« von Laura Nieland

beTHRILLED in der Bastei Lübbe AG

Textredaktion: Dorothee Cabras
Lektorat/Projektmanagement: Kathrin Kummer

Covergestaltung: Christin Wilhelm, www.grafic4u.de unter Verwendung von Motiven von © vulcano/shutterstock; ilolab/shutterstock
Satz: 3w+p GmbH, Rimpar
Druck: Books on Demand GmbH, Norderstedt

ISBN 978-3-7413-0449-1

be-thrilled.de
lesejury.de

Für D, meinen Sohn,
weil wir den Großteil dieser Serie zusammen
geschrieben haben.

Prolog

Es war heiß. Zu heiß. Gertrud von Timmenbach rann der Schweiß in Sturzbächen hinunter. Ihre Haut war bereits mit roten Flecken übersät. Sie fuhr sich mit der Hand über das Gesicht; ihr Make-up fühlte sich klebrig wie flüssiges Pech an.

Gertrud stöhnte. Normalerweise liebte sie das Schwitzen und die Hitze während ihrer regelmäßigen Saunagänge. Doch heute schien sie die trockene, heiße Luft nicht zu vertragen. Diese Hitze … Mit der Hand fächerte sie sich Luft zu, doch es war zwecklos.

Ächzend erhob sie sich von der Sitzbank und spürte gleich den Schwindel, der sie erfasste. Kurz blieb sie stehen, schloss die Augen und fing sich wieder. Sie fühlte, wie Schweißperlen ihr Dekolleté hinabglitten. Inzwischen war ihr ganzer Körper, den sie trotz ihres Alters von siebzig Jahren wie einen Tempel hütete, den sie pflegte, balsamierte und mit Gymnastik straff hielt, über und über mit einem Schweißfilm bedeckt.

Gertrud von Timmenbach drückte mit der Hand gegen die Tür … und stutzte. Unwillkürlich entrang sich ihr ein ungläubiges Lachen, ehe sie noch einmal – dieses

Mal kräftiger – gegen die Holztür drückte. Nichts. Sie ließ sich nicht öffnen.

Gertrud spürte, wie ihr die Kehle eng wurde. Sie blickte aus dem kleinen Fenster. Seltsam. Der Spa-Bereich lag in vollkommener Dunkelheit da.

Sie begann zu klopfen. »Die Tür geht nicht auf«, rief sie. »Hilfe!« Sie rüttelte, kämpfte dabei die aufkeimende Panik nieder.

Ein weiteres Mal drückte und presste sie gegen das warme Holz an. Doch es blieb unnachgiebig.

Gertrud von Timmenbachs Atmung ging flach und keuchend. Sie wollte hier raus! Sie wollte nur hier raus! Auf der Stelle! Die Hitze umfing sie, drang in jede ihrer Poren. Ihr Blut schien bereits zu sieden, und sie spürte jeden Schweißtropfen, der über ihre Haut kitzelte. Gertrud fühlte sich wie eine Kerze aus Wachs, die langsam dahinschmolz. Sie wäre am liebsten aus ihrer Haut gefahren.

Wieso war die Tür verschlossen, verdammt?! Sie war doch nie verschlossen!

Als die Panik sich wie ein Würgegriff um ihren Hals legte, warf sie sich mit der Schulter gegen die Tür. Nichts. Das Holz blieb stur und unnachgiebig. Dafür schmerzten ihre Schultern.

»Hilfe!«, schrie Gertrud von Timmenbach. »H-I-L-F-E!« Doch niemand kam. Niemand hörte sie. Sie war allein.

Ein brennender Schmerz stieg in ihrem Oberbauch auf. Was war das? Stöhnend taumelte sie zurück. Gertrud fasste sich an ihr wild galoppierendes Herz. Es schmerzte bis in den Arm hinein.

Die Luft wurde ihr knapp. Gertrud lauschte panisch ihrem eigenen stoßweisen Atem. Was war denn das?

Dieses Ziehen zwischen den Rippen? Bekam sie etwa einen Herzanfall?

Noch einmal versuchte sie, die Tür zu öffnen, krallte die Finger in den winzigen Spalt zwischen Tür und Seitenwand. Dabei schien ihr Herz immer wilder zu hämmern, und die heiße Luft wurde dünn und dünner.

Der Schmerz in ihrer Brust zwang sie in die Knie. Gertrud von Timmenbach stöhnte. Würde das nun ihr Ende sein? Das durfte doch nicht wahr sein! Erst vor einigen Jahren hatte sie sich zur Ruhe gesetzt, um ihr Schmuckimperium an ihre beiden Kinder zu übergeben. Sie hatte nun noch einmal wirklich leben wollen – hier auf Mallorca – mit gutem Wein, noch besserem, zwanglosem Sex und fantastischem Essen.

Aber das hier war ihrer nicht würdig. So sollte es nicht enden!

Gertrud von Timmenbach brach auf dem Holzboden zusammen. Ihr Herz setzte schmerzhaft aus, und während sie an die Decke der Sauna starrte, wurde ihr mit einem letzten Gedanken bewusst, dass jemand sie hier eingesperrt hatte.

1.
Klatsch und Tratsch bei Alba

Das Knattern und Spucken des Rollerauspuffs störte die Stille des ruhigen Dienstagmorgens.

Sie folgte einer der vielen schmalen Straßen, die durch das Pueblo des Cavernícolas verlief. Dicht aneinandergedrängte Ferienhäuser in mediterranem Stil säumten diese. Ihre farbenfrohen Fassaden, die mal in Rosa, mal in Hellblau oder in Gelb erstrahlten, flogen vorbei und verschwammen in Maries Blickfeld.

In den Vorgärten erblühten Oleander und Bougainvilleen, die ihre üppige, strahlend pinke Blütenpracht an Mauern und Wänden präsentierten. Ihr süßer Duft erfüllte die Straße, und Marie sog diesen Duft genüsslich ein. In einem anderen Vorgarten bewunderte sie das strahlende Gelb einer Mimose, das sich scharf gegen den klaren blauen Himmel abzeichnete.

Verträumt betrachtete Marie die Farbexplosionen in den verschiedenen Gärten und spürte das Kribbeln, als sie über die Tondächer der Häuser einen Blick auf das glitzernde Meer erhaschte, dessen Blau mit dem Horizont verschmolz. Majestätisch ragten die grün bedeckten Berge ins Wasser und fingen das goldene Sonnenlicht des Morgens ein.

Eine Gruppe Spatzen löste sich schnatternd aus einem dichten Busch und flatterte über die Straße, direkt vor Maries Roller.

Erschrocken klammerte sie sich am Lenkrad fest und drosselte das Tempo. Puh, das war knapp gewesen! Sie wollte ungern ihren Morgen mit einem toten Vogel beginnen.

Marie riss sich von diesem Anblick los und lenkte den Roller bergab durch die engen Gassen. Hier ersetzten Restaurants, Cafés und kleine unabhängige Supermärkte, die Getränke, Lebensmittel, Sonnencreme und alles, was man am Strand so brauchte – verkauften, die Wohn- und Ferienhäuser.

Hier verblassten die Farben. Die Häuser waren älter und aus Natursteinen gebaut. Lediglich die Fensterläden erstrahlten in Blau oder Rot, wobei einige ebenfalls in die Jahre gekommen waren. Der Lack platzte bereits an der einen oder anderen Stelle ab.

Marie wich den bunten Blumen in den großen Kübeln aus, die die gesamte Gasse und einzelne Hauseingänge säumten. Über ihr flatterten Shirts und Hosen an den Wäscheleinen, die vor den Fenstern gespannt waren. Durch die Gassen wehte ein frischer Morgenwind, der den salzigen Duft des Meeres mit sich trug.

Hier war das Dorf bereits zum Leben erwacht. Ladenbesitzer zogen die Rollläden hoch und stellten die Schilder vor ihren Geschäften auf. Sie begrüßten laut und fröhlich ihre Nachbarn, zumeist ältere Damen, die, mit Einkaufskörben und –netzen bewaffnet, zu den kleinen Supermärkten schlenderten. An beinahe jeder Ecke wurde ein Pläuschchen gehalten. Anders als in Maries alter Heimat Deutschland schienen die Menschen hier alle Zeit der Welt zu haben.

Marie rauschte weiter die Straße hinab, vorbei an der Poststelle und der kleinen Arztpraxis. Zwischen den Gebäuden lugte immer wieder das glitzernde Meer hervor und lockte Marie mit dem verführerischen Schimmern der Morgensonne zu sich.

Sie folgte dem Ruf, überquerte eine weitere breite Straße in der Nähe des Marktplatzes, wo die Händler bereits ihre Stände aufbauten und Waren auslegten, und befand sich nach der nächsten Gasse auf der Promenade. Das Schreien der Möwen war hier allgegenwärtig. Die Häuser an der Promenade waren ebenfalls mediterrane Altbauten, aus Naturstein erbaut. Die typischen Tonziegel schimmerten rotbraun im Sonnenlicht.

Dicht an dicht reihten sich die modernisierten Gebäude aneinander. In jedem befand sich ein Ladenlokal, ein Café, ein Restaurant oder eine Boutique, die bereits ihre farbenfrohe Strandmode auf den Kleiderständern präsentierte. Andere Läden lockten mit Strandtüchern und aufblasbaren Schwimmringen. Besonders beliebt waren derzeit offenbar Schwäne, Einhörner und Flamingos.

Den Asphalt der Promenade hatte man dank des wachsenden Tourismus erneuern können, er passte sich heutzutage in der rötlichen Farbe den Ziegeln der Dächer an. Der Weg mündete im weißen Sand des Strandes, der sich über einige Meter erstreckte und in einem Naturschutzgebiet aus Pinienwäldern endete.

Marie lenkte den Roller nach oben, die Promenade hinauf, wo der Duft des Meeres von den Gerüchen aus verschiedenen Cafés und Restaurants verdrängt wurde. Es roch nach süßem Gebäck, gebratenen Eiern und Kaffee, die die Touristen spätestens am Nachmittag in die Cafés locken würden.

Vor einer *pescadería* fuhr Marie durch eine Geruchswolke von frischem Fisch und Tintenfisch, der gerade von dem lokalen Fischer angeliefert wurde. Der Besitzer des Fischgeschäfts hatte ihn offenbar schon erwartet. Die beiden muskulösen, braun gebrannten Männer feilschten lauthals um den Preis.

Marie freute sich bereits auf den Feierabend. Dann würde es hier herrlich nach gegrillten Fisch- und Fleischgerichten duften. Vor allem die Düfte aus Marcos' beliebtem Restaurant, das ganz oben auf den Klippen mit Blick auf das Meer thronte, hatten es Marie schon in den ersten Tagen nach ihrer Ankunft auf der Insel angetan.

Doch nun folgte sie nur einem Duft: dem Geruch ihres Cappuccinos, der bestimmt schon auf sie wartete. Ebenso wie ihr fertig belegtes Baguette.

Auf ihrem Weg zur *Boqueria* winkte Marie Candela zu, der immer fröhlichen Boutique-Besitzerin. Die dunkelhaarige junge Frau war gerade dabei, die hübschen Strandkleider auf der Stange vor ihrem Geschäft zu arrangieren, als sie Marie auf dem Roller erblickte. Lächelnd erwiderte sie den Gruß.

Marie war bereits seit sechs Wochen hier auf Mallorca, und beinahe jeder Bewohner von El Pueblo des Cavernícolas hatte sie mit offenen Armen empfangen.

Vor *Albas Boqueria,* kurz bevor die Promenade zu einem steilen Anstieg zu den Klippen und zu Marcos' Restaurant ansetzte, hielt Marie an und ließ das Knattern des Rollers ersterben.

»Sieh an, sieh an! Wer ist denn da aus dem Bett gefallen?« Alba warf sich ein Geschirrtuch über die Schulter. Sie war eine kleine Frau mit einem großen Mundwerk und einem ausladenden Busen, aber einem noch größeren, warmen Herzen.

Marie steckte sich eine vom Fahrtwind verirrte blonde Strähne hinter das Ohr und lachte. »*Buenos días,* Alba! Sollte ich mir Sorgen machen, weil du weißt, dass ich tatsächlich aus dem Bett gefallen bin?« Marie dachte an ihren etwas chaotischen Tagesanfang zurück, an dem sie – nicht zum ersten Mal – bei dem Versuch, ihren nervigen Wecker auszuschalten, aus dem Bett gepoltert war. Bei diesem Gedanken rieb sie sich den Steiß. »Mein Allerwertester hat inzwischen mehr Flecken als ein Dalmatiner.«

Alba lachte, was sich bei ihrer schmirgelpapierrauen Stimme anhörte, als sägte man einen Baum durch. »*Mira, chica,* du bist zehn Minuten später hier als sonst.« Sie zwinkerte Marie zu und schob ihr ein in Papier eingeschlagenes belegtes Baguette und ihren allmorgendlichen Cappuccino hinüber.

»Du bist die Beste, Alba«, sagte Marie dankbar und trank einen Schluck Kaffee. Er schmeckte genau so, wie Kaffee ihrer Meinung nach schmecken musste: stark und aromatisch.

Alba wischte mit energischen Bewegungen über die Theke. »Ich weiß, *chica,* deswegen kommen ja alle so gern zu mir.« Sie zwinkerte wieder und lachte ihr typisches Alba-Lachen, dessentwegen man sie gleich lieb gewann. »Für Baguettes, heißen Kaffee, kalte Getränke und den neuesten Tratsch, der in Caví umgeht.« Sie sang kurz eine spanische Strophe mit, die aus dem älteren Radio auf einem Regal über ihr erklang.

»Caví« war der liebevolle Spitzname, den die Einheimischen ihrem Dorf anstelle des viel zu langen Namens gaben.

Marie schmunzelte. »Das könnten wir glatt als Werbeslogan hier irgendwo anbringen.«

Alba winkte fröhlich ab. »Ich komme bei Gelegenheit darauf zurück, Marie.« Ächzend löste sie den Griff an der blitzblank polierten Siebdruckmaschine, dann wandte sie sich, eine Hand in die Hüfte gestemmt, zu Marie um. »*Vale*, hast du schon gehört, was zwischen Carlos und Carla vorgefallen ist?«

Marie zog die Brauen zusammen, während sie noch einen Schluck von ihrem Kaffee nahm. Eigentlich war sie ohnehin schon spät dran und hatte keine Zeit mehr zum Plaudern. Aber in den letzten Wochen hatte sie gelernt, dass es bei Alba zum guten Ton gehörte, sich den neuesten Klatsch und Tratsch anzuhören. Und je länger sie hier im *Pueblo des Cavernícolas* lebte, desto mehr interessierte Marie sich für die Menschen in diesem Dorf. Sie dachte nach. »Carlos? Carla? Ich glaube, ich habe die beiden noch gar nicht kennengelernt«, antwortete sie und blickte abwartend über den Rand ihres dampfenden Bechers.

Alba machte eine wegwerfende Handbewegung. »*Chica*, du bist sicherlich schon mehrfach an ihnen vorbeigekommen. Sie besitzen das Café auf den Klippen.«

Marie schaute aus der *Boqueria* hinauf zu Marcos' Restaurant, vor dem sich etwas tiefer gelegen das Café befand, von dem Alba offenbar sprach. »Das *La Vista?*«

»*Sì, exactamente.*« Nun lehnte Alba sich verschwörerisch nach vorn. »Carlos und Carla Herrera sind nun keine … Na, wie sagt man? Keine *amigos* mehr. Sie lassen sich scheiden. Hatten einen hitzigen Streit vor allen Gästen.« Die Mallorquinerin widmete sich wieder ihren Baguettes, wobei sie die Mundwinkel verzog, als fügte sie stumm hinzu: *Sehr traurig, aber so ist es nun mal.*

»Das tut mir leid«, erwiderte Marie und meinte es auch so. Sie fand es immer bedauerlich, wenn eine Liebe zerbrach.

Sie selbst war vor einiger Zeit diesen schmerzhaften Weg gegangen. Und auch, wenn sie sich selbst dazu entschieden hatte, sich von Matthias zu trennen, so war es ihr nicht leichtgefallen.

Seit der zehnten Klasse war sie mit ihm zusammen gewesen. In der Schule und in ihren Freundeskreisen hatten sie als »das« Traumpaar gegolten. Sie die kluge, ehrgeizige Schülerin mit den guten Noten. Er der beliebte und attraktive Fußballer. Doch irgendwann hatte sich die Liebe unbemerkt davongeschlichen, und Marie hatte vor allem die Vernunft noch an Matthias festhalten lassen. Sie hatte immer vernünftige Entscheidungen getroffen, bis sie gemerkt hatte, dass diese bequeme Einfachheit sie nicht mehr glücklich machte.

Deshalb war sie nun auch hier auf Mallorca. Sie wollte ein Mal unvernünftig sein – entgegen allem, was Matthias, ihre Eltern und ihre Freunde ihr sagten. Ein Risiko eingehen.

Und genau diese Unvernunft ließ sie nun aufhorchen. Marie war neugierig und spürte, wie ihr Herz mit einem Mal schneller klopfte. Denn sie hatte zu Hause in Köln ihren sicheren, gut bezahlten Agentur-Job aufgegeben, um auf Mallorca ihre eigene Bar zu eröffnen. In hoffentlich nicht allzu ferner Zukunft. »Was wird denn jetzt aus dem Café der beiden?«

Alba hob die Schultern. »*No sé.*« Sie fuchtelte temperamentvoll mit dem Buttermesser in der Luft herum. »Ich weiß es nicht. Entweder sie verkaufen es oder einer der beiden führt es allein weiter.«

Marie nickte nachdenklich, dann zwinkerte sie Alba zu. »Ich werde es wohl zuerst bei dir erfahren.«

»Darauf kannst du deinen Dalmatiner-Popo verwetten.« Alba grinste, und in ihren dunklen Augen blitzte der Schalk.

Marie wandte sich zum Gehen. »Ich muss jetzt leider los, Alba, sonst komme ich wirklich zu spät«, fügte sie schnell hinzu, bevor die liebenswerte Mallorquinerin ein neues Thema anschneiden konnte.

Die herzliche Frau lächelte wieder. »*Adios, chica,* bis morgen früh. Dann aber bitte mit etwas mehr Zeit für Kaffee und Klatsch, ja?«

»Versprochen!« Marie winkte Alba noch einmal zu, und kurz darauf saß sie schon wieder auf ihrem Roller.

2.
Alemana

Während Marie die Promenade hinabfuhr, röhrte der Roller müde vor sich hin. Die Einwohner waren unterwegs zu den kleinen Supermärkten oder zu ihren Arbeitsstellen. Lediglich eine Handvoll Touristen folgte zu dieser relativ frühen Stunde der Promenade in Richtung Strand. Von dort aus würden sie in das Naturschutzgebiet und auf den Wanderwegen die Berge hinaufsteigen, deren Felsen im Licht der Morgensonne erstrahlten. Beliebt waren auch die Höhlensysteme, denen *El Pueblo des Cavernícolas* seinen Namen zu verdanken hatte.

Übersetzt hieß das *»das Dorf der Höhlenmenschen«*. Hier hatten bereits vor Jahrhunderten die ersten Menschen der Insel gelebt.

Marie genoss den Wind, der den Geruch des Meeres mit sich trug, und blickte sehnsüchtig über die glitzernde Wasseroberfläche, ehe sie nach links abbog und zur Hauptstraße zurückkehrte. Wie gern hätte sie den heutigen Tag am Strand oder im Gebirge verbracht! Aber es nützte ja nichts: Die Arbeit rief.

Während der Pinienwald nun die Vorherrschaft übernahm und die staubige Straße in einen kühlenden Schatten tauchte, kämpfte sich der Roller mit einigem knatternden und ächzenden Protest den Anstieg hinauf.

Nach wenigen Minuten Fahrt lugten die weißen Gemäuer des Hotels *Beach Residence & Spa* an der Spitze des Hügels aus dem Grün des Hotelgartens hervor. Mit einem letzten Keuchen erstarb der Motor des Rollers vor dem Hotelgelände, und Marie fühlte sich beinahe so schlecht, als hätte sie einen alten Esel unerbittlich die Straße hinaufgetrieben.

Sie parkte das Gefährt vor der hohen Mauer und warf einen prüfenden Blick in den runden Rückspiegel, um ihr blondes langes Haar zu ordnen. Mit den Fingern fuhr sie sich über die von Sommersprossen übersäte Haut. Vorsichtig korrigierte sie die leicht verlaufene Mascara um ihre blauen Augen. Dann richtete sie sich auf und betrachtete die prächtige pinke Bougainvillea, die links und rechts vom gusseisernen Tor die Mauer überwucherte. Ihr betörender Duft vermischte sich mit dem harzig-schweren Geruch des Waldes.

Die Bäume fingen die Geräusche der Kleinstadt und des Trubels des Strandes ab. Deswegen wurde das Hotel vor allem für seine Ruhe geschätzt. Lediglich das Rascheln der Tiere und das Knarren der Bäume erfüllten die Luft.

Marie trat durch das Tor in den Hotelgarten. Zu ihrer Rechten befand sich ein Brunnen aus Alabaster. In der Mitte des runden Beckens ragte eine Frau in die Höhe, die einen Krug hielt. Aus diesem plätscherte Wasser und versetzte die Seerosen in Schwingung. Ab und an hörte man das Quaken eines Frosches.

Am Ende der Auffahrt führte eine Marmortreppe in das Innere des Hotels. Die Säulen umstanden mehrere riesige Blumenkübel, in denen der Oleander sich in der sanften Brise wiegte.

Der Vorgarten war paradiesisch angelegt. Zitrusbäume trugen Zitronen und auch Orangen, unter deren Gewicht sich die Äste nach unten bogen. Zwischen den üppig-grünen Bäumen fanden sich auch vereinzelt knorrige, alte Olivenbäume, die – so fand Marie – ihrer Umgebung immer etwas Gemächliches verliehen. Sie repräsentierten Beständigkeit.

An der Mauer des Hotels entlang wuchsen einige Bananenbäume, unter deren saftig-grünen Blättern man sicherlich auch Schutz vor Regen suchen könnte. Blass orangefarbene Blüten von Trompetenblumen baumelten an ihren Stängeln träge vor sich hin.

Kaum hatte Marie den Garten des Hotels betreten, begrüßten Mojito und Tequila sie mit aufgeregtem Mauzen. Marie streichelte die beiden Katzen zärtlich hinter den Ohren, dann hüpfte sie die Treppen hinauf und begrüßte Cassandra, die noch müder als am Tag zuvor wirkte.

»Du solltest den Kaffee morgens weglassen«, brummte die Kollegin, schmunzelte jedoch. »Deine Energie ist ja kaum auszuhalten!«

»Ich bin einfach glücklich, hier zu sein.« Marie lachte. Sie wusste, dass ihre Freundin momentan nicht bester Laune war. Eine Kollegin, mit der Cassandra sich normalerweise die Nachtschicht geteilt hätte, war kurzfristig ausgefallen. Deshalb musste die arme Cassandra eine Doppelschicht leisten. Kein Wunder, dass sie müde und ausgelaugt war. Auch die längere Pause von drei Stunden, die den Mitarbeitern in solch seltenen Fällen gewährt wurde, brachte da nicht die nötige Erholung.

Cassandra hob die Brauen. »Ich bin auch glücklich, hier zu sein. Besonders dann, wenn ich mir gleich nach

Feierabend den restlichen Tag am Strand die Sonne auf den Bauch scheinen lassen kann und Cocktails schlürfen darf.«

»Wer wäre da nicht glücklich?« Marie grinste, während sie sich ihre Haare für die Arbeit zusammenband. »War etwas Besonderes?«

Cassandra hob die Schultern. »Nichts Wildes. Die Bestellungen sind aufgegeben, und die Nacht war ruhig. Bis auf die Johansons …«

Marie krauste die Stirn. »Was war denn los?«

Cassandra rollte mit den Augen. »Marta Johanson ist eine ganze Weile durch das Hotel gestreift. Sie wirkte wie ein kleiner zorniger Giftzwerg, dem man das Schäufelchen weggenommen hat. Dann ist sie irgendwann ganz verschwunden. Vorher hat sie aber noch mit Johann draußen diskutiert. Hörte sich an wie ein krasser Streit.« Cassandra hob die Schultern. »Irgendwann war auch Johann nicht mehr da.«

Marie blinzelte überrascht. »Was ist denn mit den Kindern?« Sorge stieg in ihr auf. »Waren sie etwa die ganze Nacht allein? Oder hast du gesehen, wie Marta und Johann zurückgekommen sind?«

»Nicht so wirklich …« Cassandra lehnte sich mit einem verschwörerischen Gesichtsausdruck nach vorn. »Weißt du, ich habe diese dämliche Angewohnheit entwickelt, bei der Nachtschicht einzuschlafen. Es übermannt mich einfach. Jedes Mal sag ich mir, leg dich nur mal ganz kurz im Büro aufs Ohr – und dann bin ich auch schon eingenickt.« Sie seufzte. »Aber die beiden Streithähne sitzen schon am Frühstückstisch. Die Kinder sind auch dabei. Also ist alles wieder in bester Ordnung.«

Marie atmete beruhigt auf. »Na dann«, sagte sie und wollte sich gerade abwenden, als Cassandra sie sanft an der Schulter festhielt. »Erzähl es aber bitte keinem, okay? Das mit dem Nickerchen, meine ich.«

»Großes Ehrenwort«, versprach Marie. »Lass dich nur nicht von Yolanda erwischen.«

»Ich gebe mein Bestes«, gab Cassandra mit einem frechen Schmunzeln zurück. Mit einem Blick auf den Eingang fiel ihr entspannter Gesichtsausdruck jedoch in sich zusammen. »Oh, oh, wenn man vom Teufel spricht … Der Tornado ist schon im Anmarsch«, raunte sie ihr zu.

Marie blickte auf und entdeckte Yolanda Ramirez, die Besitzerin des Hotels. Cassandra, die schon länger hier arbeitete als Marie, hatte sie gleich an ihrem ersten Tag vor einigen Wochen über ihre neue Chefin aufgeklärt. Demnach ging Yolanda die spanische Gelassenheit vollständig ab – Cassandra nannte sie meist nur »Tornado«, und das sagte alles.

»*Buenos días*«, rief Yolanda ihnen mit schriller Stimme zu. Sie hatte kurzes rotes Haar, und ihre braunen Augen wirkten hinter den Brillengläsern noch größer, als sie ohnehin schon waren. Mit der Brille mit dem schwarzen Rahmen schien Yolanda ständig auf Kriegsfuß zu stehen. Sie rutschte ihr permanent von der Nase und landete des Öfteren sogar klappernd auf dem Boden.

Mit einer einzigen Bewegung leerte sie ihre große Handtasche auf dem Pult der Rezeption aus. Ein Schlüsselbund, so dick, dass man mit ihm einen Mord begehen könnte, verschiedene Akten, Lippenstift, Haarbürste sowie eine weitere, kleinere Tasche kamen zum Vorschein. »*Bueno*«, sagte sie in einem geschäftigen Ton, »also, Cassandra, hast du dich um die Bestellungen gekümmert?« Während sie sprach, wühlte sie sich durch einige Stapel Papiere an der Rezeption und schaffte es so, Cassandras Arbeit in kürzester Zeit durcheinanderzubringen.

»Ja, ich habe alles erledigt. Die neuen Handtücher und die Lebensmittel für diese Woche sind bestellt.« Seelenruhig beseitigte Cassandra das Chaos, das Yolanda in den wenigen Sekunden angerichtet hatte.

»*Muy bien,* sehr gut«, erwiderte diese, fuhr sich fahrig durch das Haar. »Ich bin dann in meinem Büro.« Wie Taz, der tasmanische Teufel der *Looney Tunes,* verwandelte sie sich nach dieser knappen Zufriedenheitsbekundung in einen Tornado zurück, riss ihre Sachen an sich, balancierte dabei noch ihr Handy zwischen Wange und Schulter und erteilte in befehlsgewohntem Ton Anweisungen in das Gerät, ehe sie mit einem Knallen der Tür in ihrem Büro verschwand.

»Ich muss zugeben, ich habe mich noch nicht ganz an ihre … stürmische Art gewöhnt«, gab Marie mit meinem schiefen Grinsen zu, während sie die Papiere, die ihre Chefin bei ihrem Abgang zu Boden gefegt hatte, wieder auf einen ordentlichen Stapel legte.

»Ich auch nicht. Und ich bin schon seit drei Jahren hier. Mach dir also nicht allzu große Hoffnungen, dass sich das noch ändert.« Mit einem abgrundtiefen Seufzen ließ Cassandra die Schultern sinken, ehe sie ihr eine Kusshand zuwarf.

»Das ist wirklich sehr ermutigend«, gab Marie zurück und lachte. »Ich schaue kurz, ob im Speisesaal alles reibungslos läuft.«

Cassandra warf ihr einen wissenden Blick zu. »Du meinst, du gehst die Katzen füttern?«

Marie konnte sich ein Grinsen nicht verkneifen. Das musste als Antwort reichen.

Cassandra hob tadelnd einen Zeigefinger. »Lass dich bloß nicht vom Tornado dabei erwischen.«

Marie hob die Handkante an ihre Stirn und salutierte. »Verstanden, Ma'am.«

Kurz sorgte sie in der Lobby für Ordnung, indem sie zerknautschte Kissen wieder aufschüttelte und mit der Handkante einen adretten Knick ins Zierkissen schlug. Dann betrat sie durch eine zweiflügelige Glastür das lichtdurchflutete Restaurant. Die Tischdecken und Servietten waren in Weiß und Cremefarben gehalten, kleine Gestecke aus farbenfrohen mallorquinischen Blumen bildeten die Tischdeko.

Noch war es ruhig. Zu dieser frühen Stunde hatte sich erst eine Handvoll Gäste zum Frühstück hier eingefunden und belebte den Raum nun mit gedämpften Stimmen, dem gelegentlichen Klappern von Geschirr und dem leisen Quietschen der Stühle auf dem Boden, wenn sie aufstanden, um sich am üppigen Büffet Nachschub zu holen. Das deutsche Rentnerpärchen, das am vergangenen Tag ein Zimmer im Hotel bezogen hatte, turtelte wie verliebte Teenager in einer Ecke an der Fensterfront, von wo aus man direkt in den Wald hinter dem Hotel blicken konnte.

Wie Cassandra gesagt hatte, hatte es die Familie Johanson auch bereits mit ihren zwei Kindern zum Frühstück gezogen. Während die etwa sieben Jahre alte Tochter ungeduldig auf dem Stuhl herumzappelte und es offenbar kaum erwarten konnte, endlich aufzustehen und an den Strand oder den Pool aufzubrechen, schaufelte sich ihr zehn Jahre alter Bruder voller Hingabe tonnenweise Rührei in den Mund. Bei seinem Anblick schmunzelte Marie amüsiert vor sich hin. Schön, dass es ihm so gut schmeckte! Die angespannte Stimmung seiner Eltern schien ihm zum Glück nichts anhaben zu können.

Johann und Marta Johanson löffelten schweigend ihr Müsli. Die Atmosphäre, die zwischen den beiden herrschte, schien wie eine Kaltfront auf die warme, selbstzufriedene Stimmung der Rentner zu prallen.

Dazwischen saß Christian Munker. Wie jeden Morgen pünktlich um dieselbe Uhrzeit. Und wie jeden Morgen trank er sicher auch heute zwei Tassen Kaffee und aß ein Brot mit Käse, außerdem ein paar Gurkenscheiben und ein hart gekochtes Ei. Manchmal gönnte er sich danach noch ein Croissant, aber meistens blieb er seiner Gewohnheit treu, soweit Marie das bisher hatte beobachten können. Wenn er sich setzte, dann immer aufrecht und mit bedachten Bewegungen. Dann ordnete er sein Besteck so an, dass es exakt gerade und parallel zum Teller lag. Die Tasse setzte er auf die andere Seite seines Frühstückstellers, da er Linkshänder war.

Das liebte sie an diesem Job, bei dem sie oft auch als Kellnerin einsprang: Schon immer hatte sie gern andere Menschen und ihr Verhalten studiert.

Soweit man es Marie erzählt hatte, lebte Christian Munker schon seit einigen Jahren hier, nachdem er in Pension gegangen war. Das Hotel *Beach Residence & Spa* bot nicht nur Zimmer im Hauptgebäude für Kurzzeit-Gäste, sondern auch kleine Fincas und Bungalows, die sich abgelegen rund um das Hotel verteilten und zur Langzeitmiete bereitstanden. Deren Bewohner konnten aber dennoch den gesamten Service des Hotels nutzen.

»Guten Morgen«, grüßte Marie im Vorbeigehen und lächelte den älteren Herrn, den sie auf Anfang sechzig schätzte, herzlich an. Es fiel ihr nicht schwer, anderen Menschen freundlich gegenüberzutreten. Ihr offenes, fröhliches Wesen half ihr allenthalben auch dabei, schnell die Sympathie anderer zu gewinnen.

Christian Munker schien jedoch davon völlig unbeeindruckt zu sein. Er schluckte gerade ein Stück Ei hinunter. »Guten Morgen«, antwortete er reserviert und nickte ihr zu. Dabei zeigte sich weder auf seinen Lippen noch in den Augenwinkeln auch nur die Spur eines Lächelns. Sein ursprünglich wohl dunkelbraunes Haar war inzwischen von vielen grauen Strähnen durchzogen. Seine gebräunte Haut war nicht mehr so straff, wie sie sicher einst gewesen war. Doch Marie glaubte, dass er mit seinen markanten Gesichtszügen in jungen Jahren bestimmt die eine oder andere Verehrerin gehabt hatte. Zumindest wenn er damals weniger bärbeißig war, fügte sie in Gedanken hinzu.

Nun war aber das Feuer der Jugend in seinen blauen Augen erloschen, und Falten zierten seine Mundpartie, die immer etwas verbissen zusammengepresst wirkte. Marie fragte sich, was er in seinem Leben wohl Trauriges erfahren hatte, dass ihm das Lachen so vollständig abhandengekommen war.

Marie steuerte auf die lange Theke zu, auf der sich Früchte, Joghurts und Quarkspeisen an verschiedene Aufschnitt-, Käse- sowie Brotsorten und alle möglichen süße Gebäcke reihten. Sie wandte sich kurz zu allen Seiten um. Die wenigen Kollegen, die emsig im Saal herumschwirrten, beachteten sie gar nicht, und auch die Gäste waren voll und ganz auf sich und ihr Frühstück konzentriert.

Hastig lud Marie ein wenig Wurst und Quark auf einen Teller, ehe sie über eine Schiebetür auf die Terrasse gelangte. Noch einmal drehte sie sich um, bevor sie um eine Ecke bog, wo bereits Tequila und Mojito ungeduldig auf sie warteten.

Mojito hatte weiß-schwarzes Fell und mintgrüne Augen. Deshalb hatte Marie sie nach ihrem Lieblingscocktail benannt. Den rot-weiß gestreiften Kater hatte sie ursprünglich *Licor quarenta y tres* nennen wollen. Doch dieser Name wäre entschieden zu lang gewesen. Deshalb hatte sie den Kater kurzerhand Tequila getauft.

Ungeduldig streiften die beiden um Maries Beine, mauzten, miauten und schnurrten.

»Shhh«, machte Marie und sah sich noch einmal um. »Wir dürfen nicht erwischt werden, das wisst ihr doch.« Sie stellte den Teller im Schatten einer hohen Pflanze ab, und die Katzen stürzten sich begeistert auf das Essen.

Lächelnd kraulte sie die beiden hinter den Ohren. Wenn ihre Chefin Yolanda wüsste, dass sie die Tiere mehrmals am Tag fütterte, würde sie sie wahrscheinlich umgehend in die Waschküche strafversetzen.

Marie stahl sich zurück auf die Terrasse, von wo aus man einen Blick auf den Poolbereich hatte. Gael, der im Hotel aushalf und als »Mädchen« für alles fungierte, hob zum Gruß die Hand.

»*Buenos días, Alemana*«, rief der braun gebrannte junge Mann, der sogar noch beim Reinigen des Pools mit dem Kescher in der Hand so unverschämt gut aussah, dass er Werbung für hochpreisige Unterwäschemarken hätte machen können.

Maries Typ war er nicht, dennoch schwärmten die jüngeren weiblichen Hotelgäste und Maries Kolleginnen unverhohlen für ihn und machten ihm, wann immer es ging, schöne Augen. »*Hola*, Gael.«

»*Alemana*«. So nannte Gael sie, weil er sich über Maries pflichtbewusste Art amüsierte, die er für »typisch deutsch« hielt. Sie befolgte die Vorschriften im Hotel und achtete darauf, ihre Aufgaben gründlich und korrekt zu erledigen, während Gael alles eher locker sah, seine Arbeit wie wahrscheinlich das ganze Leben.

Eine junge, attraktive Mutter mit ihrem Kind stieß zu ihm. Sie warf kokett ihr braunes Haar über die Schulter und flirtete ganz offensichtlich mit Gael, wobei sie ihm wahrscheinlich Fragen zur Wassertemperatur oder zu ähnlichen Dingen stellte, um mit ihm ins Gespräch zu kommen, denn sie wies auf das glasklare Wasser des Pools.

Gael ließ sich darauf ein, schenkte ihr ein schiefes Lächeln, das – da war Marie sich sicher – so einige Frauenherzen schmelzen ließ.

Marie winkte ihm noch einmal zu, ehe sie in die Lobby zurückkehrte. Dort bereitete Cassandra ihren Feierabend vor, indem sie noch eilig ein paar Mails beantwortete. Marie kramte die Schlüssel zum Spa-Bereich aus der Schublade.

Die Zimmerschlüssel hingen ordentlich aufgereiht an einem Schlüsselbrett an der Wand hinter ihnen. Doch die für den Spa- und andere Bereiche des Hotels verwahrten sie in Schubladen.

»Ich schließe mal den Spa auf und schaue, ob alles dort so ist, wie es sein sollte«, rief Marie ihrer Kollegin zu, die immer noch wie wild auf die Tastatur einhämmerte, um schnell fertig zu werden. Ohne aufzublicken, murmelte Cassandra einen Abschiedsgruß, den Marie mit einem kleinen Lächeln auf den Lippen erwiderte.

Sie schlenderte nach rechts in Richtung Spa-Bereich. Sie mochte Cassandra. Die Kollegin war einer dieser Menschen, die einfach sie selbst waren und sich weder dafür entschuldigten noch sich für andere verstellten.

Gedankenversunken steckte Marie den Schlüssel ins Schloss, drehte ihn und stockte. Die Tür war nicht versperrt. Marie runzelte die Stirn. Das durfte eigentlich nicht sein. Zögernd blickte sie über die Schulter zu Cassandra zurück, die am vergangenen Abend für das Kontrollieren und Abschließen verantwortlich gewesen war. Doch die Kollegin führte gerade ein Gespräch mit Christian Munker, der sein mageres Frühstück offenbar bereits beendet hatte und an den Rezeptionstresen getreten war.

Vielleicht hatte Cassandra, müde wie sie gewesen war, vergessen, die Tür abzuschließen. Marie schwirrte der Kopf, als sie darüber nachdachte, wie wichtig es war, sich gerade hier an die Vorschriften zu halten. Der Spa-Bereich musste abends ordnungsgemäß verschlossen werden, um auszuschließen, dass Unbefugte sich dort ohne Aufsicht tummelten. Wie leicht könnte ein Kind in einem der Pools und Becken ertrinken, die zum Abkühlen nach dem Saunagang dienten!

Ach, was soll schon wieder dieses kleinkarierte Denken!, ermahnte Marie sich und hörte prompt Gaels Stimme in ihrem Hinterkopf: »*Alemana.*« Dabei war Marie selbst der Meinung, dass man es mit der deutschen Gründlichkeit manchmal durchaus übertreiben konnte. Ein wenig südländische Nonchalance konnte eigentlich nicht schaden … Und schließlich konnte jeder mal etwas vergessen, oder?

Sie stieß die Türen auf und begann ihren morgendlichen Rundgang. Der Spa-Bereich bestand zunächst aus einem Flur mit gläsernen Wänden. Zu ihrer Rechten und Linken gab es einen Fitnessbereich und ein Kosmetikstudio, die tagsüber rege frequentiert wurden. Die Luft hier war so früh am Morgen noch angenehm kühl und frisch.

Das änderte sich aber, als Marie die Doppeltüren durchquerte. Sie wirkten wie eine Luftschleuse. Hier schlug ihr warme Luft entgegen. Vor ihr erstreckte sich die Pool- und Saunalandschaft.

Das Morgenlicht drang gedimmt durch die abgedunkelten Scheiben am Ende des Raums. Zu hören war nur das leise Gluckern und Plätschern des Wassers, das ab und an über den Rand des Pools schwappte. Es gab ein langes Sport-Schwimmbecken und zwei kleinere Bassins, die sich links und rechts daneben befanden. Sie waren in erster Linie zum Planschen und Relaxen vorgesehen.

Marie bückte sich, um die Temperatur des Wassers zu überprüfen. Es war angenehm warm, genau so, wie es sein sollte. Zielstrebig kontrollierte sie die Liegen, prüfte, ob vielleicht einer der Gäste etwas vergessen hatte, was am Vorabend nicht aufgefallen war. Dabei sammelte sie ein liegen gelassenes Handtuch auf.

Verschiedene Düfte erfüllten die Luft, Überbleibsel der gestrigen Aromatherapie. Dabei war für jede Nase etwas dabei. Lavendel. Waldduft. Meeresbrise ...

Doch irgendetwas war anders als sonst. Etwas roch auch anders. Marie konnte den Geruch nicht einordnen. Es war nichts Aufdringliches, vielmehr etwas, was die Luft schwängerte wie zu hohe Luftfeuchtigkeit; eine Hitze, die von weit hinten, aus dem Hintergrund des Spa-Bereichs, zu ihr herüberpulsierte.

Maries Blick fiel auf die finnische Sauna, die sich in der Nähe der kühleren Salzwasserbecken befand. Jetzt fiel Marie das Licht des Bildschirms auf, der sich etwas versteckt an der Seite der Sauna befand. Sie war eingeschaltet!

Marie zog die Stirn kraus. Beim letzten Kontrollgang durch den Spa-Bereich am Abend wurden alle Saunen kontrolliert und abgestellt. Sie ließ das Handtuch fallen und eilte zur Holzkabine. Sie besaß ein längliches Fenster oberhalb, sodass man zwar sehen konnte, ob die Sauna besetzt war oder nicht, ein direkter Blick auf die saunierenden Gäste war aber nicht möglich.

Aus irgendeinem Grund, den Marie sich nicht erklären konnte, begann ihr Herz mit einem Mal zu rasen, und ein flaues Gefühl stieg in ihrer Magengegend auf. Etwas stimmte hier nicht, da war sie sich sicher.

Zuerst trat sie an den hinteren Teil der Sauna, wo sich das Bedienfeld befand, mit dem man sie nicht nur ein- und ausschalten, sondern auch die Temperatur für den betreffenden Saunagang regulieren konnte.

Kurz stockte ihr der Atem. Normalerweise war die Sauna auf fünfundachtzig Grad Celsius eingestellt. Doch nun war diese Maximaltemperatur auf hundertzehn Grad Celsius erhöht worden!

»Das kann doch nicht sein«, murmelte Marie und schüttelte den Kopf. War das bei der gestrigen Kontrolle etwa übersehen worden?

Marie war verwirrt. Ihr Finger zuckte zunächst unschlüssig über dem Bedienfeld. Sollte sie sie ausstellen? Offensichtlich lief sie bereits die ganze Nacht hindurch. Schließlich verringerte Marie die Temperatur auf die Standardeinstellung. Einem Impuls folgend umrundete sie die Sauna und blieb vor der Tür stehen. Sollte sie …? Marie spürte, wie sich die feinen Härchen in ihrem Nacken aufstellten. Aber das war ja lächerlich! Beherzt umschloss sie mit der Hand den Türgriff, zog daran, und die Tür öffnete sich.

Zuerst schlug Marie die Hitze wie eine Faust ins Gesicht. Ein feuchter Nebel legte sich auf ihre Haut. Während die Wärme aus der Sauna wie ein unsichtbarer Wasserfall auf sie niederprasselte, drang ein sonderbar süßlicher Geruch Marie in die Nase, der sofort leise Übelkeit in ihr weckte. Hastig wedelte sie mit der Hand vor ihrem Gesicht herum, um den Geruch und die stickige Luft zu vertreiben.

Als ihr Blick zu Boden glitt, entfuhr ihr ein leiser Schrei. Keuchend stolperte sie zurück und rang japsend nach Luft. Gelähmt vor Entsetzen starrte sie auf die blasse Erscheinung zu ihren Füßen. »Frau … von Timmenbach?«

3.
Ausgedehnte Sauna-Sitzung

»Frau von Timmenbach«, krächzte Marie erneut, als sie endlich ihre Stimme wiedergefunden hatte.

Gertrud von Timmenbach lag vollkommen entblößt am Boden. Ihre Glieder waren leicht gekrümmt. Sie schien vor der Tür zusammengebrochen zu sein.

Ein Teil von Marie, ein sehr kindlicher Teil, wollte auf dem Absatz kehrtmachen und einfach nur weglaufen, irgendwohin, egal wohin, Hauptsache, weit weg. Der andere, erwachsene Teil zwang sie, einen zitternden Schritt vorzutreten.

»Frau von Timmenbach?«, wiederholte sie nun schon etwas kräftiger. Dennoch hörte sich ihre Stimme in den eigenen Ohren ganz fremd und hohl an.

Sie wagte sich einen weiteren Meter vor. »Frau von Timmenbach.« Schon als sie den Namen der reglos daliegenden Frau aussprach, wusste sie, dass es zwecklos war. Gertrud von Timmenbach konnte sie nicht mehr hören.

Ihre Augen waren weit aufgerissen und starrten mit

leerem Blick an die Decke. Marie wusste, was das bedeutete. Doch die Information schien ihr Gehirn nicht erreichen zu wollen. Ihre Gedanken rasten und überschlugen sich, immer schneller und wilder, sodass ihr Verstand ihr den Dienst versagte.

Zitternd streckte sie einen Finger nach Gertrud von Timmenbach aus. Das Herz klopfte Marie hoch oben in der Kehle, und sie atmete keuchend und stoßweise, während sie sich über die leblose Frau beugte.

Maries Finger schwebte nur noch wenige Millimeter über Gertrud von Timmenbachs Hals, als plötzlich ein Ruck durch ihren Körper ging. Nein, das konnte sie nicht! Auf keinen Fall!

»Hilfe«, krächzte Marie, stolperte wieder zurück und dann in Richtung Tür. Dort angekommen, riss sie diese auf und schrie, so laut sie konnte: »Hilfe! Hilfe! H-I-L-F-E!«

Nur wenige Sekunden später kam Christian Munker in den Spa gestürmt, gefolgt von Cassandra. Gemeinsam stürzten sie auf Marie zu. »Was ist los? Was ist passiert?«, fragten sie unisono, während sie sich durch die Glastür zwängten.

Marie zeigte mit zitternden Fingern auf die finnische Sauna, in der Gertrud von Timmenbachs regloser Körper lag. Mit einiger Verzögerung stolperte sie den beiden hinterher, die schnellen Schrittes in die von ihr angezeigte Richtung liefen.

Als Cassandra Gertrud von Timmenbach erblickte, gab sie einen erstickten Laut von sich. »Ach du Scheiße!«, entfuhr es ihr. »Ist sie …? Ist sie etwa …«

Christian Munker stand ganz ruhig da. In seinem Blick spiegelten sich zunächst Schock und Unglaube. Doch nur einen Wimpernschlag später war die Überraschung aus seinen Augen verschwunden.

Die Falten in seinem Gesicht schienen sich zu glätten, sein Körper zu straffen, und sein Blick wurde klar und fokussiert. Ohne jegliches Zögern trat Christian Munker vor, bückte sich und fühlte den Puls der am Boden liegenden Frau.

Dabei blickte er in die Dunkelheit der Sauna, ehe er über seine Schulter zu Marie zurücksah. Seine Stimme klang völlig gefasst, als er fragte: »Haben Sie bereits einen Krankenwagen verständigt, Frau Holstein? Oder die Polizei?«

Marie, die vollkommen überfordert mit der Situation war, rang die Hände. »Ich … ich … nein.« Sie tastete in ihrer Hosentasche vergeblich nach dem Handy, ehe ihr einfiel, wo sie es gelassen hatte. Sie stöhnte. »Es liegt noch im Spind.« Sie fuhr sich mit den Fingern über die Stirn, dann durch die Haare.

Cassandra, die sich zumindest verbal vom ersten Schock erholt zu haben schien, legte ihr eine Hand auf die Schulter. »Lass nur. Ich mache das schon.« Mit einem letzten Blick auf Gertrud von Timmenbach zog sie ihr Smartphone hervor und wählte den Notruf. Etwas abseits begann sie zu sprechen.

»Ist sie …?«, wiederholte Marie Cassandras Frage.

»Tot?«, fragte Christian Munker und trat von Gertrud von Timmenbach zurück. »Ja, daran besteht kein Zweifel.«

Irritiert über die Nüchternheit in seinen Worten und seiner Stimme blinzelte Marie. »Wie … wie können Sie sich da so sicher sein?«

»Ich bin so sicher, wie man nur sein kann: Da ist kein Puls, keine Atemtätigkeit – nichts.«

»Sie brauchen ungefähr zehn Minuten«, verkündete Cassandra, die wieder zu Marie und Christian trat, wobei sie vorsichtig in Richtung Frau von Timmenbach lugte. »*Shit*«, stöhnte sie. »*Shit!*«

»S-Sollten wir sie nicht wenigstens … bedecken?« Maries Unterlippe bebte, und sie fürchtete, jeden Moment in Tränen auszubrechen.

»Nein, falls hier ein Fremdverschulden vorliegt, darf nichts verändert werden«, antwortete Christian Munker entschieden. Sein Ton ließ keinen Widerspruch zu.

Marie knabberte hilflos an der Haut ihres Daumens. Ein Fremdverschulden? Dieser Gedanke war Marie noch gar nicht gekommen. Das wäre ja … das wäre ja unfassbar schrecklich!

Unwillkürlich zuckte ihr Blick für den Bruchteil einer Sekunde zu Gertrud von Timmenbach. Dabei fielen ihr blaue Flecken an der Schulter und das verschmierte Make-up ins Auge. Hastig wandte sie sich ab, während sie sich trotz ihrer Bestürzung wunderte: *Wer schminkt sich denn, wenn er in die Sauna geht?*

Mechanisch drehte Marie sich zu Cassandra um, die nun überall hinzuschauen schien, nur nicht zu Gertrud von Timmenbach. Marie wusste, dass die Frage in Gegenwart anderer eher unangebracht war, deswegen trat sie an Cassandra heran und ergriff sanft ihren Oberarm. »Hast du die Sauna gestern Abend kontrolliert?« Ihre Worte waren nur ein Flüstern.

Trotzdem fuhr Cassandra zusammen und starrte Marie erschrocken an, als hätte die sie angebrüllt. »Ja, natürlich«, gab sie heiser zurück. »Ich habe um acht Uhr hier meine Runde gedreht. E-Es war niemand hier.« Ihre Stimme wurde dünn, und die sonst so selbstbewusste, lockere und oftmals burschikose Cassandra sackte in sich zusammen.

»Es war aber nicht abgesperrt, eben, als ich herkam.

Und die Sauna war nicht abgeschaltet«, erwiderte Marie leise.

Cassandra blickte zum leuchtenden Bediendisplay, dann wieder zu Marie. »Ich habe alles kontrolliert – wie immer«, beharrte sie mit bebenden Lippen. »Und ich habe abgeschlossen!«

Aus dem Augenwinkel sah Marie, wie Christian Munker zweifelnd die Stirn in Falten legte. Offenbar hatte er dem Wortwechsel gelauscht. Sie wollte gerade nachhaken, da kam ihre Chefin Yolanda zur Tür hereingestürmt.

»Cassandra, Marie? Was ist hier los? Wieso ist die Rezeption nicht besetzt?« Yolandas Hektik fütterte die ohnehin vor Spannung vibrierende Atmosphäre. Plötzlich fühlte Marie sich beinahe so, als wäre sie dafür verantwortlich, dass hier eine Tote in der Sauna lag.

Nach einem raschen Seitenblick zu Cassandra wusste sie, dass sie ähnlich empfand. Die Kollegin hielt den Kopf gesenkt. Marie knetete die schweißfeuchten Finger und rang um Worte. Wie sollte sie ihrer Chefin nun erklären, dass jemand in der Sauna ihres Hotels gestorben war? Vor ihrem inneren Auge sah sie, wie Yolanda die Fassung verlor und explodierte.

In diesem Moment räusperte Christian Munker sich. »Frau von Timmenbach ist in der Sauna verstorben.« Die Nüchternheit, mit der er die Worte sprach, als verkündete er lediglich schlechtes Wetter für den kommenden Tag, irritierte Marie. Wie konnte diese Situation jemanden so kaltlassen? Schließlich hatte sie Gertrud von Timmenbach und Christian Munker schon das eine oder andere Mal bei einem vertraut wirkenden Gespräch beobachtet. Die beiden hatten sich näher gekannt! Aber vielleicht war das seine Schockreaktion, ermahnte sie sich, um Herrn Munker nicht vorschnell zu verurteilen.

Yolanda kam auf sie zugestöckelt – entgegen der von ihr selbst aufgestellten Regeln war sie beim Betreten des Spa-Bereichs nicht in die bereitstehenden Badelatschen geschlüpft – und blickte mit einem fragenden Blick zu Munker. »*Que?*« Dann sah sie zu Marie und Cassandra. »Was ist hier los?« Diese vier Worte waren ein Stakkato. Sie schob sich an Marie vorbei. »*Dios mio!*« Klappernd fiel die Brille zu Boden.

Ihr spitzer Schrei verhallte im Spa und vibrierte in Maries Knochen. Sie fuhr kaum merklich zusammen.

»Was ist passiert?« Sie hob ihre Brille auf. Eine Antwort fordernd bohrten sich Yolandas Augen erst in Maries, dann in Cassandras.

Der Kollegin fehlten offenbar die Worte. Sie öffnete zwar den Mund, war aber sichtlich überfordert mit der Situation.

»Ich … ich habe sie eben so gefunden«, sagte Marie.

Pfeilschnell flog Yolandas Blick in Cassandras Richtung.

Diese schrak zusammen. »Ich habe … ich habe alles gestern Abend kontrolliert. Mir ist nichts Ungewöhnliches aufgefallen.«

Marie schien es, als klänge Cassandra umso unsicherer, je öfter sie das beteuerte.

Yolanda warf die Hände in die Luft. »*Imposible!*« Sie verfiel in einen Tornado aus spanischen Flüchen. »Das ist doch unmöglich! Wie kann das sein? Hast du die Sauna wirklich kontrolliert, Cassandra?« Marie hatte vollstes Verständnis dafür, dass die Chefin um den Ruf ihres Hotels fürchtete, doch in erster Linie war hier ein Mensch ums Leben gekommen. War Yolanda von Gertrud von Timmenbachs Tod wirklich so unberührt, wie es den Anschein hatte?

Cassandra schien zu erstarren. »Ich … doch, habe

ich.« Sie blickte Yolanda, Marie und Christian Munker nacheinander flehend in die Augen. »Ja, habe ich. Ich habe die Sauna kontrolliert.« Sie verschränkte die Arme vor der Brust und reckte trotzig das Kinn. Wirklich überzeugend wirkte sie aber dennoch nicht, fand Marie.

Yolanda schüttelte den Kopf. »Da liegt eine Leiche!«, stieß sie hervor. »Du warst gestern Abend dafür verantwortlich, dass alles ausgeschaltet, verlassen und abgeschlossen ist.«

»Ich –«

Maries Gedanken überschlugen sich. Auch wenn es ihr ebenfalls schwerfiel, Cassandra zu glauben, dass sie wirklich gründlich nachgeschaut hatte, wollte sich Marie nicht ganz erschließen, warum die Temperatur der Sauna dann so hoch eingestellt gewesen war. »Vielleicht sollten wir keine voreiligen –«

Doch was Marie zu sagen hatte, interessierte Yolanda offenbar nicht. »Cassandra, besetz die Rezeption, *por favor.*« Auf Spanisch schimpfend folgte sie Cassandra, die sich das nicht zweimal sagen ließ und sogleich aus dem Spa eilte.

Arme Cassandra, dachte Marie mitleidig und wandte sich wieder Gertrud von Timmenbachs Leiche zu. Ihr Anblick schockierte Marie noch immer. Ein Gefühl, das sie noch nicht richtig benennen konnte, zwang sie, sich Frau von Timmenbach noch einmal genauer anzusehen.

Sie lag vor der Tür, was bedeuten musste, dass sie bei ihrem Zusammenbruch im Begriff gewesen war, die Sauna zu verlassen. Vielleicht war die Hitze zu viel für die ältere Dame gewesen, oder sie hatte sich vermutlich nicht gut gefühlt. War sie daraufhin kollabiert, bevor sie die Sauna hatte verlassen und um Hilfe rufen können?

Maries Blick blieb an den Händen hängen, die Verletzungen aufwiesen. Ein Gedanke durchzuckte sie wie ein

Blitz und hallte schmerzhaft in ihrer Brust wider. Vielleicht hatte Gertrud von Timmenbach sich nicht ganz so freiwillig in der Sauna aufgehalten, wie sie alle dachten.

Zwei Merkwürdigkeiten kamen hinzu: die unverschlossene Tür zum Spa-Bereich und die extrem erhöhte Temperatur der Saunakabine. Es mochte sein, dass Cassandra den Spa-Bereich nicht ganz so gründlich kontrolliert hatte, wie sie es hätte tun sollen, und vielleicht hatte sie sogar vergessen abzuschließen, wovon Marie weniger überzeugt war. Cassandra mochte die Dinge grundsätzlich lockerer angehen, und sie war müde gewesen, wie sie erzählt hatte, aber sie war nicht verantwortungslos. Außerdem war Marie sich sicher, dass der Kollegin eine noch eingeschaltete, ja extrem hoch gestellte Sauna aufgefallen wäre.

Bei einem kurzen Seitenblick zu Christian Munker bemerkte sie, dass auch er die Leiche genauer in Augenschein nahm. Er stand da, aufrecht und steif, fokussierte den Blick auf Gertrud von Timmenbach und die Umgebung um sie herum. Dabei war sein Gesicht so ernst und streng wie immer. Müsste Marie raten, welchen Beruf er vor seiner Pensionierung ausgeübt hatte, wäre sie sich sicher, dass er Unidozent oder Lehrer gewesen war – vielleicht für Fächer wie Mathematik oder Physik. Er wirkte so oberkorrekt und auf jede Bewegung bedacht.

Ob er das Gleiche dachte wie sie?

»Irgendwas stimmt hier nicht«, murmelte sie, und ihre Stimme verhallte im Spa.

4.
Ein Saunaunfall für die Akten

»Und Sie haben die Leiche gefunden?« Der Beamte der Policía Nacional sah von seinem Notizblock auf, auf dem er bis jetzt jedoch kaum etwas notiert hatte. Er hatte sich Marie als Rubio Alonso vorgestellt. Alonso war ein kleiner, korpulenter Mann, der auf die fünfzig zugehen musste. Das schüttere braune Haar hatte er über die sich abzeichnende Glatze gekämmt. Er schnaufte oft, schwitzte viel und strahlte die schlechte Laune eines Mannes aus, den man gerade beim Frühstück gestört hatte.

Maries Blick glitt über die Schulter des Polizisten zu Gertrud von Timmenbach, die bereits mit einem großen weißen Handtuch zugedeckt worden war. Nur die Füße lugten noch hervor.

Leiche.

Marie erschauderte. Das war für sie nicht einfach eine Leiche. Das war Gertrud von Timmenbach! Eine stolze Frau, die sich immer nur perfekt gestylt durch das Hotel bewegt hatte. Sie war stets höflich, wenn auch distanziert gewesen. Und auch wenn Marie sie nicht besser gekannt hatte, so hatte sie sie doch immer respektiert und bewundert. Sie war traurig, dass das Leben einer solch starken Persönlichkeit nun so ein tragisches Ende gefunden hatte.

Der Notarzt hatte gerade die Leichenschau beendet. Er vermutete, dass Frau von Timmenbach bereits acht oder neun Stunden tot war. Doch das würde die Gerichtsmedizin wohl noch genauer eingrenzen können, hatte er zu den Polizeibeamten gesagt. Marie schaute auf die Uhr. Ihre Schicht hatte um neun begonnen. Jetzt war es kurz vor zehn. Das bedeutete, dass Gertrud von Timmenbach tief in der Nacht, so um ein oder zwei Uhr, gestorben war. Da es keine äußeren Merkmale von Gewalteinwirkung gab, schien die Todesursache für ihn klar auf einen Hitzetod zurückzuführen zu sein. Ein Gewaltverbrechen hatte der Notarzt zunächst ausgeschlossen. Aber auch das würde bei der Obduktion abschließend geklärt werden.

Bei dem Wort »Obduktion« war Marie, die das Gespräch belauscht hatte, ein weiterer Schauer über den Rücken gelaufen.

Ein genervter Seufzer entglitt Rubio Alonso. »Señora Holstein.«

Marie hatte in der Aufregung ganz vergessen, auf die Frage des Beamten zu antworten, und schüttelte den Kopf. »Entschuldigung.« Sie räusperte sich. »Ja. Ja, ich habe sie gefunden.« Sie leckte sich über die trockenen Lippen. »Ich … ich … in meiner Frühschicht kontrolliere ich immer den Spa-Bereich.«

Rubio Alonso nickte, notierte sich aber nichts. Er tippte nur in einem gelangweilt wirkenden Stakkato mit dem Kugelschreiber auf sein Notizbuch. »Und ist Ihnen etwas Ungewöhnliches aufgefallen?« Auch seine Stimme klang desinteressiert.

Marie blickte zu Yolanda, die immer wieder geziert von einem Bein auf das andere tänzelte. Dann sah sie zu Christian Munker, der sich mit Rubio Alonsos jüngerem Kollegen unterhielt.

Santiago Navarro schien ungefähr so alt wie sie selbst zu sein: Anfang dreißig. Er stellte einen starken Kontrast zu seinem Partner dar. Santiago war großgewachsen und sportlich gebaut – soweit Marie es beurteilen konnte, denn er trug ein stilvolles Hemd und eine Anzughose. Er hatte tief gebräunte Haut und schwarzes, lockiges Haar. In seinen dunkelbraunen Augen funkelten Ehrgeiz und Charme.

Und nicht nur optisch unterschied er sich von seinem Kollegen. Während Christian Munker sprach, machte sich Navarro fleißig Notizen.

»Merkwürdig war, dass … dass die Tür nicht versperrt war. Und die Sauna war eingeschaltet – sogar auf die höchste Temperatur gestellt! Die Saunen werden eigentlich über Nacht abgeschaltet, und wenn sie tagsüber laufen, dann nicht mit einer so hohen Leistung.«

Alonso nickte wieder, während er ganze zwei Stichwörter in sein Büchlein kritzelte, als gäbe Marie gerade eine Bestellung für ein Zwei-Gänge-Menü ab.

Hm, engagiert sieht leider anders aus, dachte Marie bei sich.

»Wann schließt der Spa-Bereich?«

»Um zwanzig Uhr. Ich frage mich, wie sie hier reingekommen ist«, platzte Marie heraus und biss sich dann auf die Unterlippe. Mist. Die Bemerkung war ihr unbeabsichtigt entschlüpft.

Rubio Alonso blickte kurz zu ihr auf. Streng und abkanzelnd. »Darüber brauchen *Sie* sich nicht den Kopf zu zerbrechen. Sicherlich ist sie einfach eingetreten, weil die Tür nicht abgeschlossen war.« Er sah von Marie zu Yolanda. »Wer hat denn vor Ihnen zuletzt den Spa-Bereich kontrolliert und abgesperrt?«

Marie zögerte. Sie wollte Cassandra nicht in die Pfanne hauen.

Ihre Chefin ergriff das Wort. »Das wäre gestern Abend Cassandras Aufgabe gewesen.«

Der Polizist zuckte mit den Schultern. »Also hat sie es nicht gemacht?«

Marie schüttelte den Kopf, dass ihre Haare nur so flogen. »Ich bin mir sicher, dass meine Kollegin den Spa kontrolliert hat«, erklärte sie, ließ das Detail aber aus, dass auch sie vermutete, dass Cassandra dabei nicht so gründlich gewesen war, wie sie behauptete. »Sicherlich wäre ihr aufgefallen, wenn die Sauna eingeschaltet und mit so einer hohen Temperatur gelaufen wäre. Und sie hat bestimmt auch abgeschlossen.«

Rubio Alonso zog die Stirn kraus, als verwirrte Maries Aussage ihn. »Wie erklären Sie sich dann, dass der Spa-Bereich dann heute Morgen *nicht* abgeschlossen war?«

Marie stockte. Es war eine Tatsache, dass Gertrud von Timmenbach nach zwanzig Uhr am vergangenen Abend einfach unbemerkt in die Sauna hatte gehen können. Aber dann hatte – und dieser Gedanke ließ Marie seit einigen Minuten einfach nicht mehr los – auch jeder andere Zugang zum Spa gehabt. Sie atmete tief ein, um sich ein wenig zu beruhigen. »Theoretisch kommt jeder an die Schlüssel … ich meine, wenn er es darauf abgesehen hat. Vielleicht … vielleicht hat ja jemand Gertrud von Timmenbach in die Sauna gesperrt, bis sie … gestorben ist.«

Alonso hielt im Schreiben seiner kurzen Notiz inne

und hob wieder den Blick. Diesmal war er ungläubig. Er seufzte ein weiteres Mal, und dieses Mal hörte es sich wie das Seufzen eines Lehrers angesichts eines begriffsstutzigen Schülers an. »Das klingt nicht besonders ... wie sagt man ... *lógico.*« Er bemühte sich um ein Lächeln, das wie ein Belächeln wirkte.

Marie ärgerte sich. Er ist doch ein Kriminalbeamter, dachte sie. Warum zieht er nicht einmal in Erwägung, dass Gertrud von Timmenbach in die Sauna gelockt und dort eingesperrt worden ist?

»Marie, *escúchame,* hör mir zu: Du brauchst Cassandra nicht zu verteidigen.« Yolanda sah sie streng an. »Und es ist Unsinn: *Niemand* Unbefugtes kommt an die Schlüssel zum Spa-Bereich.« Ihre Chefin lachte nervös auf, als befänden sie sich gerade auf einer Pressekonferenz, auf der es galt, den Ruf und die bestens organisierten Arbeitsabläufe im Hotel zu verteidigen. Dabei rutschte ihr wieder die Brille von der Nase, die sie aber noch rechtzeitig hochschob.

Am liebsten hätte Marie Yolanda widersprochen. Doch sie war ihre Chefin, und auch wenn Marie ein Mensch war, der Gerechtigkeit schätzte, sollte sie Yolandas Aussage, die Schlüssel wären sicher, nicht vor so vielen Leuten infrage stellen.

Dennoch ließ Marie eine Sache nicht ganz los. »Aber finden Sie es nicht auch merkwürdig, dass Gertrud von Timmenbach nicht einfach rausgegangen ist, als sie gemerkt hat, dass es ihr nicht mehr gut geht?«

Rubio Alonso verdrehte nun unverhohlen genervt die Augen, während sein Kollege Santiago Navarro jedoch neugierig zu ihr herüberblickte. »Sicherlich ist die Dame ohnmächtig geworden, bevor sie die Sauna verlassen konnte«, blaffte Alonso, und Marie fühlte sich regelrecht abgespeist. »Aber falls es Sie beruhigt: Wir sind hier, um uns umzusehen. Wir sind schließlich von der Policía Nacional und nicht von der Local.«

»*Sí*, das denke ich auch«, pflichtete Yolanda dem Polizisten eilig bei und nickte dabei viel zu oft, um die Absicht, die dahintersteckte, zu verbergen. Sie schien es kaum erwarten zu können, dass Frau von Timmenbach aus der Sauna geschafft wurde und der Hotelbetrieb wieder in geregelten Bahnen ablaufen konnte.

»Vielleicht hat Ihre Kollegin nicht richtig nachgesehen und die Dame nicht bemerkt. Wenn Frau von Timmenbach zu dem Zeitpunkt schon am Boden lag, dann kann man sie auch von außen durch das Fenster nicht sehen«, warf Rubio Alonso ein und wies hinter sich auf das oben liegende Fenster der Saunakabine.

Santiago Navarro, der offenbar die Befragung von Christian Munker abgeschlossen hatte, räusperte sich hinter seinem Vorgesetzten. »Ergibt es nicht viel mehr Sinn festzuhalten, dass die Tote nach der Kontrolle den Spa betreten hat? Wie konnte es dazu kommen?« Jedes Wort tastete sich vorsichtig vor. »Schließlich hat der Notarzt gemeint, dass –«

In einer groben Geste flog Alonsos Hand nach oben und gebot Santiago Schweigen. Marie beobachtete, dass dieser die Augenbrauen kaum merklich nach oben zog, als wollte er sagen: Dann eben nicht. »Ich habe den Notarzt gehört.«

Marie starrte Rubio Alonso ungläubig an. Nicht nur, weil sie seinen Umgangston mit seinem jüngeren Kollegen unmöglich fand, sondern auch, weil Navarro recht hatte. Wenn Gertrud von Timmenbach acht bis neun Stunden tot war, musste sie deutlich nach acht Uhr den Spa betreten haben.

»Vertrauen Sie uns«, sagte Alonso mit einem schmierigen Lächeln, während er das Notizbuch langsam zuklappte. »Wir machen schon unsere Arbeit.« Er atmete tief ein und ließ mit einem Klicken die Miene des Kugelschreibers in das Gehäuse schnappen. »Wir würden gern mit dieser … Dings … äh, dieser Cassandra sprechen.«

Marie verstand: Sie war entlassen. Ob die Polizei hier wirklich ermitteln würde, war eher fraglich. Obwohl Santiago Navarro durchaus alle Möglichkeiten – auch die eines Mordes – in Betracht zog, hatte offenbar Rubio Alonso das Sagen, und der wirkte alles andere als motiviert. Marie schob die Hände in die Hosentaschen. Wie konnte man nur so ignorant sein?

Yolanda nutzte das entstandene Schweigen und pflichtete dem Beamten schnell bei: »Sí, das würde ich auch gern.«

»Ich habe keine weiteren Fragen an Sie, Señora Holstein«, erklärte Rubio Alonso in wichtigem Ton und zog umständlich die Hose über seinen ansehnlichen Bauch. »Falls sich bei den Ermittlungen keine Hinweise auf einen Mord ergeben, werden wir auch keine weiteren Fragen haben. *Buen día.*« Damit wandte er sich um und verließ, Yolanda Ramirez im Schlepptau, den Spa-Bereich.

Santiago Navarro warf Marie ein entschuldigendes Lächeln zu, ehe er sich ebenfalls abwandte und seinem Vorgesetzten etwas langsamer folgte.

Marie wandte sich in hilfloser Verzweiflung um. Für den Bruchteil einer Sekunde traf ihr Blick den von Christian Munker. Ein Funkeln blitzte in seinen Augen auf. Oder bildete sie sich das nur ein? Er schien sie intensiv zu mustern. Ob er über das nachdachte, was sie gesagt hatte? Ob er das Gleiche vermutete wie sie?

»*Perdón.*« Einer der Sanitäter drängte Marie unsanft zur Seite. Sie schoben eine Rolltrage zur Sauna.

Maries Blickkontakt mit Christian Munker wurde unterbrochen, und sie konnte sich nur noch darauf konzentrieren, wie die Sanitäter Gertrud von Timmenbachs leblosen Körper in einen schwarzen Sack hoben und diesen verschlossen.

Marie vermied den Blick auf die Tote. Bereits das Geräusch des sich schließenden Reißverschlusses verursachte ihr eine Gänsehaut. *Arme Frau von Timmenbach!*, dachte Marie bedrückt und schaute dabei zu, wie die Männer, begleitet von dem Notarzt, die Trage nach draußen schoben.

Schweigend und in gebührendem Abstand folgten Marie und Christian Munker Gertrud von Timmenbach bis in die Lobby.

Vor dem Zugang zum Spa-Bereich hatte sich bereits eine Traube Schaulustiger versammelt, die mit eher sensationsdurstigen als besorgten Blicken auf die Tür starrten.

Tuscheln und aufgeregte Laute erhoben sich. Einige der Gäste schlugen sich die Hand vor den Mund. Andere rätselten mit ihren Angehörigen lautstark, was wohl genau vorgefallen war und wen es da »erwischt« haben könnte. Bei der Bemerkung musste Marie an sich halten.

Von Cassandra und den beiden Polizeibeamten war nichts zu sehen. Offenbar hatten sie sich in das Büro zurückgezogen, um ungestört miteinander sprechen zu können. Zu gern hätte Marie Mäuschen gespielt.

Yolanda streckte wenig später den Kopf aus der Bürotür und blickte voller Entsetzen auf die versammelten Hotelgäste. »Psssst«, machte sie in Maries Richtung und winkte sie hektisch herbei.

Marie seufzte leise und drängte sich durch die Menge.

»Cassandra hat nicht einmal die Leute weggeschickt!«, schimpfte Yolanda aufgebracht. Cassandra?, dachte Marie. Wäre das nicht Aufgabe der Polizei? Es war unverkennbar, dass ihre Chefin Cassandra nun für alles verantwortlich machen würde. »Scheuch sie weg, *vale?* Alle. Scheuch sie alle weg, sofort!« Sie schnaubte, wobei ihr die Brille auf die Nasenspitze rutschte. Mit einem Finger schob sie sie wieder nach oben. »Schlimm genug, dass es einen Todesfall in meinem Hotel gibt.« Bevor Marie etwas entgegnen konnte, knallte ihre Chefin ihr die Tür vor der Nase zu.

Marie blähte die Wangen und ließ geräuschvoll die Luft entweichen. Dann blickte sie auf die Gäste, die sie erwartungsvoll ansahen. Sicher erhofften sie sich von ihr interessante Einzelheiten.

Kurz räusperte sie sich. »Ich muss Sie alle bitten zu gehen. Es hat einen tragischen Unfall gegeben.« Kurz zögerte sie, denn das Wort »Unfall« kam ihr nur schwer über die Lippen. »Die Polizei kann momentan noch nicht viel darüber sagen. Aber ich muss Sie bitten, wieder Ihren Beschäftigungen nachzugehen. Haben Sie trotzdem alle einen schönen Urlaubstag.«

Missmutiges Murmeln folgte. Enttäuscht und auch mit vorwurfsvollen Blicken in Maries Richtung löste sich die Menschenmenge nach und nach auf und zerstreute sich in verschiedene Richtungen.

Nur Christian Munker blieb vor der Rezeption stehen. Er trommelte mit den Fingern auf dem Marmor, sah dann zu Marie und sagte: »Na, dieser Morgen war ja mal holpriger als ein Ritt auf einem Kamel!« Er strich sorgsam über eine Falte an seiner sonst so ordentlich gebügelten Cargohose. »Ich brauche ausnahmsweise noch einen Kaffee.« Und damit ging er einfach davon.

Überrumpelt, aber vor allem immer noch erschrocken über die tragischen Ereignisse starrte Marie ihm nach, bis die Tür zum Speisesaal hinter ihm zufiel.

War sie doch die Einzige, die vermutete, dass Frau

von Timmenbach nicht freiwillig in der überhitzten Sauna gewesen war? Marie stützte das Kinn auf die Hand und versank in Gedanken.

Der Spa-Bereich schloss um acht Uhr abends seine Pforten und wurde vorher kontrolliert. Cassandra war angeblich dabei nichts aufgefallen. Ob sie den Spa nun abgeschlossen hatte oder nicht, blieb offen. Wenn Gertrud von Timmenbach seit acht bis neun Stunden tot war, musste der Tod in der Nacht eingetreten sein. Das wiederum bedeutete, dass sie sehr viel später als kurz vor acht, also vor Cassandras Kontrollgang, den Spa betreten hatte.

Natürlich konnte der Tod so plötzlich eingetreten sein, dass Gertrud von Timmenbach die Sauna nicht mehr aus eigener Kraft hatte verlassen können. Doch warum hatte sie dann direkt vor der Tür gelegen? War sie auf dem Weg aus der Sauna einfach dort zusammengebrochen? Oder stammten die blauen Flecken an der Schulter vielleicht doch daher, dass sie verzweifelt versucht hatte, die Saunatür zu öffnen? Wo aber war dann der Gegenstand, mit dem die Tür verschlossen worden war? Und wieso war die Sauna so hoch eingestellt gewesen?

Ratlos schüttelte Marie den Kopf. Das alles passte für sie nicht zusammen.

In diesem Moment kam Cassandra aus dem Büro der Chefin gestürmt.

»Was ist los?«, fragte Marie, als sie die geröteten und verquollenen Augen der Kollegin bemerkte.

Cassandra stopfte schniefend und schluchzend ihre Sachen in die Tasche. »Yolanda hat mich gefeuert! Einfach so!«

5.
Es war Mord!

»Cassandra!« Marie lief ihrer Kollegin hinterher.

Diese hielt abrupt vor dem Tor des Hotels an und wandte sich mit Tränen in den Augen zu ihr um. Sie schluchzte. »Jetzt ist alles ruiniert!«, klagte sie und wischte sich in einer trotzigen Geste über die Wange.

Die sonst so toughe Cassandra, die immer einen frechen Spruch auf den Lippen trug, so aufgelöst zu sehen, erschütterte Marie zutiefst. Es war so unfair! »Ich spreche noch einmal mit Yolanda. Sie kann dich doch nicht dafür verantwortlich machen.«

Cassandra blinzelte. Ihre Finger klammerten sich fester um den Griff ihrer Tasche. »Sie kann und sie hat es bereits getan, Marie.« Neue Tränen rannen über ihre gerötete Haut. »Verdammt. Ich will nicht zurück nach Deutschland gehen«, jammerte sie. »Ich hab es mir so schön vorgestellt, hier auf Mallorca zu leben und zu arbeiten!«

Marie zog sie in eine tröstende Umarmung. »Aber

das kannst du doch weiterhin. Du musst nicht zurückkehren«, murmelte sie.

Cassandra schnaubte. »Niemand wird mich hier mehr einstellen, wenn sich erst einmal herumgesprochen hat, dass ich dafür verantwortlich bin, dass die olle Timmenbach in der Sauna gestorben ist. Und Yolanda wird mich nicht mehr zurücknehmen. Sie hat ihren Schuldigen gefunden, und darüber ist sie viel zu glücklich. Hauptsache, ihr doofes Hotel bekommt keinen Kratzer in die glänzende Fassade! Für Yolanda ist die Sache erledigt. Ein für alle Mal.« Sie schniefte.

Marie schüttelte den Kopf. Sie wollte nicht glauben, dass ihre Kollegin recht hatte. »Nein, sie wird ihre Meinung ändern, wenn wir den wahren Schuldigen finden.«

Cassandra unterbrach ihr Schniefen, um sie mit einem argwöhnischen Blick zu bedenken. »Wie? Wie meinst du das?«

Marie blickte sich um, ehe sie sich zu ihr beugte. Dennoch wagte sie noch nicht, freiheraus auszusprechen, was in ihr brodelte. »Erzähl mir mal ganz genau, was du gestern Abend gemacht hast, als du den Spa-Bereich kontrolliert hast.«

Cassandra verzog ihr Gesicht vor Schmerz. »Ich habe es auch schon der Polizei und Yolanda berichtet. Ich habe da meine Runde gedreht. Mir ist nichts aufgefallen, Marie.« Tränen fluteten erneut ihre Augen. Hastig blinzelte Cassandra sie weg.

»Die Sauna war zu dem Zeitpunkt nicht eingeschaltet?«

»Nein. Mensch, das hätte ich doch bemerkt!«

»Und die Tür? Hast du die Tür zum Spa abgeschlossen?«

Cassandra fuhr sich mit den Händen durch das Gesicht und stöhnte gequält auf. »Kennst du dieses Gefühl, wenn du zum Beispiel im Auto sitzt und dich plötzlich fragst, ob du zu Hause die Tür abgeschlossen hast? Wenn du dich einfach nicht mehr daran erinnern kannst?«

»Ja, klar. Weil man so etwas so oft und meistens routinemäßig macht. Deshalb ist man sich später nicht mehr sicher, ob man diesmal wirklich daran gedacht hat.« Wie oft Marie selbst schon nach dem Verlassen ihrer Wohnung voller Schreck überlegt hatte, ob sie ihren Lockenstab ausgestellt hatte. Oder den Herd. Oder das Bügeleisen …

Cassandra knibbelte an der Nagelhaut ihres Daumens und nickte. »Genau. Ich kann mich gerade nicht mehr daran erinnern.« Sie seufzte. »Aber das ist nicht dein Problem, Marie. Bring den Tornado nicht auch noch gegen dich auf.« Sie zog sie noch einmal an sich, dann löste sie sich von ihr und verließ mit hängenden Schultern das Grundstück des Hotels.

Marie sah ihr nach. Ihre Gefühle fuhren Achterbahn. In ihrem Kopf herrschte Chaos. Sie war sich sicher, dass Gertrud von Timmenbachs Tod kein Unfall war, und noch sicherer war sie sich, dass Cassandra nicht dafür verantwortlich war. Doch wer dann?

»Miau.« Tequila strich mauzend um Maries Beine.

Sie kniete sich zu dem rot gestreiften Kater und kraulte ihn hinter den Ohren. Immer wieder flammten die Bilder der toten Gertrud von Timmenbach vor ihrem inneren Auge auf und schnürten ihr den Hals zu.

Ganz zu Maries Überraschung hatte Yolanda ihr angeboten, sich den Rest des Tages freizunehmen, falls der Schock zu groß sei. Doch Marie hatte sich dagegen entschieden. Zwar spürte sie, dass ihr der Schrecken deutlich in den Knochen steckte, aber sie brauchte nun die Ablenkung.

Sie half an verschiedenen Stellen im Hotel. Natürlich wurde sie vor allem an der Rezeption von der Realität eingeholt. Einige Gäste konnten ihre Neugierde nicht zügeln und löcherten Marie mit Fragen, denen sie stets höflich auswich. Als es etwas ruhiger am Rezeptionstresen wurde, gab sie ihrer eigenen Neugierde allerdings nach. Kurz blickte sie sich um, um sich zu vergewissern, dass Yolanda nicht irgendwo herumwuselte. Dann rief sie auf dem Computer den Ordner mit den Daten auf, in denen Informationen über die Dauergäste in den Residenzen geführt wurden.

Gertrud von Timmenbach war siebzig Jahre alt gewesen und kam ursprünglich aus Bayern. Sie wohnte bereits seit sieben Jahren in der Anlage. Marie überflog die von Frau von Timmenbach gebuchten Aktivitäten. Wie sie es bereits wahrgenommen hatte, war die Rentnerin trotz ihres Alters äußerst aktiv gewesen. Neben den regelmäßigen Beauty-Behandlungen im Spa hatte sie öfters Boots- und Wandertouren über das Hotel gebucht oder sich ein Fahrrad ausgeliehen, um damit die Insel zu erkunden.

Marie seufzte wehmütig. Wie traurig!, dachte sie. Gertrud von Timmenbach hatte das Leben offenbar noch voll auskosten wollen, und nun hatte jemand ihr diese Gelegenheit genommen.

Marie schluckte den Kloß hinunter, der sich in ihrem Hals gebildet hatte, und rief eine Suchmaschine auf. Dann gab sie Gertrud von Timmenbachs Namen in das Suchfeld ein und wurde zu ihrer Überraschung tatsächlich fündig. Es gab mehrere Artikel über sie, und ganz oben fand Marie den Link, der zu einem Schmuckunternehmen führte.

Gertrud von Timmenbach hatte ein Imperium aufgebaut, das sie vor einiger Zeit an ihre Kinder – einen Sohn und eine Tochter – übergeben hatte, um ihren wohlverdienten Ruhestand zu genießen. Sogar einige einschlägige Modezeitschriften hatten Artikel über die Geschäftsfrau veröffentlicht. Marie überflog diese. Darin ging es um Erfolg und Disziplin.

Andere Magazine – vor allem Klatschblätter – beschäftigten sich mit dem Privatleben von Gertrud von Timmenbach. Vor zwanzig Jahren hatte die Geschäftsfrau sich von ihrem Mann scheiden lassen und war danach besonders wegen ihrer zahlreichen Liebschaften in die Schlagzeilen geraten.

»*Hola*, Marie!« Alejandros Stimme ließ Marie zusammenfahren. Hastig klickte sie ihre Rechercheaarbeit weg.

»Hey, Alejandro«, sagte sie und fuhr sich über das müde Gesicht. Mit einem Blick auf die Uhr stellte sie fest, dass es bereits sechs Uhr war. Zu dieser Zeit öffnete nun auch der Speisesaal seine Pforten, sodass der Duft von gegrillten Garnelen, Fisch und würzigen Saucen in die Lobby waberte.

Maries Magen zog sich zusammen. Sie hatte den ganzen Tag über kaum etwas gegessen. Nach den Erlebnissen des Morgens hatte ihr einfach nicht der Sinn danach gestanden.

Alejandro lehnte mit einem Arm auf der Ablage unter dem Tresen und legte den Kopf schief. Er blickte Marie mit großen Augen an. »Was ist passiert? Ich habe es schon gehört. Die von Timmenbach ist tot?«, flüsterte er aufgeregt.

Marie nickte erschöpft. Ihr stand nun wirklich nicht der Sinn nach Tratsch. Bevor Alejandro sie weiter mit Fragen löchern konnte, klaubte sie ihre Sachen zusammen. »Ich bin müde, wir quatschen noch, ja?!« Sie lächelte ihn an und wünschte ihm noch eine angenehme Schicht. Damit flüchtete sie in die Umkleide.

Als sie wieder in die Lobby trat, bereit, diesen ereignisreichen Arbeitstag hinter sich zu lassen, fiel ihr Blick auf die massive Holztür, durch die man in den Spa-Bereich gelangte. Ein rot-weißes Absperrband zeichnete ein großes X auf die Tür und zog Marie regelrecht in seinen Bann.

Zwar hatte die Polizei den Spa vorerst gesperrt, bis die Ergebnisse der Obduktion eine Fremdeinwirkung definitiv ausschlossen, doch eine Suche nach Beweismitteln hatte offenbar nicht stattgefunden. Zumindest hatte Marie nichts dergleichen beobachten können.

Kurz darauf fand sie sich vor dem Eingang wieder, ohne dass ihr Gehirn ihren Füßen den Befehl gegeben hätte, hierhin zu gehen. Als sie in Richtung der Fensterfront blickte, entging ihr nicht der fragende Blick ihres eigenen Spiegelbilds.

Ihre Finger krampften sich um den Henkel der Tasche. Sie biss sich auf die Lippen, ehe sie sich verstohlen zu allen Seiten umsah.

Die ersten Gäste verirrten sich bereits in den Speisesaal, schenkten ihr jedoch keine Beachtung. Alejandro schien sich gerade mit Yolanda im Büro zu unterhalten. Er war nicht zu sehen, aber sein lautes Lachen, das an das Kreischen eines Seehunds erinnerte, hallte durch die gesamte Lobby. Für Marie hörte sich das Gelächter befremdlich an – angesichts der Tatsache, dass es heute einen Todesfall gegeben hatte.

Ohne darüber nachzudenken, hastete Marie zur Rezeption zurück, stibitzte den Spa-Schlüssel aus der Schublade und eilte zur Tür.

Sie öffnete sie, ignorierte das Absperrband, das sich im selben Moment freiwillig von einer Seite der Tür löste. Das war doch ein Zeichen, oder?

Am Ende des Spa-Bereichs gab eine große Fensterfront den Blick auf dicht gedrängte Fichten frei. Ein wunderschönes, eigentlich beruhigendes Bild, wie Marie fand. Die Scheiben waren von außen verspiegelt und etwas abgedunkelt. Deshalb kämpften sich die Sonnenstrahlen nur gedämpft durch die Baumkronen und warfen tanzende Lichtpunkte auf den Boden und das Wasser. In Anbetracht des Zwielichts, das dadurch entstand, und der Tatsache, dass vor einigen Stunden eine Leiche hier gelegen hatte, wirkte der Spa-Bereich unheimlich.

Eine Gänsehaut kribbelte über Maries Körper. Ihr Puls beschleunigte sich. Sie schaltete das Licht ein, um die Düsternis zu verscheuchen. Sofort breitete sich warmes Licht aus, und doch schien es die Schatten des Dramas, das sich hier ereignet hatte, nicht vertreiben zu können.

Du solltest dich besser beeilen, trieb Marie sich selbst an und eilte zur Sauna, in der Frau von Timmenbach gestorben war, auch wenn eine innere Stimme sie anflehte, schnellstmöglich wieder umzukehren.

Doch sie musste es wissen. Sie musste wissen, ob die Polizisten vielleicht etwas übersehen hatten. Etwas, was ihre eigene Theorie bestätigte.

Eine leise Stimme in ihrem Hinterkopf, die ziemlich genau wie die ihres Vaters klang, mahnte sie vor der Unvernunft, die sie im Begriff war zu begehen.

Jetzt schlug ihr Herz zwar noch immer vor Nervosität, aber auch vor Trotz. Sie war manchmal gern unvernünftig. Sie näherte sich der Sauna und blieb vor der Tür stehen. Langsam streckte sie die Hand aus und schluckte schwer.

Sie ging auf die Knie und untersuchte das Holz von außen. An den beiden parallel zueinander angeordneten eckigen Türgriffen wurde sie fündig. Unscheinbar und doch unübersehbar befanden sich dort kleine Kratzer – für Marie eindeutige Spuren, die dadurch entstanden sein konnten, dass Gertrud von Timmenbach verzweifelt versucht hatte, von innen die verkeilte Tür zu öffnen.

Aber was konnte es der armen Frau unmöglich gemacht haben, aus der Sauna zu entkommen?

Marie sah sich um. Auf den ersten Blick entdeckte sie keinen Gegenstand, der dafür geeignet gewesen wäre, die Tür zu verschließen. Der Täter musste es also wieder entfernt haben, nachdem Gertrud von Timmenbach zusammengebrochen war. Aber vielleicht hatte er es auch nur achtlos irgendwo im Spa-Bereich versteckt, und es befand sich noch hier.

Also unternahm sie einen erneuten Rundgang, blickte dieses Mal genauer in die dunklen Ecken, untersuchte die anderen Saunen und warf sogar einen Blick in die Blumentöpfe im Relaxbereich. Doch offenbar war der Täter umsichtig gewesen und hatte besagten Gegenstand später entsorgt.

Marie kehrte zur Sauna zurück und öffnete sie. Dabei hielt sie die Luft an. Fast schien es ihr, als stieße sie nun ein weiteres Mal auf Frau von Timmenbachs leblosen Körper.

Tief atmete sie ein und aus, ehe sie sich der Türinnenseite und dem Inneren der Sauna widmete. Auch hier wurde Marie fündig. Offenbar hatte Gertrud von Timmenbach versucht, diese an dem schmalen seitlichen Spalt zu öffnen, wobei sie einige Kratzspuren verursacht hatte.

Um die Spuren an der Tür noch besser in Augenschein nehmen zu können, öffnete Marie diese noch weiter. So konnte sie das Licht im Spa bei ihrer Inspektion nutzen. Konzentriert suchte sie auch die Innenseite ab. Möglicherweise hatte Gertrud von Timmenbach noch mehr Kratzspuren hinterlassen. Vielleicht würde der Pathologe bei der Obduktion Holzreste unter ihren Fingernägeln finden, die bewiesen, dass sie eingesperrt worden war und verzweifelt versucht hatte, ihrem Gefängnis zu entkommen.

Unzählige Male hatte Marie so etwas in ihren geliebten *True-Crime*-Serien am späten Abend gesehen. Doch konnte sie sich nun darauf verlassen, dass Gertrud von Timmenbach Gerechtigkeit widerfahren würde?

»Versuchen Sie, sich in das Opfer einzufühlen?« Christian Munkers Stimme erklang unmittelbar hinter ihr.

Marie schrie auf und ließ die Tür los, sodass sie weiter nach hinten schwang und Marie das Gleichgewicht verlor.

Schnaubend fiel sie vornüber und konnte sich gerade eben noch mit den Händen abfangen, während die Tür bereits wieder zurückflog und mit einem leisen, hohlen *Klonk* gegen ihren Kopf schlug.

»Ein menschlicher Türstopper«, stellte Christian trocken fest.

Als Marie sich mit glühenden Wangen aufrappelte, sah sie nicht einmal den Anflug eines Lächelns auf seinen Lippen. »Sie haben mich erschreckt!«, stieß sie atemlos hervor.

»Das war nicht meine Absicht.«

»Schwer zu glauben, wenn Sie sich so anschleichen, Herr Munker!«, erwiderte Marie empört. Sie benötigte einige Sekunden, um ihren wild hämmernden Herzschlag mit einigen tiefen Atemzügen zu beruhigen. Dann blinzelte sie. Wieso war Christian Munker hier? »Was machen Sie hier?« Sie rieb sich den schmerzenden Kopf. Na großartig! Das würde eine schöne Beule geben!

»Das Gleiche könnte ich Sie fragen«, sagte er, wobei ein deutlicher Vorwurf in seiner Stimme mitschwang.

Irritiert über diese Antwort schnappte Marie nach Luft, wobei sie gleichzeitig das Gefühl nicht ganz abschütteln konnte, ertappt worden zu sein. Sie spürte, wie die Röte in ihren Wangen kribbelte. »W-Was ich hier mache? Ich arbeite hier. Vor meinem Feierabend … schaue ich noch einmal nach dem Rechten«, sagte sie. »Der Spa ist gesperrt. Was machen *Sie* also hier?«

Seine ausdruckslose Miene ließ keinen Schluss darauf zu, ob er ihr glaubte oder nicht. »Soviel ich weiß, ist er das doch auch für Sie, oder?«

»Ich … ich … ich muss trotzdem nachschauen, ob hier alles in Ordnung ist.« Marie fühlte sich wie damals in der Schule, als sie einmal beim Spicken erwischt worden war und irgendwie versucht hatte, sich herauszureden.

Munker verschränkte die Arme vor der Brust. Sah Marie da etwa ein Schmunzeln in seinen Mundwinkeln zucken, oder war es vielmehr ein Ausdruck von Geringschätzung? »Das nennt man ›unbefugtes Betreten eines Tatorts‹ und ist strafbar.«

Marie musterte Christian Munker ungläubig. »Sind Sie extra gekommen, um mir das zu sagen?« Definitiv war er früher mal Lehrer, dachte sie.

»Das ist eine Straftat«, beharrte er und hob die Schultern.

Als ihr die Aberwitzigkeit dieser Diskussion klar wurde, musste Marie sich zusammenreißen, um ernst zu bleiben. »Dann sind wir ja schon zwei«, gab sie zurück und lachte, ein Versuch, die Situation aufzulockern.

Doch Christian Munker schien das entweder nicht besonders lustig zu finden, oder er war grundsätzlich ein Mensch, der nicht viel lachte. »Ja«, gab er tonlos zurück. »Aber ich bin mir sicher, dass Ihnen durchaus bewusst ist, dass das hier verboten ist. Doch sagen Sie mal … was haben Sie vor?«

Marie hielt inne. Für den Bruchteil einer Sekunde flammte die Erinnerung an seinen Blick auf, den sie vor einigen Stunden hier im Spa-Bereich aufgefangen hatte. In diesem Moment war sie sich noch sicher gewesen, dass auch Munker vermutete, dass mehr hinter Gertrud von Timmenbachs Tod steckte als ein simpler Unfall. Doch nun sickerte eine andere Möglichkeit in ihren Kopf. Ein kalter Schauer kroch ihr den Rücken hinunter. Vielleicht war Christian Munker nicht gekommen, um ihr klarzumachen, dass das, was sie hier tat, verboten war. Vielleicht war er zufällig auf sie gestoßen, bei seinem Versuch, Beweismittel verschwinden zu lassen oder Spuren zu verwischen. Hatte … hatte Christian Munker Gertrud von Timmenbach in der Sauna eingesperrt?

Marie wich seinem Blick aus und schluckte ihre Nervosität herunter. Aber was sollte der Grund dafür gewesen sein?

»Vielleicht sollten wir dann beide hier nicht länger etwas Verbotenes tun.« Sie setzte ein Lächeln auf und fasste Christian Munker kurz in einer freundlichen Geste an den Oberarm, um ihn aufzufordern, ihr nach draußen in die Lobby zu folgen. »Ich gehe in den Feierabend, und Sie nehmen vielleicht noch einen Schlummertrunk an der Bar? Wie klingt das für Sie, Herr Munker?«

Er gab nur ein Grummeln von sich und zuckte kaum merklich unter Maries Berührung zusammen. Gleichzeitig gaben sie beide sich einen Schritt mehr Raum. Kerzengerade wie immer schlenderte Munker in Richtung Ausgang.

Marie folgte ihm widerwillig, warf einen kurzen Blick über die Schulter in der Hoffnung, auf die Schnelle noch etwas zu entdecken, einen Hinweis, einen Beweis, den Gegenstand, mit dem die Saunatür verschlossen worden war. Doch da war nichts.

Wie lange war Christian Munker schon hier gewesen? Sie hatte ihn nicht reinkommen hören. War er bereits vor ihr im Spa-Bereich gewesen, um seine Spuren zu beseitigen? Hatte er den Gegenstand, mit dem die Sauna versperrt wurde, verschwinden lassen?

Mit zusammengekniffenen Augen musterte Marie Christian Munker. Kurz vergewisserte sie sich, dass er nichts bei sich trug, das der gesuchte Schließgegenstand sein könnte. Er hatte nichts in seine Hose gesteckt, nichts in seinen Hosenbund geschoben. Marie fiel lediglich der Zipfel eines Stofftaschentuchs auf, das aus seiner Hosentasche ragte. Sie blinzelte. Hatte er damit seine Fingerabdrücke weggewischt?

Christian Munker bemerkte ihren Blick und hob die Brauen. Marie setzte schnell ein Lächeln auf. Schließlich sollte er nicht merken, dass sie ihm misstraute.

Munker sah an sich herunter, ehe er das Taschentuch hervorzog und kurz innehielt, um es ordentlich auf seiner Brust zu falten. Dann ließ er es in einer fließenden Bewegung in seiner Gesäßtasche verschwinden und ging weiter.

Da er groß war und lange Beine hatte, fiel es Marie schwer, mit ihm Schritt zu halten. Während sie aufholte, schweiften ihre Erinnerungen zu Christian Munker und Gertrud von Timmenbach. Schon oft hatte sie die beiden in der Vergangenheit abends an der Bar zusammen sitzen sehen. Dabei hatte Gertrud immer ein Glas Champagner und Christian ein Bier getrunken. Sie hatten sich augenscheinlich gut verstanden. Marie fragte sich, wie sie zueinander gestanden hatten und ob es einen Streit gegeben hatte.

An der Tür griffen sie gleichzeitig nach der Klinke und wichen ebenso zeitgleich voreinander zurück. Marie sah Christian Munker in die blauen Augen. Sein Blick war durchdringend und taxierend, so, als versuchte er, sie einzuordnen. Wollte er herausfinden, ob ihr irgendetwas ihn Belastendes aufgefallen war? Sie wich den musternden Augen nicht aus, im Gegenteil, denn auch sie versuchte, sich ein klareres Bild von ihm zu machen.

Schließlich öffnete Marie die Tür und entließ Christian Munker aus dieser unangenehmen Situation, ehe sie ihm schnell folgte und rasch hinter sich abschloss. Den Schlüssel sollten wir vielleicht woanders verwahren, überlegte sie. Dann hätte Munker keine Chance, noch einmal zurückzukehren, falls er wirklich versuchen wollte, Spuren zu verwischen.

»Tut mir leid, dass ich Sie erschreckt habe«, sagte er nun. Er rückte den Kragen seines Poloshirts zurecht, als kratzte dieser ihn. Dann bohrte sich sein Blick in ihren. »Passen Sie auf sich auf, Frau Holstein.« Damit nickte er, wandte sich in einer geschmeidigen Bewegung ab und schlenderte in Richtung Speisesaal.

Marie blieb wie eingefroren stehen und starrte ihm nach. Hatte er ihr gerade gedroht? Er hatte so langsam und eindringlich gesprochen, dass es für sie mehr einer Warnung gleichkam als einem Ausdruck der Fürsorge. Ihre Kehle schnürte sich zu. Sie schluckte gegen das bange Gefühl an.

Marie schüttelte das Gefühl ab. Sie huschte durch die menschenleere Lobby, deponierte den Spa-Schlüssel in einem Safe, der sich in einem Unterschrank befand und in dem sie verschiedene Wertgegenstände, Papiere und Bargeld aufbewahrten. Sie würde Yolanda am nächsten Morgen vorschlagen, den Schlüssel woanders zu deponieren.

Danach eilte sie, glücklicherweise unbemerkt von Alejandro, der wahrscheinlich irgendwo im Pausenraum seinen Wissensdurst zu stillen versuchte, zum Ausgang und trat in den warmen Spätnachmittag hinaus.

Die Sonnenstrahlen kitzelten auf ihrer Haut. Marie wurde vom Duft der Zitrusbäume begrüßt. Im Brunnen plätscherte fröhlich das Wasser, als wäre nichts geschehen, und der Wind strich säuselnd durch die Blätter. Sie legte den Kopf in den Nacken und atmete die Schwere von ihrer Brust, während sie in den wolkenlosen blauen Himmel sah.

Da überkamen sie mit Macht zwei Gewissheiten: Gertrud von Timmenbach weilte nicht mehr unter ihnen. Sie war einem Mord zum Opfer gefallen. Erfüllt von Sorge kaute Marie auf ihrer Unterlippe. Würde die Polizei ebenfalls zu diesem Schluss kommen? Und würden sie dann herausfinden, wer dafür verantwortlich war?

6.
Mojito und Meer

Marie hatte keine Lust gehabt, ihren Feierabend allein in ihrem kleinen Apartment zu verbringen und sich selbst ein Abendessen zu kochen.

Also war sie kurzerhand auf ihrem gelben Roller losgedüst, um sich mit ihrem Lieblingsessen an den Strand zu setzen. Nun hockte sie da, eine Pizza Margherita mit doppelt Käse auf dem Schoß, die Füße im Sand vergraben und die Nase im Wind, der den salzig-herben Duft des Meeres mit sich führte.

Wellen rauschten im steten Takt an den Strand, griffen nach Maries Zehen, erwischten sie aber nicht. Das Wasser war jetzt, Ende April, noch sehr kalt. Neben Marie steckte ein Becher Mojito im Sand. Den hatte sie sich an der kleinen Holzhütte gekauft, die in der Mitte des Strandes thronte. Dort sorgten zwei Barkeeper mit lauter House-Musik für die richtige Stimmung.

Inzwischen war der Strand mehrheitlich von Gruppen junger Menschen gefüllt. Ihr Lachen trug über die gesamte Bucht. Einige hatten ein Feuer entzündet und grillten Würstchen darüber. Andere spielten Volleyball, schrien und jubelten, wenn eine der Mannschaften einen Punkt erzielte. Vermischt mit der Musik war das für Marie der Klang des Sommers. Sie saugte alles in sich auf, spürte den Sand und die winzigen Muscheln unter ihren Fingern.

Sie blickte zu den Bergen auf, hinter die sich nun langsam die Sonne schob. Die Felsen bildeten jetzt ein kontrastreiches Bild, als das Sonnenlicht über sie fiel und alles hinter sich in tiefe Schatten tauchte. Übersät waren die Berge vom sanften Grün der Gräser und Büsche.

Dieses traf am Horizont auf das Blau des Meeres, das sich in verschiedenen Nuancen vor Marie erstreckte wie ein riesiger Flickenteppich.

Herzhaft biss sie in ein Stück Pizza, genoss den würzigen Geschmack des geschmolzenen Käses. Es war ein perfekter Feierabend. Nur eine Sache fehlte. Marie zog ihr Smartphone hervor und wählte die Nummer ihrer besten Freundin Ebru.

Diese hob bereits beim ersten Freizeichen ab. »Du kannst wohl Gedanken lesen«, sagte sie und lachte. »Ich hatte ebenfalls vor, dich anzurufen.«

Bereits an ihrer Stimme, die leicht im Unterton zitterte, erkannte Marie, dass auch Ebru einen schlechten Tag hinter sich hatte. »Wie voll ist dein Weinglas?«, fragte sie im besten Wissen, dass ihre Freundin sich eines eingeschenkt hatte und nun auf dem Balkon ihrer Stadtwohnung in Köln die Füße auf der Brüstung ausstreckte.

»Etwas mehr als halb voll – mit gutem Merlot«, antwortete Ebru. »In der Agentur war es so stressig! Peter hat gekündigt, und jetzt ist die Grafikabteilung unterbesetzt. Und wer soll es richten? Ich natürlich.«

»Du Ärmste«, erwiderte Marie voller Mitgefühl. Sie wusste, wovon Ebru sprach, schließlich hatten sie bis kurz vor ihrer Auswanderung in derselben Marketing-Agentur gearbeitet. Inzwischen hatte Ebru eine Stelle mit mehr Verantwortung übernommen und war oft gestresst oder überarbeitet.

Marie tat das sehr leid. Dieser Job war anstrengend. Andererseits konnte sie sich niemand Besseres für diese Stelle denken. Ebru war eine toughe Persönlichkeit und außerdem ein Workaholic.

Marie schweifte gedanklich ab zu dem Tag, als sie ihre Entscheidung ihren Eltern verkündet hatte, ihren sicheren und gut bezahlten Job aufzugeben, um nach Mallorca auszuwandern und ihren Traum von einer eigenen Bar und einem unabhängigen Leben wahrzumachen. Unvernünftig hatten ihre Eltern das gefunden. Dabei wusste Marie, dass die zwei es nicht einmal böse meinten und sich nur Sorgen um die Zukunft ihrer sonst so vernünftigen Tochter machten.

Rosa und Otto Holstein hatten beide stets in sicheren Jobs gearbeitet. Bis zu ihrer Rente waren sie als Beamte bei der Stadt eingestellt gewesen.

Sicherheit. Das war in ihren Augen alles, was zählte. Tatsächlich dachten auch andere in Maries Umfeld, dass sie übergeschnappt war und wohl gerade irgendeine Krise durchmachte. Nur Ebru war von Anfang an begeistert gewesen und hatte sie in allem unterstützt, wofür Marie ihrer Freundin mehr als dankbar war.

»Marie, bist du noch da?«

Sie schreckte auf. »Oh, ja, entschuldige«, bat sie und biss noch einmal in ein Stück Pizza. »Was hast du gesagt?«

»Ich habe gefragt, wie dein Tag war.« Ebru kicherte. Sie kannte es, dass Marie manchmal mit ihren Gedanken abschweifte.

»Ich habe heute einen unserer Hotelgäste tot in der Sauna aufgefunden. Es war furchtbar«, sagte Marie.

Kurze Stille folgte am anderen Ende der Leitung. »Okay, du hast gewonnen«, murmelte Ebru. »Was ist passiert?«

Also erzählte Marie Ebru alles, was sie erlebt hatte, während die Wellen sich nicht von den Geschehnissen des Tages beeindrucken ließen und weiter gleichmäßig auf den Strand zurollten. Über ihr segelten Möwen durch die Lüfte, landeten in gebührendem Abstand zu Marie, die hoffte, dass die Vögel sich nicht auf ihre Pizza stürzen würden. Die würde sie mit ihrem Leben verteidigen!

»Das ist ja wirklich krass«, meinte ihre Freundin, als sie geendet hatte. »Und du glaubst echt, dass es Mord war?«

»Ich bin mir schon fast sicher«, antwortete Marie zögerlich. »Es passt alles nicht zusammen.«

»Willst du also herausfinden, wer das war? Dieser Munter scheint wirklich ein seltsamer Vogel zu sein. Vielleicht hat er tatsächlich etwas damit zu tun.«

Marie malte mit dem Finger im Sand, ehe sie nach ihrem Mojito griff. »Mun*k*er«, korrigierte sie und lachte, ehe sie an ihrem Strohhalm nuckelte und den Geschmack der Limetten auf ihrer Zunge genoss. »Ich will niemanden vorschnell verurteilen«, sagte sie dann. »Ich bin auch hier, um für meine Bar zu arbeiten und zu sparen, und nicht, um mich in eine Ermittlung zu stürzen.« Da war sie wieder: die Stimme der Vernunft.

»Du wirst schon das Richtige tun, Mariechen. Vielleicht wird die Polizei ja doch ermitteln.«

»Ja, vielleicht«, stimmte Marie zu, spürte aber tief in sich die Gewissheit, dass sie es nicht tun würde. Dieser

Rubio Alonso wirkte nicht wie der engagierteste Ermittler.

Marie und Ebru wechselten das Thema, schwelgten in Erinnerungen und quatschten, bis die Sonne hinter den Bergen verschwand. Nur noch ein rötlich glühender Streifen war am Horizont zu sehen, erstreckte sich wie eine Linie über das dunkle Blau des Meeres und verblasste in einem lilafarbenen Ton. Die beleuchtete Promenade glitzerte in der Dämmerung. Besonders Marcos Garcías Restaurant stach hervor. Es musste herrlich sein, jetzt dort oben auf der Dachterrasse zu sitzen und zu essen, dachte Marie verträumt.

Sie spürte aber die Müdigkeit in allen Knochen. Marie erhob sich, klopfte sich den Sand von der Kleidung und entsorgte ihren Müll im nahen Abfalleimer, ehe sie zur Promenade schlenderte und sich wieder auf ihren Roller setzte.

Zu Hause in ihrem Apartment angekommen, stellte sie die Balkontür auf Kipp. Draußen flüsterte der Wind durch die Nadeln der Pinien, die im Garten des Wohnkomplexes standen. Von ihrem Balkon aus konnte Marie die Wipfel sehen, die sich sanft im Wind wiegten. Die grünen Vorhänge blähten sich, tanzten in der Dunkelheit ihrer Wohnung.

Als Marie wenig später im Bett lag und dem Zirpen der Grillen lauschte, merkte sie aber, dass die Erlebnisse des Tages sie noch immer verfolgten. Ihre Gedanken kreisten um die arme Frau von Timmenbach und um die Umstände ihres Todes. So schnell würde sie diese Nacht kein Auge zubekommen, das ahnte Marie.

7.
Ermitteln für Anfänger

Wie Marie befürchtet hatte, war sie erst sehr spät eingeschlafen. Das Schrillen des Weckers hatte sie kaum gehört, und so war sie bei dem Versuch, ihn auszustellen, einen weiteren Morgen unsanft aus dem Bett gefallen. Sie schien noch immer an die Größe ihres Zwei-Meter-Bettes zu Hause in Deutschland gewohnt zu sein. Nun musste sie sich mit neunzig Zentimetern begnügen – nicht sehr vorteilhaft, denn sie bewegte sich viel im Schlaf.

Bei einem Blick auf die Uhr stellte Marie fest, dass sie zu spät dran war. Eilig lief sie ins Bad, wusch sich, putzte sich die Zähne und band ihr blondes Haar zu einem hohen Zopf zusammen. Die Frisur betonte ihre Wangenknochen.

Ihre Augen blinzelten ihr im Spiegel müde entgegen. Der gestrige Feierabend am Strand hatte ihr Gesicht noch mehr gebräunt und ihre Sommersprossen hervorgekitzelt. Das Blau ihrer Augen trat nun umso deutlicher hervor. Hastig zog sie sich die geschwungenen Lippen mit einem dezenten Lippenstift nach. Innerhalb weniger Minuten war Marie fertig angezogen und stolperte aus dem Haus zu ihrem Roller.

Dieser knatterte empört und erschrocken los, hustete, weil Marie wohl zu schnell zu viel Gas gegeben hatte. Das gelbe Gefährt surrte über die noch menschenleeren Straßen. Trotz ihres stressigen Morgens und der gestrigen Ereignisse genoss Marie den Fahrtwind und die kühle Morgenluft, die ihr um die Nase wehten. Einige weiße Wolken kräuselten sich über der grünen Bergspitze am Horizont.

In den Vorgärten der Ferienhäuser wiegten gelbe Mimosen ihre schweren Blüten in der Brise. Die Sonnenfarbe vermischte sich mit den zarten Rosatönen der Oleanderbäume und dem grellen Magenta der Bougainvilleen, die an einigen Hauswänden oder über Steinmauern kletterten und ihren frischen Duft verströmten.

Marie bog dieses Mal direkt auf die Hauptstraße und mied die schmalen Gassen. Heute würde sie Alba leider enttäuschen müssen, denn sie hatte keine Zeit für ihren Klatsch und Tratsch – und dieser würde an diesem Morgen sicherlich blühen und noch mehr Zeit als sonst in Anspruch nehmen.

Wie schade, dass ich ausgerechnet heute zu spät dran bin, um mir anzuhören, was man sich im Dorf so erzählt!, dachte Marie mit einigem Bedauern. Vielleicht hätte sie ja etwas Interessantes erfahren. Wie die Einheimischen wohl Gertrud von Timmenbach erlebt hatten? In den Jahren, in denen die ehemalige Geschäftsfrau auf der Insel lebte, hatte sie sicher schon den einen oder anderen in Caví kennengelernt. Marie nahm sich vor, am Abend bei Alba vorbeizuschauen, wenn sie es denn früh genug aus dem Hotel schaffen würde.

Auf der Hauptstraße kam ihr der eine oder andere

Reisebus entgegen, der die ersten Touristen des Tages bereits in ihre Hotels brachte. Hier drängten sich dicht an dicht Supermärkte und kleine Shops. Dort wehten Handtücher in allen Farben an den Stangen. An Säulen und Wänden befestigt hingen aufblasbare Schwimmringe in Blau, Rot oder Neongelb. Schwimmnudeln und Strandspielzeug für Kinder drängten sich dicht an dicht.

Marie hielt vor einem dieser Läden, die außerdem Snacks und Sandwiches verkauften. Sie griff nach ein paar abgepackten Broten, von denen sie wusste, dass sie leider nicht so gut schmeckten wie Albas frisch belegte, knusprige Baguettes. Aber die Brote mussten heute genügen.

Danach schwang Marie sich wieder auf ihren Roller und fuhr die Straße empor. Der Pinienwald umfing sie, und sie beobachtete das Lichtspiel der Sonnenstrahlen, die vereinzelt durch die dichten Nadelwipfel fielen.

Am Hotel angekommen, trat sie durch das Tor und in die Lobby. Puh, sie hatte es noch gerade rechtzeitig geschafft! Die Erleichterung darüber hielt jedoch nur so lange, bis sie den Schatten spürte, den Gertrud von Timmenbachs Tod ausgelöst hatte. Marie spürte es deutlich in der Atmosphäre. Ein Gefühl, das ihr auf den Brustkorb drückte.

Vor ihrem inneren Auge konnte Marie deutlich Gertrud von Timmenbach sehen, wie sie durch die Lobby schritt. Immer gestylt, stolz und mit einer Ausstrahlung, als schlenderte sie durch den Empfangsbereich ihres Unternehmens und nicht durch die Lobby eines Hotels, in dem sie lediglich residierte.

Scheinbar war Marie aber die Einzige, der der gestrige Tag noch in den Knochen saß. Um sie herum herrschte reges Treiben, und niemand schien an den Vorfall von gestern zu denken. Einige Kinder tobten durch die Lobby in Richtung Frühstückssaal. Sie lachten und quietschten. Ihre Eltern riefen sie zur Ruhe auf, während sie ihnen entspannt folgten. Ein Rentnerpaar schlurfte nach draußen, bewaffnet mit Strandtüchern und einem weißrot gestreiften Sonnenschirm.

Marie begrüßte Sara, die an diesem Morgen schon früher den Dienst an der Rezeption angetreten hatte. Sara Hernandez war klein und hatte eine pummelige Statur. In ihrem rundlichen Gesicht leuchteten hellbraune Augen, und sie trug immer ein nervöses Lächeln auf den Lippen. Trotz der angenehmen Temperatur dank der Klimaanlage schwitzte Sara viel. Nicht weil ihr heiß war, sondern weil sie immer hektisch und nervös umherwuselte.

Gerade standen zwei ältere Damen an der Rezeption.

»Einen Moment bitte.« Sara durchwühlte einen Papierstapel nach dem anderen. Ab und an drehte sie sich um und tupfte sich verstohlen den Schweiß von der Stirn. Marie wusste, dass Sara vierunddreißig Jahre alt war, doch wenn sie es nicht gewusst hätte, hätte sie sie auf Anfang zwanzig geschätzt, denn ihre Kollegin besaß kindliche Gesichtszüge.

»Kann ich dir helfen?«, fragte Marie und lächelte.

Sara atmete erleichtert auf. »Ja«, flüsterte sie. »Die beiden haben eine Jachttour gebucht, doch ich kann die Tickets nicht finden.« Vor lauter Nervosität stieß Sara gegen den Bürostuhl.

Marie lächelte den Damen zu, die bereits ungeduldig auf ihre Armbanduhren blickten.

Schnell zog Marie einen Ordner hervor. »Hier«, meinte sie, während sie durch einige Seiten blätterte. »Hier sollten die Tickets abgeheftet sein.«

Sara keuchte erleichtert auf. »Danke schön!« Sie lachte nervös auf, zog die Tickets hervor und überreichte sie den Damen. »Das hätte ich eigentlich wissen müssen«, sagte sie, nachdem sie wieder allein waren.

Marie lachte. »Das macht doch nichts. Man kann sich nicht immer alles merken.«

»Danke«, seufzte Sara und tupfte erneut über ihre Stirn. »Ich gehe mich kurz frisch machen, ja?«

»Na klar«, antwortete Marie, und die kurze Auszeit kam ihr nur gelegen.

Am vergangenen Abend war ihr ein Gedanke gekommen, der sie nicht mehr losließ. Vor allem den Mitarbeitern des *Beach Residence & Spa* war es möglich, an die Schlüssel zu den verschiedenen Hotelbereichen zu gelangen. Also war Marie zu dem Schluss gekommen, dass sie auch ihr Kollegium durchleuchten musste.

Marie setzte sich an den PC. Sie hatte Zugriff auf den Dienstplan, mit dem sie herausfinden konnte, wer am Montagabend und in der Nacht zu Dienstag im Hotel gearbeitet hatte.

Kurz blickte sie sich um und rief dann den Plan auf. Bewusst filterte Marie zunächst das Küchen- und Servicepersonal heraus. Diese Kollegen hielten sich meistens im Speisesaal und in der großen Küche auf und hatten nichts mit der Rezeption zu tun. Abgesehen davon hatten sie weniger Kontakt mit den Gästen, was es erschwerte, ein Motiv zu finden, denn so gab es weniger Reibungspunkte zwischen ihnen. Interessant waren daher also erst einmal die Rezeptionisten und die Servicekräfte sowie die Putzkräfte, die regelmäßig die Schlüssel für die Zimmer und auch für den Spa benötigten.

Mit wenigen Klicks fand Marie heraus, dass einige Kräfte zum besagten Zeitpunkt im Hotel gearbeitet hatten. Unter anderem Raquel Dominguez und Teresa Reyes, die für die Reinigung des Spa-Bereichs kurz vor dessen Schließung zuständig gewesen waren. Erfahrungsgemäß waren sie demnach auch für den Wäschedienst eingeteilt gewesen, der sich oftmals bis in die späten Abendstunden hinzog. Hinzu kam natürlich Cassandra, und auch Sara hatte am Montagabend im Hotel gearbeitet.

Vor Maries innerem Auge entfaltete sich eine Liste mit verschiedenen Namen und Zeitpunkten. Ihr schwirrte schon der Kopf. Wie sollte sie je etwas herausfinden?

Sie schloss die Liste und biss sich auf die Unterlippe. Fieberhaft dachte sie nach. Sie musste diese Leute filtern. In ihren *True-Crime*-Serien war vor allem auch das Motiv ein wichtiger Faktor bei den Ermittlungen. Marie musste also herausfinden, wer ein Motiv gehabt hatte, Gertrud von Timmenbach zu ermorden. So würde sie den Kreis der Verdächtigen enger ziehen können.

In diesem Moment schwang die Eingangstür zur Lobby auf, und Yolanda wirbelte herein. Mehrmals rutschte ihr die Tasche von der Schulter, ehe sie sie hinter dem Tresen auf einen Stapel Papiere pfefferte.

»Marie, *gracias a dios*.« Sie riss sich die Brille vom Kopf und kniff sich in die Nasenwurzel. »Meine Nerven. Ich habe gestern mit Kiara von Timmenbach telefoniert und musste ihr sagen, dass ihre Mutter leider … von uns gegangen ist.« Sie stöhnte theatralisch. »Sie wird morgen anreisen. Gertrud von Timmenbach wollte hier auf Mallorca beerdigt werden – das war seit Längerem ihr Wunsch –, und ihre Tochter hat verlangt, dass wir die Trauergäste bei uns unterbringen. *Bueno,* das heißt, du buchst bitte Zimmer für fünfzig Personen, *sí?* Da sage ich dir noch, wie viele Doppel- und wie viele Einzelzimmer. Und für Kiara von Timmenbach, *por favor,* das beste Zimmer. Das *beste!* Sie bekommt die Premiumsuite. Wir können froh sein, wenn sie uns nicht verklagt. Cassandra hat uns wirklich in große Schwierigkeiten gebracht.«

Sie schüttelte mit vorwurfsvoller Miene den Kopf, fuchtelte dabei mit ihrer Brille herum. »*Por favor*, du wirst gleich mit Teresa die Suite für Kiara von Timmenbach herrichten. Bitte achte darauf, dass alles *perfecto* ist. *Per-fecto, vale?!*«

»Ich werde mich darum kümmern«, sagte Marie.

»*Muchas gracias.*« Damit stürmte Yolanda in Richtung Speisesaal, wahrscheinlich, um dort die Servicekräfte und die Kolleginnen und Kollegen in der Küche darauf vorzubereiten, in den nächsten Tagen alles zu geben, um dem Ruf des Hotels gerecht zu werden.

»Gut, dass sie weg ist«, flüsterte Sara mit piepsiger Stimme hinter Marie.

Sie fuhr erschrocken herum. »Du hast mich erschreckt!«, sagte sie und presste die Hand auf ihre Brust. Hatte Sara sich immer schon so angeschlichen?

»Entschuldige«, bat die Kollegin mit einem schüchternen Lächeln. »Sie ist noch aufgedrehter seit dem Vorfall gestern. Das macht mich nervös.«

Marie konnte es nur zu gut nachempfinden.

»Schrecklich, was passiert ist!« Sara schüttelte den Kopf. »Dass Yolanda Cassandra daran die Schuld gibt, ist nicht richtig.« Marie sah, wie Sara sich bei diesen Worten umblickte. Dann lehnte sie sich zu Marie herüber. »Sie *hat* den Spa kontrolliert. Ich bin mir sicher, dass sie das gründlich gemacht hat.«

Marie, die gerade einige Flyer ordentlich sortierte, blickte auf. »Hast du auch gesehen, ob sie den Spa abgeschlossen hat?«

Sara schüttelte mit einem bedauernden Blick den Kopf. »Leider nicht. Da muss ich gerade mit Gael gesprochen haben. Er hatte noch ein paar Fragen wegen seines Schichtplans.«

Marie hob die Brauen. Gael hatte an diesem Tag nur

morgens Dienst gehabt, oder irrte sie sich jetzt? Aber er war dennoch am Abend da gewesen? »Wie lange war er denn hier?«

Sara sortierte einige Papiere, wobei sie zur Decke blickte. »Ich weiß nicht. Er ist nachher noch nach draußen gegangen. Aber ich habe ihn nicht mehr gesehen und bin dann selbst gegen halb acht gegangen.«

Marie nickte langsam. Gael stand damit also auch auf ihrer Liste. In Gedanken versunken tätigte sie die Buchungen, um die Yolanda sie gebeten hatte, ehe sie sich ein Klemmbrett schnappte und Sara an der Rezeption zurückließ, um gemeinsam mit Teresa die Premiumsuite auf Vordermann zu bringen.

Mit dem Aufzug fuhr sie in den obersten Stock. Als sie den langen Korridor hinuntereilte, sah sie Teresa, die bereits auf sie wartete, mit einem Arm auf den chromblitzenden Putzwagen gestützt.

»*Buenos días,* Marie«, rief sie überschwänglich und riss Marie in eine stürmische Umarmung. »*Como estas?* Schön, dass wir heute zusammenarbeiten, *mi amor.*«

»Guten Morgen, Teresa! Ja, das finde ich auch.« Marie stolperte aus der Umarmung der Frau mit den grauen Haaren.

Teresa war stärker, als ihre zierliche Statur vermuten ließ. Marie mochte die Spanierin gern. Sie war eine herzliche Frau, die das Herz auf der Zunge trug. Doch eine Sache verursachte Marie Kopfschmerzen – im wahrsten Sinne des Wortes. Wenn Teresa einmal anfing zu erzählen, fand sie kein Ende mehr. Aber der Vorteil war, dass Teresa Dreh- und Angelpunkt des Tratsches im *Beach Residence & Spa* war. Welcher Kollege bandelte mit wem an? Teresa wusste es – und sie gab diese Informationen auch bereitwillig und ausschweifend weiter.

Und kaum hatte Marie die Tür zur Suite aufgesperrt, sprudelte es auch schon aus Teresa hervor:

»Marie, du glaubst nicht, was ich letztens erlebt habe«, begann sie, während sie sich rückwärts mit dem Putzwagen in die Suite schob. »Da war diese Frau auf dem Spielplatz – unmöglich, sag ich dir. Ich war mit meinem Enkel da. Felipe ist vorige Woche zwei geworden …« Sie drückte Marie Gummihandschuhe und Putzzeug in die Hand, während die Worte weiterhin aus ihr herausströmten.

Marie hatte kaum Zeit, die Schönheit der Suite zu genießen, die einen atemberaubenden Blick über die Wipfel der Pinienbäume und die türkisfarbene Küste bot, die im Licht der Nachmittagssonne funkelte und glitzerte. Sonnenschirme in allen Farben zeichneten sich aus der Ferne als bunte Punkte vor dem hellen Untergrund ab. Jetzt kurz einmal ins Meer springen, dachte Marie sehnsuchtsvoll.

Während Teresa – ohne bei ihrer Geschichte auch nur einmal zu pausieren – im angrenzenden Schlafzimmer anfing, widmete Marie sich dem Esstisch aus poliertem Mahagoniholz. Danach ging sie über zum Wohnzimmer mit dem Ethanol-Kamin, natürlich unter der Dauerberieselung von Teresa.

»Marie, aber rate mal, was ich dieser Frau geantwortet habe …«

Marie war inzwischen zum Bad gewechselt, während Teresa einen Raum weiter das Ankleidezimmer herrichtete und endlich auf den eigentlichen Kern der Geschichte zu sprechen kam. Schon jetzt verspürte Marie einen Anflug von Kopfschmerzen.

»Ich habe ihr gesagt, sie soll bloß die Füße still halten! ›Wenn du meinem Felipe noch einmal vorzuschreiben versuchst, was er zu tun und zu lassen hat‹, habe ich ihr erklärt, ›dann kannst du was erleben! Halte den Mund, oder ich berichte Christiano, was du mir letztes Jahr erzählt hast.‹ Christiano ist ihr Mann.« Sie lachte einmal auf und erschien im Türrahmen, während sie einen Bademantel ordentlich auf einen Bügel hängte. »Marie, sie hat geguckt, als ginge die Welt unter.«

»Und … und was hat die Frau gemacht?«

Teresa kam wieder zur Tür. »Sie hat sich nicht noch einmal in meine Erziehung eingemischt, natürlich!« Sie wuselte weiter, während Marie ebenfalls in ihrer Arbeit fortfuhr.

»Weißt du, man muss sich nicht alles gefallen lassen, Marie.« Der nasse Mopp klatschte hörbar auf den Boden. »Das sage ich auch immer wieder zu Raquel. Sie kam mit dieser von Timmenbach ja überhaupt nicht klar und hat sich deshalb ja zuletzt in anderen Residenzen und Zimmern einsetzen lassen. Wenn diese Gertrud von Timmenbach mir ein Mal vorgehalten hätte, ich würde meine Arbeit schlampig machen – pah! Die hätte vielleicht was zu hören bekommen!« Teresa lachte temperamentvoll auf.

Marie trat aus dem Bad und sah ihre Kollegin mit großen Augen an. »Raquel hat bei ihr geputzt? In ihrem Haus auf der Anlage?«

Teresa wandte sich nicht um. Sie zuckte nur mit den Schultern, während sie wie eine Wilde den Holzboden wischte und damit rückwärts Marie immer näher kam. »*Sí.* Hat in den Pausen aber immer rumgeheult, wie gemein Frau von Timmenbach doch zu ihr wäre und was für ein furchtbarer Mensch sie ist. Pausenlos würde sie sie schikanieren und kontrollieren.«

Marie stand wie angewurzelt da. »I-Ich habe Frau von Timmenbach stets als sehr nett empfunden. Was hat sie denn genau gemacht?«

Teresa warf ihr einen kurzen Blick über die Schulter zu. »*Mi amor,* hinter verschlossenen Türen sind Menschen nicht mehr dieselben.« Sie seufzte. »Ich weiß nicht alles, doch Raquel hat sehr unter ihr gelitten. Sie hat mir und den anderen oft erzählt, dass sie sie ständig beim Putzen mit Argusaugen beobachtet und dabei ununterbrochen genörgelt hat. Wenn Raquel etwas nach Frau von Timmenbachs Meinung nicht richtig gemacht hat, dann musste sie es immer und immer wieder wiederholen.« Teresa schüttelte empört den Kopf. »Wenn du mich fragst, hat die feine Dame es einfach ausgenutzt, dass Raquel sich nicht gewehrt hat. Das kann das Mädchen nun mal nicht gut. Und es gibt ja Menschen, denen macht es Spaß, andere zu quälen und …«

»Das ist wirklich … furchtbar«, flüsterte Marie, mehr zu sich selbst als zu der älteren Kollegin. »Hätte nicht gedacht, dass –«

Teresa wirbelte herum, wobei sie Marie fast den nassen Mopp um die Ohren geschleudert hätte. Sie taumelte erschrocken zurück. »Was stehst du hier so rum und guckst Löcher in die Luft? Ist das Bad fertig?«

Marie blinzelte, nahm eine Sprühflasche mit Glasreiniger aus dem Wagen und eilte zurück ins Badezimmer. Während sie dort mit ihrer Arbeit weitermachte, kreisten ihre Gedanken nur noch um Raquel und die Tatsache, dass sie offenbar von Gertrud von Timmenbach schikaniert worden war. »Was … was hat Raquel denn noch so gesagt? Hat sie etwas Konkretes erwähnt?«

Kurzes Schweigen breitete sich außerhalb des Bads aus, und eine Weile war nur das nasse Schmatzen des Mopps zu hören. »Ich weiß bloß, dass Raquel Frau von Timmenbach am Ende regelrecht gehasst hat. Raquel hat sogar behauptet, sie hätte eine ›böse Seele‹, die ihr ›ausgetrieben‹ werden müsste.« Teresa gackerte laut auf.

»Wie im Mittelalter! Raquel ist so abergläubisch, weißt du? Mit Hitze muss der böse Geist ausgetrieben werden, meinte sie.« Teresa lachte wieder. »Sie ist ein bisschen *loca.* Verstehst du, Marie? Verrückt. Plemplem. Wahnsinnig.«

Marie war es, als trüge ein eisiger Windhauch die Worte der Kollegin zu ihr herüber. Sie fröstelte. Konnte es sein, dass Raquel aus Rache und Hass oder in einem Anflug von Wahnsinn Frau von Timmenbach die Boshaftigkeit hatte »austreiben« wollen? »Mit Hitze«? Sprichwörtlich?

Marie fröstelte. Neben diesen Gedanken machten sich auch Zweifel in ihr breit. War Gertrud von Timmenbach in Wirklichkeit nicht die kontrollierte, freundliche, stets etwas distanzierte Frau gewesen, als die sie sich ihr an der Rezeption präsentiert hatte? Teresas Worte hatten sie erschreckt. Niemals hätte Marie es für möglich gehalten, dass Gertrud von Timmenbach es genoss, andere Menschen zu terrorisieren.

Doch gleichgültig, wie gemein sie vielleicht zu Raquel gewesen war: Frau von Timmenbach hatte dennoch verdient, dass die Hintergründe ihres Todes aufgeklärt wurden.

Für Marie öffneten sich neue Wahrscheinlichkeiten, neue Wege, neue Abgründe. Raquel hatte nicht nur ein Motiv gehabt. Sie hatte offenbar auch eine fanatische Vorstellung davon, wie man mit der Boshaftigkeit und Gemeinheit anderer Menschen verfuhr. Hatte sie Gertrud von Timmenbach tatsächlich »den bösen Geist mit Hitze austreiben« wollen? Im wahrsten Sinne des Wortes? Und hatte das Ganze in dem Mord an der armen Frau gemündet? Bei alldem durfte sie eines nicht vergessen: Auch Raquel hatte Zugang zum Schlüssel des Spa-Bereichs gehabt.

Teresa widmete sich inzwischen mit Genuss und Leidenschaft einem neuen Thema, aber die Worte flogen an Marie vorbei. Sie konnte an nichts anderes mehr denken als an Raquel, ihre neue Verdächtige.

Während die Kollegin die Putzsachen wieder zusammenräumte, schrieb Marie für Kiara von Timmenbach eine Beileidskarte im Namen des Hotels und legte sie sichtbar mitten auf den Tisch. Danach kehrte sie zur Rezeption zurück. Sara schien gerade woanders beschäftigt zu sein, sodass Marie Gelegenheit hatte, noch einmal unbeobachtet den Dienstplan der Putzkräfte auf dem PC aufzurufen.

Am nächsten Tag hatte Raquel zur gleichen Zeit Schicht wie sie. Dann würde sie ihr also auf den Zahn fühlen können. Raquel war zum Zeitpunkt des Mordes im Hotel gewesen, und sie hatte ein Motiv. Obwohl Marie sich fest vorgenommen hatte, keine Ermittlungen anzustellen, hatte – wieder einmal – ihre Unvernunft gesiegt. Seltsamerweise fühlte es sich für sie trotzdem vernünftig an.

8.
Eistee und Verdächtige

Die Eiswürfel dümpelten zusammen mit einigen Zitronenscheiben und Minzeblättern im Krug mit dem Eistee herum. Dabei verursachten sie ein leises Klingeln, wenn sie gegen die Glaswand drifteten.

Marie trank einen Schluck und genoss die Kälte und Süße des Getränks, das ihre Kehle hinabrann. Sie saß auf Cassandras Balkon, der zu der gemütlichen, kleinen Wohnung im Stadtzentrum des Pueblo des Cavernícolas gehörte.

Die Sonne brannte auf die roten Sonnenschirme der Cafés unter ihnen. Mehrmals in der Woche fand hier ein Markt statt, auf dem frisches Obst, Gemüse, Fisch und Fleisch verkauft wurden. Regionale Waren, von den Landwirten aus der Umgebung. Dann erfüllte der Duft der landwirtschaftlichen Erzeugnisse die Luft. Zur Feierabendzeit aber öffneten die Cafés im Erdgeschoss der Reihenhäuser, die den Marktplatz zu beiden Seiten rahmten. Dann löste neues Leben die Stille des Mittags ab, in der die meisten Einwohner den Platz zu meiden schienen. Nun hallten Gelächter und die Gespräche der Leute, das Klappern von Gläsern und Tassen von den Hauswänden wider, und die Luft war geschwängert vom Duft des Feierabendbiers und des frisch aufgebrühten Kaffees.

Papageien kreischten in den Palmen, deren Blätter sich in der warmen Brise wiegten. Die Häuser, die den Platz säumten, erstrahlten in verschiedenen Farben wie Hellblau, Rosa, Gelb und Grün. Die Farbe der Holzfensterläden war einheitlich weiß. Auf dem Balkon gegenüber entdeckte Marie eine Katze in einem Dschungel aus grünen Heimpflanzen, die gerade noch so Platz für einen Stuhl boten. Die Katze räkelte sich genüsslich im Sonnenlicht des späten Nachmittags.

Blickte Marie nach rechts, konnte sie über die roten Tonziegel der tiefer liegenden Gebäude blicken und das Meer sehen, das sich mit seinem tiefdunklen Blau vom Strahlen des Himmels abhob. Marie war ein wenig neidisch. Wie gern hätte sie auch so einen Blick aus ihrer Wohnung gehabt!

Cassandra trat aus der Balkontür. Heute sah Marie sie das erste Mal mit offenen Haaren. Blonde Locken fielen ihr ungestüm ins Gesicht. Cassandra stellte eine Flasche Tequila auf den Tisch. »Ich brauche heute Eistee mit Schuss«, stöhnte sie und setzte sich. »Du auch?«

Marie schmunzelte. Durchaus hätte sie einen kleinen Schuss in ihren Eistee vertragen. Der Arbeitstag war gegen Ende wirklich noch anstrengend und fordernd gewesen. Aber mit Tequila hatte sie nicht die besten Erfahrungen gemacht, sondern solche, die in Filmrissen und anderen Peinlichkeiten geendet hatten. »Nein, danke«, sagte sie deshalb nur und lächelte ihre Freundin mitfühlend an. Sie hatte noch gerötete Augen. Offenbar hatte sie auch heute geweint. Arme Cassandra, dachte Marie. »Wir kriegen das schon wieder hin.«

Cassandra prostete ihr zu, indem sie das Glas hob, und trank einen Schluck. »Ich weiß deinen Optimismus zu schätzen, doch ich bezweifle, dass Yolanda sich umstimmen lässt.«

»Und wenn es aber kein Unfall war?«

Cassandra setzte das Glas ruckartig ab und legte die Stirn in Falten. »Wie meinst du das? Gibt es schon ein Ergebnis der Obduktion? Wird doch ermittelt? Hast du was mitbekommen?«

Marie schüttelte den Kopf. »Nein, soweit ich weiß, liegt noch kein Ergebnis vor. Zumindest habe ich nichts dergleichen gehört. Der Spa ist noch gesperrt. Das sind vielmehr meine eigenen Vermutungen. Findest du die Umstände nicht auch merkwürdig?«

Cassandra hob die Schultern. »Ich weiß nicht«, antwortete sie. »Aber ob es nun ein Unfall war oder nicht, Yolanda braucht einen Sündenbock und hat ihn gefunden.« Mit einem zynischen Grinsen deutete sie mit zwei Daumen auf sich.

Marie nippte nachdenklich an ihrem Eistee. »Ist dir denn etwas aufgefallen am Montagabend? Etwas komisch vorgekommen?«

Cassandra schürzte die Lippen und schien einige Sekunden nachzudenken. »Nicht wirklich. Es war alles normal, soweit ich weiß.«

»Sara meinte, Gael sei noch da gewesen. Er hatte am Montag gar keine Schicht. Hast du ihn gesehen?«

Cassandra überlegte kurz, trank dabei einen Schluck. »Gael ist kurz nach Saras Feierabend gegangen. Vielleicht so um Viertel vor acht?«

Marie nickte langsam. »Ah.« Gael und Sara hatten

damit also ein Alibi. »Und Raquel und Teresa? Hast du gesehen, wann sie das Hotel verlassen haben?«

Cassandra musterte Marie einige Sekunden schweigend. »Teresa ist früher gegangen, so gegen neun, glaube ich. Raquel habe ich nicht gehen sehen.«

Marie nickte langsam, während Cassandra sich ihr voll zuwandte und sie mit großen Augen ansah. »Jetzt bin ich neugierig.« Sie zeigte mit dem Finger auf Marie. »Wen verdächtigst du noch?«

Marie senkte den Blick und knibbelte an der Haut ihres Daumens. »Ach«, begann sie zögerlich. »Ich möchte keine voreiligen Schlüsse ziehen.«

»Ich verrate es auch niemandem«, sagte Cassandra, setzte sich gerade auf und hob eine Hand, während sie die andere auf ihrem Herzen platzierte. »Ich schwöre es hoch und heilig.«

Marie kicherte. Sie vertraute Cassandra. »Raquel scheint Frau von Timmenbach richtig gehasst zu haben.«

Cassandra runzelte die Stirn. »Echt? Was hatte sie denn für ein Problem mit ihr? Ich fand Gertrud von Timmenbach immer cool. Sie war so eine starke Persönlichkeit. Natürlich hatte sie auch Ansprüche, aber sie war stets freundlich. Und Wahnsinn, wie gut sie noch aussah für ihr Alter!«

Marie nickte langsam. »Uns gegenüber schien sie immer freundlich zu sein, ja. Aber Raquel hat offenbar andere Erfahrungen mit ihr gemacht.«

Cassandra brummte nachdenklich, während Marie auf ihrem Stuhl herumrutschte.

»Da ist jedoch noch eine Person, die sich sehr merkwürdig verhalten hat. Ich habe Christian Munker im Spa erwischt, obwohl der von der Polizei abgesperrt war. Okay, das heißt, eigentlich hat er mich erwischt. Ich habe nach Beweisen gesucht, weißt du? Aber er muss sich gleich nach mir reingeschlichen haben. Oder er war schon vorher da.«

»Der Munker?« Cassandra lachte. »Was glaubst du denn, was er da gemacht hat?«

Marie hob die Schultern. »Vielleicht wollte er Spuren verwischen oder Beweise verschwinden lassen.«

Cassandra gluckste und trank einen weiteren Schluck. »Glaubst du wirklich, dass der fähig wäre, jemanden umzubringen? Und selbst wenn er das wäre, bin ich mir sicher, dass er den Tatort direkt nach der Tat akribisch von Beweisen und Spuren befreit hätte, so penibel, wie der ist.«

Marie dachte darüber nach. Das konnte Cassandra nicht wissen, fand sie. Ja, Herr Munker war ein äußerst akkurater Mensch, der äußerst penibel und sauber wirkte, aber das schloss ja nicht aus, dass er nicht doch Spuren am Tatort hinterließ. Vielleicht war er nach dem Mord in Panik geraten …

Cassandra lächelte Marie warm an. »Zerbrich dir nicht zu sehr den Kopf darüber. Nicht, dass du nachher noch in Schwierigkeiten gerätst.«

Marie lachte. Das Lachen erstarb jedoch, als sie an Christian Munkers Worte dachte. Trotz des warmen Wetters fröstelte sie. Doch sie wollte sich vor Cassandra nichts anmerken lassen. Sie lachte noch einmal kurz auf und goss sich noch ein Glas Eistee ein. »Ach was, ich bin einfach nur neugierig. Vielleicht kommt die Polizei ja zu dem Schluss, dass es kein Unfall war, und ermittelt selbst.«

Cassandra stimmte ihr zu. Die Frauen wechselten das Thema, wofür Marie dankbar war. Sie sprachen über Cassandras Zukunftspläne. Sie hatte sich heute bereits bei mehreren Hotels in anderen Städten auf Mallorca beworben. In Städten, die weit genug entfernt waren, dass der Tratsch, der hier im Pueblo umging, sie nicht verfolgen würde.

Bei dem Gedanken, dass ihre Freundin vielleicht bald wegziehen würde, wurde Marie das Herz schwer. Es war so unfair, dass sie für etwas so Furchtbares verantwortlich gemacht wurde! In Marie brodelte Wut darüber. Doch sie hatte ja die Chance, ihrer Freundin zu helfen. Es war verrückt und vielleicht auch naiv zu glauben, dass sie herausfinden könnte, wer Gertrud von Timmenbach auf dem Gewissen hatte. Aber so würde sie vielleicht verhindern können, dass Cassandra wegziehen musste. Wenn feststand, dass der Kollegin keine Nachlässigkeit unterlaufen war, würde sie ihren Job sicher zurückbekommen.

Einen Versuch war es doch wert, oder?

9.
Ad acta

Am nächsten Morgen hingen schwere Wolken am Himmel über Caví. Sie rollten vom Meer heran, gepeitscht vom Wind, der so sehr an Maries Haaren riss, dass ihr keine andere Möglichkeit blieb, als sie zusammenzubinden. Sie parkte den Roller vor *Albas Boqueria* und warf einen Blick über die Felsen hinunter zur Bucht.

Auf dem Hochstand, auf dem der Rettungsschwimmer seinen Posten bezog, flatterte eine orangefarbene Fahne. Sie signalisierte: Vorsicht! Heute schimmerte das Meer nicht in kristallklaren Blautönen, sondern wirkte grau und wenig verlockend. Die Wellen rollten in einem schnellen Tempo an den Strand, schwappten und schäumten über die Felsen und hinterließen dort grüne Algen.

Touristen schienen nun den Strand zu meiden, einige schlenderten die rötliche Promenade empor auf der Suche nach einem Frühstückslokal. Aber dieses Wetter hatte auch seine Liebhaber. Einige Surfer paddelten und trieben auf ihren Brettern, warteten auf die perfekte Welle, die sie an den Strand tragen würde. Das erinnerte Marie daran, dass sie immer mal einen Surfkurs hatte buchen wollen. Sie nahm es sich für den Sommer vor; dann würde das Wasser nicht mehr ganz so kalt sein.

Vor dem Wind fliehend betrat sie *Albas Boqueria.* »Buenos días«, grüßte sie Alba und Candela, die freundliche Boutique-Besitzerin, und ihren Pekinesen Chorizo. Dieser kläffte und sah sie aus frechen, braunen Kulleraugen an. Das konnte er auch nur, weil seine Besitzerin ihm das fransige, weiße Fell auf dem Kopf zu einem kleinen Zopf zusammengebunden hatte, sodass seine Haare abstanden.

Marie beugte sich zu dem Hund und kraulte ihn hinter dem Ohr. Sein Kläffen verstummte augenblicklich in einem genüsslichen Brummen, ehe er sie begeistert anhechelte.

»Chorizo hat eine große Klappe, doch da ist nichts dahinter.« Candela lachte. »Guten Morgen, Marie.«

Candela war eine zierliche, kleine Frau – und äußerst sportlich. Wenn sie nicht in ihrer Boutique stand, um Kunden zu bedienen, die die neueste Strandmode kaufen wollten, ging sie oft mit Chorizo wandern. Sie strich sich über das schwarze Haar, das sie zu einem unordentlichen Dutt auf dem Oberkopf zusammengefasst hatte.

Ihr Hals und ihre Arme und Finger waren behangen mit goldenem Schmuck und türkisfarbenen Edelsteinarmbändern. Sie war stets gepflegt und kam ebenso wie Marie täglich in *Albas Boqueria* vorbei, um einen Espresso zu trinken, bevor sie ihren Laden öffnete. Und natürlich ging es ihr auch um den neuesten Klatsch. Den konnte sie dann in ihrem Geschäft gleich weitertragen.

Alba stemmte eine Hand in die Hüfte und warf Marie einen gespielt tadelnden Blick zu. »*Qué sorpresa!* So eine

Überraschung! Ich dachte schon, du hättest das Weite gesucht.«

Marie lachte. »Nein, Alba, ich bleibe dir treu. Ich habe gestern verschlafen und hatte leider keine Zeit mehr für einen Cappuccino.«

»Den Morgen ohne Kaffee zu beginnen! Das kann ja nicht gut gehen«, rief Candela und schlürfte genüsslich ihren Espresso. Chorizo kläffte einmal, was ihm einen zärtlichen Ruck an der Leine bescherte. »*Bueno.*« Sie stellte die Tasse ab. »So, ich sehe zu, dass ich meinen Laden aufkriege, auch wenn es heute wahrscheinlich schleppend laufen wird. Dieses Wetter macht einem einen Strich durch die Rechnung.« Sie seufzte laut.

»Sí, wem sagst du das?« Alba grinste. »Komm zur Siesta vorbei. Dann essen wir was Leckeres zusammen.«

»*Claro. Hasta luego*«, rief Candela vergnügt und winkte beim Rausgehen, dass ihre Armbänder nur so klimperten.

»Hier, *chica,* damit du heute einen guten Start in den Tag hast.« Alba schob ihr den Kaffee herüber und zwinkerte ihr zu.

»Danke!« Marie griff nach dem Becher und trank einen Schluck.

»Das Gleiche wie immer?«, fragte Alba, als sie sich daranmachte, ein Baguette der Länge nach zu halbieren.

»Ja, aber heute bitte zweimal.«

»Hast du es schon gehört?«, fragte die Besitzerin der *Boqueria* wenig später.

Marie sah fragend über ihren Cappuccino-Becher. »Was?«

Alba, die gerade Salat auf den Baguettes verteilte, hielt inne und stemmte eine Hand in die Hüfte. »Heute Morgen hat der alte Ander in der Post es mir erzählt. Die Policía Nacional sagt, das bei euch war ein Unfall. Sie haben diese deutsche Touristin, diese Frau von Timmenbach, untersucht. Sie ist an Herzversagen gestorben, wohl wegen der Hitze.«

Marie klappte der Mund auf, und sie ließ ihren Becher sinken. Auch wenn sie es bereits geahnt hatte, zog diese Nachricht ihr dennoch den Boden unter den Füßen weg. Die Polizei nahm tatsächlich keine Ermittlungen auf! Aber es war doch offensichtlich, dass es bei dem Todesfall in der Sauna nicht mit rechten Dingen zugegangen sein konnte! »So ein Bullshit«, brummte Marie, und sie spürte, wie sich ihr Magen vor hilfloser Wut verknotete.

Alba blickte Marie fragend an. »*Qué?*«

Marie seufzte und fuhr sich mit einer Hand über das Gesicht. »Das ist Unsinn. Ich … ich habe Gertrud von Timmenbach gefunden«, sagte sie und stockte, als die noch immer viel zu lebendigen Bilder erneut vor ihr aufflammten.

Albas Augen wurden größer, während ihre Hand mit dem Thunfisch jäh innehielt und über dem Baguette schwebte wie bewegungsunfähig.

»Da ist etwas faul.« Marie dämpfte die Stimme. »Ich glaube, dass Gertrud von Timmenbach in der Sauna eingesperrt wurde.«

Alba starrte Marie mit offenem Mund an. Ihre Finger in dem Latexhandschuh öffneten sich, und der Thunfischbrocken fiel klatschend auf das Baguette. »*Qué?*«, wiederholte Alba, und Marie stellte fest, dass es wohl das erste Mal war, dass sie die Mallorquinerin sprachlos erlebte. »*Chica,* wie kommst du darauf?«, fragte Alba, nachdem sie sich ein wenig gefangen hatte.

Marie presste die Lippen aufeinander. Auch wenn sie Alba vertraute, wusste sie nur zu gut, dass sie ihre Vermutungen wie ein Lauffeuer im ganzen Dorf verbreiten würde. Und was, wenn der Täter davon Wind bekam? Marie spürte, wie ihr heiß wurde, und sie schluckte. »Ich kann noch nicht darüber sprechen. Ich muss das erst einmal alles für mich sortieren«, stammelte sie.

Alba nickte und belegte mit flinken Fingern die Baguettes weiter, während sie sich nach vorn lehnte, um leiser sprechen zu können. Das war allerdings unnötig, denn es war niemand außer ihnen beiden in der *Boqueria.* »Verdächtigst du schon jemanden?«

Marie hielt inne und kaschierte ihr Zögern, indem sie einen großen Schluck von ihrem Cappuccino nahm. Im Grunde hatte sie Alba bereits viel zu viel erzählt. Sie glaubte zwar, dass die nette Spanierin diese Information nicht weitertragen würde, doch Marie hütete sich, vorschnell Namen zu nennen, die in Umlauf geraten könnten. Schließlich könnte sich das auch rufschädigend auswirken, und das war auf keinen Fall ihre Absicht.

»Nein«, sagte sie deshalb, spürte aber, wie Albas Blick sich in ihren bohrte. »Ich frage mich auch, wer einen Grund gehabt haben sollte, einer netten, älteren Dame so etwas anzutun. Ich gebe zu, sie war ein wenig exzentrisch, aber trotzdem immer freundlich«, fügte Marie eilig hinzu, damit ihre Bekannte nicht nachhakte.

Alba wickelte die Baguettes in Papier ein und spitzte nachdenklich die Lippen. »Wer einen Grund gehabt haben sollte, sagst du?«, murmelte sie langsam und hielt ihr die Baguettes hin. Marie nahm sie entgegen. Nun stand sie Alba nah gegenüber. »*Sabes, chica,* weißt du, ich könnte dir da vielleicht helfen.«

Marie hob die Brauen. »Was meinst du?«

Das Radio, aus dem spanische Folklorelieder plärrten, füllte die Stille zwischen den beiden Frauen. Noch einmal blickte Alba sich in der *boquería* um, wohl, um sicherzugehen, dass niemand sie belauschte. »Ich habe gehört, dass Marcos García einen fiesen Streit mit dieser Frau von Timmenbach hatte.«

Maries Herz flatterte vor Aufregung. Ein weiterer Verdächtiger mit einem Motiv. »Weißt du, worum es bei dem schlimmen Streit ging?«

Alba hob die Schultern. »*No sé, chica.* Keine Ahnung. Aber vielleicht findest du es heraus.«

Marie nickte langsam. Ihre Gedanken rasten bereits. »Danke, Alba! Du bist ein Schatz!« Sie warf der Mallorquinerin eine Kusshand zu und eilte aus dem Laden. »Bis später.«

Sie stopfte die Baguettes in ihre Tasche, ehe sie den Roller startete und in Richtung Hotel knatterte.

10.
Die Timmenbachs sind los!

Marie war fest entschlossen, Raquel heute auf den Zahn zu fühlen. Für Marcos García würde sie sich noch etwas ausdenken. Schließlich musste sie diese Befragungen mit viel Fingerspitzengefühl angehen.

Doch schon als Marie die Lobby betrat und die überforderte und schwitzende Sara antraf, wusste sie, dass es vor der Mittagspause kein Herankommen an Raquel geben würde.

Schuld daran war Gertrud von Timmenbachs Verwandtschaft und Freundeskreis, die die Lobby fluteten. Es war unschwer zu erkennen, dass diese laut durcheinanderredende Gruppe Frau von Timmenbachs wegen angereist war. Und das lag nicht nur daran, dass alle einheitlich in Schwarz gekleidet waren. Manche Frauen, die vom Kleidungsstil und ihrer ganzen Attitüde her große Ähnlichkeit mit Gertrud von Timmenbach hatten, schluchzten herzzerreißend und tupften sich mit einem Taschentuch über das Gesicht, als müssten sie unter Beweis stellen, dass sie die Verstorbene von allen am meisten betrauerten.

Sara wirkte unterdessen wie ein Hamster im Rad. Sie lief hinter dem Tresen hektisch hin und her, hob Zettel an, blätterte durch Ordner und wischte sich mit einem Taschentuch immer wieder über ihre Stirn.

Marie beeilte sich, ihrer Kollegin zu Hilfe zu kommen. Sie spürte, wie sich der Stress auf sie übertrug. Nein, so ging das nicht!

»Darf ich Sie um Ruhe bitten?«, rief sie über die lauten Gespräche hinweg.

Nach und nach verstummten die Leute, und ungefähr fünfzig Augenpaare richteten sich erwartungsvoll auf Marie.

»So, und nun werden wir Ihnen helfen«, erklärte sie freundlich, »aber bitte haben Sie ein wenig Geduld. Meine Kollegin und ich können nur einen nach dem anderen einchecken.«

Sara und sie überprüften jede einzelne Buchung, checkten die Gäste ein, informierten sie über die Öffnungszeiten des Speisesaals, drückten ihr Beileid aus und schickten Willkommensgetränke auf die Zimmer. Nach und nach leerte sich die Lobby, und es kehrte wieder Ruhe ein.

Nachdem nun auch der letzte Trauergast im Aufzug verschwunden war, sackten Sara und Marie stöhnend auf den Bürostühlen zusammen. »Das war vielleicht eine Tortur!«

»Das kannst du laut sagen«, bestätigte Sara, als diese plötzlich heftig nieste, vom Stuhl rutschte und mit einem Rums auf dem Boden landete.

Marie konnte nicht an sich halten. Lachend half sie

ihrer Kollegin auf, die ebenfalls verlegen kicherte und dann nervös ihre Frisur ordnete.

»Oh, was gibt es hier denn Schönes zu lachen?« Yolanda lächelte gespannt, während sie ihre Tasche achtlos auf einen Papierstapel warf. Erwartungsvoll sah sie von Marie zu Sara und wieder zurück. Bei jeder Bewegung rutschte ihr die Brille tiefer auf die Nase.

»Eigentlich nichts Besonderes«, gab Marie zu und räusperte sich.

»*Bueno.* Hat Kiara von Timmenbach schon eingecheckt?«

Marie blickte kurz fragend zu Sara, die nur den Kopf schüttelte. Sie wirkte in Yolandas Gegenwart meistens besonders eingeschüchtert. »Nein. Sie ist noch nicht da, dafür aber ihre gesamte Verwandtschaft.«

»*Perfecto.*« Yolanda lächelte zufrieden. »*Bueno,* es gibt übrigens gute Neuigkeiten: Gertrud von Timmenbach ist an einem Herzinfarkt gestorben, und die Polizei schließt einen Mord definitiv aus. Das heißt: Wir können den Spa wieder eröffnen. Bereitet bitte alles dafür vor. Er wird schon gereinigt, und ihr habt da ein Auge drauf, *por favor.*«

Dann wandte sie sich an Marie. Sie nahm die Brille ab und fuchtelte damit wild in der Luft herum. »Marie, du wirst bitte in Gertrud von Timmenbachs Residenz nachschauen, ob alles in Ordnung ist. Nach der Mittagspause, wenn ihr alles erledigt habt. Räum dort, wenn nötig, ein bisschen auf. Kiara von Timmenbach möchte in das Haus gehen, in dem ihre Mutter zuletzt gelebt hat, und sie soll keine böse Überraschung dort erleben, *vale?*«

Marie schluckte den Kloß hinunter, der sich in ihrem Hals gebildet hatte. Der Gedanke, sich in den Räumen einer Verstorbenen aufzuhalten, gefiel ihr gar nicht. Natürlich bot das für sie auch die Möglichkeit, weitere Hinweise zu sammeln, aber dennoch fühlte sie sich nicht wohl bei diesem Gedanken. Schließlich hatte Gertrud von Timmenbach noch immer Respekt und auch Privatsphäre verdient.

Marie öffnete den Mund, um ihre Zweifel zu äußern, doch Yolanda schob sich bereits wieder die Brille auf die Nase, riss die Tasche an sich, wobei sie die Papiere zu Boden flattern ließ, und stürmte davon in Richtung Aufzüge.

»Jetzt mischt sie wahrscheinlich die Putzkräfte auf«, mutmaßte Marie und atmete tief durch, um die Anspannung, die Yolanda oft in ihr auslöste, abzuschütteln.

Sara kicherte. »Sí, darauf kannst du Gift nehmen.«

Da sie mit ihren Aufgaben so eingespannt waren, flog die Zeit nur so dahin. Gegen Mittag verabschiedete Marie sich in die heiß ersehnte Pause. Endlich war es so weit: Sie würde nun Raquel aufsuchen. Aus Erfahrung wusste sie, dass die Kollegin meistens um dieselbe Uhrzeit in Richtung Wanderwege aufbrach, um dort auf einer Bank ihre Mittagspause mit einem Buch zu verbringen.

Also ging Marie vorbei an dem plätschernden Brunnen und verließ das kleine grüne Paradies. Papageien hatten sich in einigen Palmen niedergelassen und krächzten unaufhörlich.

Marie trat durch das gusseiserne Tor und hielt sich links. Hier endete nach wenigen Metern die asphaltierte Straße und mündete in einen Wanderweg. Felsen lugten aus der rötlich braunen Erde hervor, der Weg war von großen und kleinen Steinen übersät.

Der Wind hatte etwas abgeschwächt, peitschte aber dennoch weißgraue Wolkentürme über den blauen Himmel. Er pfiff durch die Nadeln der Pinien, deren Wipfel sich mit leisem Knarren träge über Maries Kopf hin- und herwiegten.

Der Weg stieg steiler an, umgeben von Büschen, Mini-Palmen und wilden Blumen, die in kräftigen Lilatönen hervorstachen. Gräser raschelten am Wegesrand. Alte Mauerwerke lugten ab und an aus den Büschen hervor. Nach einigen Minuten Fußmarsch erreichte Marie eine Anhöhe, die etwas abflachte, bevor sie weiter nach oben anstieg. Dort blieb Marie stehen. Nun konnte sie über die Wipfel des Pinienwaldes auf den Strand und das Meer blicken.

Trotz des kühleren Wetters hatte es einige Menschen an den Strand gezogen. Marie konnte ihre bunten Decken und Handtücher von hier oben erkennen. Sie beobachtete eine Weile die Surfer, die auf den Wellen in Richtung Strand ritten. Tief atmete Marie die frische Luft ein, genoss die Aussicht auf das stürmische Meer, das heute so viel dunkler und geheimnisvoller wirkte. Am Horizont erkannte sie zwei weiße Jachten, die offenbar dort vor Anker lagen und auf dem Wasser schaukelten.

Ab und zu gelang es den Sonnenstrahlen, das Wolkengeflecht zu durchbrechen. Dann erhellten sie das Meer und den Strand wie Scheinwerfer, wanderten über die Promenade und den Pinienwald, glitten über Marie hinweg und wärmten sie für einige Sekunden, ehe sie wieder davonzogen.

Sie wandte sich um, lief noch einige Meter und entdeckte dann tatsächlich Raquel auf einer Bank. Die Kollegin las wie erwartet ein Buch und kaute dabei einen Kaugummi, den sie ab und an zu einer großen, pinken Blase aufblies, ehe sie diese wieder platzen ließ.

Raquel war Mitte zwanzig, hatte schwarzes, langes Haar, das im Sonnenlicht glänzte, und trug außerhalb der Arbeitszeit nur schwarze Kleidung. Ihre Vorliebe für

Goth ließ sich allerdings auch bei der Arbeit an den schwarzen Nägeln und dem dunklen Augen-Make-up erkennen.

Zögerlich trat Marie auf die Bank zu und ermahnte sich, Raquel nicht so anzustarren. Ich bin ja angeblich rein zufällig hier, um auch Pause zu machen, dachte Marie sich und tat so, als wäre sie froh, endlich eine Bank zu finden.

Etwas außer Atem ließ sie sich nach einem kurzen Gruß neben ihrer Kollegin nieder. Diese warf ihr einen fragenden Seitenblick zu und nickte nur, während sie weiter auf dem Kaugummi kaute und eine Seite in ihrem Buch umblätterte.

Etwas nervös legte Marie das Baguette, das sie mitgenommen hatte, auf ihren Schoß und strich die Papiertüte glatt. »Ich mache das erste Mal hier Pause. Man hat von dieser Bank aus ja eine richtig schöne Aussicht«, bemerkte sie und lächelte.

Raquel sah nicht auf, sondern wechselte mit ihrem Blick beinahe demonstrativ von der linken auf die rechte Seite. »Mh-hm«, machte sie desinteressiert.

»Ist richtig entspannend.« Marie schlug die Beine übereinander und wippte mit dem oberen betont entspannt, während sie die Spatzen über sich beobachtete.

»Jep«, gab Raquel zurück und ließ eine Kaugummiblase platzen.

Auf Marie wirkte sie eher wie ein Teenager, mit dem man am Essenstisch saß, während man krampfhaft ein Gespräch zu forcieren versuchte.

Natürlich war ihr klar, dass Raquel ihre Pause einfach in Ruhe genießen wollte und deshalb so nachdrücklich auf Distanz blieb. Wie sollte sie etwas aus ihr herausbekommen?

Marie zog ihr Baguette aus der Verpackung und biss

hinein. Sie blickte auf den Strand, dachte an ihren stressigen Morgen, während Raquel neben ihr knatschend Kaugummi kaute. Da traf es Marie wie ein Blitz. Sie wusste auf einmal, wie sie an Raquel herankommen konnte.

Sie seufzte leise. »Der Morgen war so anstrengend, da brauchte ich etwas Abstand.« Marie ließ das Baguette sinken. »Heute hat Gertrud von Timmenbachs Verwandtschaft eingecheckt.« Als Marie spürte, dass Raquel aufblickte, verdrehte sie überdeutlich die Augen. »Die sind genauso schlimm wie die alte Timmenbach selbst.«

Raquel erwiderte jedoch nichts.

»Ich weiß, man redet nicht schlecht über Tote, aber Gertrud von Timmenbach war wirklich unmöglich. Sie war eine Tyrannin, doch außer mir scheint das niemand bemerkt zu haben.« Innerlich entschuldigte Marie sich bei der Toten, in der Hoffnung, dass sie sie nicht als Geist heimsuchen würde.

Nur ein weiteres Ploppen antwortete Marie. Aus dem Augenwinkel sah sie, dass Raquel ihr Buch zugeklappt hatte und sie musterte.

Nervös begegnete Marie ihrem Blick. Sie musste noch einen draufsetzen. Etwas sagen, was sie normalerweise niemals sagen würde. »Wenn du mich fragst«, sie machte eine Pause, »das bleibt aber unter uns: Sie hat es nicht anders verdient.«

Raquels dunkle Augen glühten auf. »Jeder bekommt, was er verdient.«

Marie erschauderte bei ihren Worten. »Mochtest du sie auch nicht?«

Raquel zögerte, betrachtete Marie prüfend. Ihre Kollegin hatte eine so intensive und schräge Ausstrahlung, dass Marie nicht anders konnte, als es mit der Angst zu tun zu bekommen. Aber so düster diese junge Frau auch wirkte – war sie fähig, einen Mord zu begehen? War sie so rachsüchtig, dass sie eine alte Dame in einer Sauna einsperrte und die stark überhitzte?

»Nein, sie hat mich andauernd schikaniert«, antwortete Raquel und blies eine Kaugummiblase auf. »Mir wäre beinahe gekündigt worden, weil sie behauptet hat, ich würde nicht gründlich putzen und schlampig arbeiten.«

Marie hielt die Luft an. Raquels Motiv verhärtete sich gerade. Wenn sie ihretwegen auch noch fast ihren Job verloren hätte, hatte sie umso mehr Grund gehabt, Gertrud von Timmenbach aus dem Weg zu räumen oder sich an ihr zu rächen.

»Das ist ja … wirklich dreist.« Marie blickte auf ihr Baguette, das sie bis auf diesen einen Bissen nicht mehr angerührt hatte. Sie zögerte, die nächste Frage zu stellen, aber vielleicht konnte sie an Raquels Reaktion etwas ablesen. »Glaubst du, das war ein Unfall?«

Raquel hörte auf, Kaugummi zu kauen, taxierte Marie mit ihren dunklen Augen. »Du nicht?«

Marie wandte den Blick ab und hob die Schultern. »Die Umstände sind schon etwas merkwürdig, findest du nicht?«

»Gottes Wege sind unergründlich.« Plopp. Damit erhob Raquel sich. »Meine Pause ist um. Frohes Schaffen noch!« Ein kurzes Lächeln, dann trat sie den Rückweg in Richtung Hotel an und ließ Marie mit mehr Fragen als Antworten zurück.

Wirklich hungrig war sie nicht, dennoch zwang sie sich, zumindest die Hälfte des Baguettes zu essen. Raquel hatte kaum etwas durchblicken lassen, und Marie musste frustriert feststellen, dass sie auch nicht hatte ablesen können, ob sie wirklich an einen Unfall glaubte oder es nur vorgab, damit Marie keinen Verdacht schöpfte.

Seufzend packte sie den Rest ihres Baguettes ein und trat auch den Rückweg an. Vielleicht würde sie ja einen Hinweis in Gertrud von Timmenbachs Residenz finden.

11.
Unverhoffte Begegnung

Marie betrat den Hotelgarten über die Terrasse, auf die sie durch die Türen des Speisesaals gelangte. Die Hotelterrasse war gerahmt von rosafarbenen Oleanderbüschen. Dahinter säumten Palmen die Liegefläche neben dem Pool.

Dem durchwachsenen Wetter zum Trotz hatten sich einige Gäste dennoch an den Pool zurückgezogen. Ein Pärchen tuschelte verliebt miteinander. Marie freute sich über ihr junges Glück und meinte das Kribbeln zu spüren, das zwischen den beiden in der Luft schwang.

Im Pool planschten die Kinder der Johansons mit ihrem Vater Johann. Während die Tochter ihm laut quietschend in die Arme sprang, warf der Sohn einen gelbgrünen Wasserball in die Höhe. Auch Marta Johanson, die Mutter der Kinder, war anwesend. Sie hatte es sich auf einer der Liegen bequem gemacht. Ihr Gesicht war vollständig von ihrer großen Sonnenbrille und dem Buch, das sie sich vor die Nase hielt, verdeckt. Lediglich ihr dunkelrot gefärbter lockiger Haarschopf lugte hervor, ebenso ihre roten Nägel.

Marie eilte an dem Pool vorbei in Richtung Gartentor. Durch dieses gelangte sie zu einem schmalen, mit Natursteinen belegten Weg, der zwischen dicht an dicht stehenden Pinienbäumen hindurchführte, bis sie die Residenzen erreichte.

Sie waren etwas höher gelegen und von Wald umgeben, wodurch sie ein hohes Maß an Privatsphäre boten. Grillen zirpten. Die beiden Häuser waren im mediterranen Stil erbaut mit roten Tondachziegeln und Holzfensterläden in derselben Farbe. Eine Mauer trennte Gertrud von Timmenbachs Residenz von Christian Munkers kleinem Haus. Dessen Hauseingang war bis auf eine Fußmatte sauber und ohne jeglichen Schnickschnack. Man hätte glauben können, dass dort niemand wohnte.

Gertrud von Timmenbach aber hatte sich im Eingang ihres Hauses verewigt. Zwei Plumeria-Pflanzen säumten rechts und links die Tür und präsentierten ihre pfirsichfarbene Blütenpracht. Auf einer gelben Fußmatte stand *Willkommen!*, und ein Kranz aus Muscheln hing an der Tür.

Zögerlich trat Marie näher. Auch wenn sie in Yolandas Auftrag kam, um die *Residenz von Timmenbach* zu betreten, fühlte Marie sich, als täte sie etwas Verbotenes.

Während das Zirpen der Grillen in ihren Ohren anschwoll, spielte sie unentschlossen mit dem Schlüsselbund in ihrer Hand, bis sie sich endlich dazu durchrang, die Tür aufzuschließen.

Einen Moment verharrte Marie auf der Schwelle, dann stieß sie die Eingangstür auf. Ein leises Knarren ertönte, und die sich öffnende Haustür gab den Blick in einen schmalen, dunklen Flur neben einem Treppenaufgang frei.

Marie schluckte gegen einen Widerstand in ihrem Hals an. Dabei schimpfte sie sich selbst ein Dummerchen. Wovor hatte sie solche Angst, dass ihre Handinnenflächen nun schweißnass waren? Davor, dass Gertrud von Timmenbach jeden Moment gewohnt aufrecht und elegant die Treppe heruntergeschritten kam oder aus der Küche in den Flur trat?

Doch alles, was Marie in dem Haus empfing, waren Stille und der Vanilleduft eines Raumerfrischers. Aus der Küche, die sich am Ende des schmalen Flurs befand, hörte Marie das stete Ticken einer Uhr.

Sie beschloss, sich zunächst in den oberen Räumen umzusehen. Die Stufen knarrten leise unter jedem ihrer Schritte. In ihren Ohren klang es wie Kanonenschüsse.

Als sie ins Badezimmer trat, schauderte sie. Das Licht brannte noch. Make-up-Flaschen und Cremetöpfchen drängten sich dicht an dicht auf dem Bord unter dem Spiegel; teils lagen die Tuben und Tiegel auch geöffnet um das Waschbecken verstreut, als käme Gertrud von Timmenbach jeden Moment zurück, um ihr Werk zu vollenden. Marie sah sich kurz um, konnte aber nichts Verdächtiges entdecken.

Durch eine zweite Tür gelangte sie vom Bad direkt in das Schlafzimmer. Das Sonnenlicht brach durch die halb zugezogenen Vorhänge und fiel auf das zerwühlte Bett.

Gertrud von Timmenbach war an dem Abend, an dem sie gestorben war, in die Sauna gegangen. Hatte sie zuvor bereits im Bett gelegen? Bis jetzt deutete nichts in der Wohnung darauf hin, dass sie in irgendeiner Form in den Spa-Bereich verschleppt worden war. Sicherlich wäre das auch aufgefallen, denn sie hätte gewiss geschrien oder sich anders zur Wehr gesetzt.

Marie überlegte, wie Raquel in das ganze Szenario passte. Grundsätzlich hatte sie Zugang zur Sauna gehabt. Hatte sie Gertrud von Timmenbach unter einem Vorwand dorthin gelockt? Oder ihr eine Sauna-Session außerhalb der Öffnungszeiten versprochen und die ältere Dame dann dort eingesperrt? Möglich war es.

Marie trat näher an das Bett, als sie aus dem Augenwinkel etwas auf dem Nachttisch wahrnahm. Eine Kondompackung. Sie war geöffnet und leer.

Unschlüssig verharrte Marie auf der Stelle. Dieses Indiz schien nahezulegen, dass Frau von Timmenbachs Liebhaber der Letzte gewesen war, der sie lebend gesehen hatte. Nur, wer konnte das gewesen sein? Vielleicht ihr Nachbar Christian Munker? Die beiden hatten bei den Gesprächen, die Marie beobachtet hatte, vertraut gewirkt, aber waren sie sich auch inniger zugewandt gewesen?

In Maries Kopf ratterten die Gedanken wie die Zahlen und Symbole auf der Anzeigetafel eines einarmigen Banditen. Und mit jedem Mal, mit dem sie den Arm des Geräts betätigte, stellten sich neue Möglichkeiten zusammen. Vielleicht hatte jener Liebhaber auch etwas mit Gertrud von Timmenbachs Tod zu tun. Doch welches Motiv konnte das sein? Oder hatte sich der Unbekannte mit Raquel verbündet, Frau von Timmenbach in die Sauna gelockt und sie dann dort eingeschlossen?

Marie schüttelte kurz den Kopf. Sie musste weiter nach Hinweisen suchen. Mit klopfendem Herzen und spitzen Fingern hob sie die Decke an. Kein Kondom. Also eilte sie zurück ins Bad, um einen Blick in den Abfalleimer zu werfen. Nichts. Also kehrte Marie ins Schlafzimmer zurück, lief einmal um das Bett herum, warf sogar einen Blick darunter. Ebenfalls Fehlanzeige.

Das war sehr auffällig, fand sie. Wieso war das Kondom nicht einfach im Müll entsorgt worden? Um keine Spuren zu hinterlassen? Damit keine DNA-Probe vom

Täter entnommen werden konnte? Oder hatte der Unbekannte oder Gertrud von Timmenbach das Corpus delicti in der Toilette hinuntergespült?

Marie warf noch einmal einen prüfenden Blick durch das Schlafzimmer. Es wirkte nicht so, als wäre es durchsucht worden. Es gab keine aufgerissenen Schubladen, keine offenen Schranktüren. Auf einer Kommode thronte der Kopf einer Schaufensterpuppe. Wahrscheinlich für Gertrud von Timmenbachs Hüte, vermutete Marie.

Ihr Blick fiel auf den kleinen Safe im Schrank. Er war verschlossen. Eine Schmuckschatulle stand außerdem auf dem Frisiertisch. Marie ging nach einer kurzen Inspektion davon aus, dass nichts Wertvolles entwendet worden war. Aber wirklich beurteilen, ob nicht das eine oder andere Stück fehlte, konnte sie natürlich nicht.

Marie verließ das obere Stockwerk, um sich unten in der Küche umzusehen. Sie lief die Treppe hinab, als ein Geräusch von unten sie jäh innehalten ließ. Marie hielt die Luft an und horchte. Aus der Küche drangen Geräusche. Schritte und das Öffnen und Schließen von Schubladen waren zu hören.

Maries Herzschlag beschleunigte sich, und die feinen Härchen in ihrem Nacken stellten sich auf. Ihre Atmung ging flach. Wer war außer ihr hier? Langsam schlich sie die Treppe hinunter, verkrampfte sich, wenn unter ihr das Holz wieder knarrte.

Doch der Eindringling schien das nicht zu hören, sondern durchwühlte weiterhin die Küche. Langsam tastete sich Marie den Flur entlang. War das etwa der Mörder? War er gekommen, um Spuren zu verwischen oder Beweise verschwinden zu lassen?

Marie griff nach einem Wanderstock, der in einem Regenschirmständer stand, und zog ihn langsam heraus, immer darauf bedacht, kein Geräusch zu verursachen.

Mit rasendem Puls schlich Marie auf die Tür zu, als sich plötzlich die Klinke senkte.

Sie japste nach Luft. Als sich die Küchentür öffnete, schrie Marie laut auf und hob den Wanderstock über ihren Kopf, bereit zuzuschlagen.

Ein weiterer Schrei ertönte. Ein tiefer, kratziger Klang. »Halt! Was soll das werden?«, fragte eine vertraute Stimme.

Marie riss die Augen, die sie im Angesicht der Angst zusammengekniffen hatte, wieder auf und starrte auf Christian Munker, der schützend die Hände über sein Gesicht gehoben hatte. Erschrocken blickte er sie zwischen den gespreizten Fingern hindurch an. Gleichzeitig lag ein stiller Vorwurf in seinen hellblauen Augen.

»Sie?« Marie hörte selbst, wie schrill ihre Stimme klang. »Was machen Sie denn hier?«

»Ich … ich … ich habe bemerkt, dass die Terrassentür geöffnet war, und wollte nach dem Rechten sehen.« Er verengte misstrauisch die Augen. »Was machen *Sie* hier?«

Marie glaubte ihm kein Wort. Gleichzeitig spürte sie die Wut wie ein glühendes Eisen in ihrem Magen. Ein weiteres Mal stellte Christian Munker eine unberechtigte Frage. »Ich – habe – hier – zu – arbeiten«, sagte sie überdeutlich. »Und Sie scheinen Freude daran zu finden, mich zu Tode zu erschrecken.« Sie schnaubte. »Im Gegensatz zu mir sind Sie nicht berechtigt, diese Residenz zu betreten.«

»Das weiß ich«, erwiderte Christian Munker, der langsam die Hände sinken ließ. »Es tut mir leid, aber könnten Sie den Stock endlich mal runternehmen?«

Trotzig umklammerte Marie den Wanderstock noch fester. »Ich fühle mich sicherer so.« Sie musterte Munker. Wie immer trug er ein perfekt gebügeltes Polo-Shirt und eine Cargohose. Er starrte Marie an, wobei das Lid seines rechten Auges zu zucken begann. »Warum sind Sie hier?«, wiederholte sie ihre Frage.

»Wie ich bereits sagte: Die Tür war auf und –«

»Das glaube ich Ihnen nicht.«

Christian hob vor Empörung die Brauen. Das Lid zuckte noch heftiger. »Gut«, begann er nach längerem Zögern. »Was denken Sie denn, was ich hier tue?«

Marie kniff die Augen zusammen. Ahnte er bereits, dass sie ihn verdächtigte? Wollte er es jetzt hören, damit er über seine nächsten Schritte nachdenken konnte? Würde er dann versuchen, sie zum Schweigen zu bringen? Doch Marie wollte es wagen. Die Unvernunft schien ihr nun zur Gewohnheit zu werden. »Sie wollen Beweise verschwinden lassen, richtig?« Was tue ich hier eigentlich?, schoss es Marie durch den Kopf.

Christian Munkers Gesichtszüge entgleisten. »*Wie bitte?*« Blinzelnd starrte er sie an.

»Sie hatten eine Affäre mit Gertrud von Timmenbach! Wollten Sie die Kondompackung oben verschwinden lassen?« Drohend zeigte sie mit dem Stock auf ihn. »Na los, geben Sie es schon zu. Wir sind uns zweimal begegnet, wo wir uns nicht hätten begegnen dürfen.«

Sprachlos blickte Christian Munker sie an. Kurz öffnete er den Mund, dann schloss er ihn wieder, ehe er zu lachen begann. Es war ein rauer Ton, der Marie mehr als irritierte.

Warum lachte er jetzt so? Sie spürte Wut und Empörung in sich brodeln. Ihre Finger griffen fester um den Stock, sodass ihre Knöchel weiß hervortraten.

Christian Munker verstummte so abrupt, wie er zu lachen angefangen hatte. Sein Gesicht nahm wieder den gewohnt neutralen, undurchdringlichen Ausdruck an.

Ergeben hob er die Hände in die Höhe. »Da liegt ein Missverständnis vor.«

Marie runzelte die Stirn und sah ihn erwartungsvoll an. Was konnte dieses Missverständnis sein? Neugierde wallte in ihr auf, obwohl die Angst noch immer in ihren Muskeln bebte.

Langsam zog Munker seine Brieftasche aus der hinteren Hosentasche, klappte sie auf und hielt sie Marie hin.

Zögerlich und noch immer mit dem Stock bewaffnet, beugte sich Marie vorsichtig vor und lugte auf das, was er ihr da zeigte. Es dauerte einige Sekunden, bis sie die Information verarbeitete, wobei ihr zunächst nicht ganz einleuchtete, was sie da betrachtete. Noch nie hatte sie einen Ruhestandsausweis der Polizei gesehen. Sie hatte nicht einmal gewusst, dass es so etwas gab. Aber da stand es, schwarz auf weiß, ebenso Christian Munkers Name.

»Sie sind … Polizist?«

Christian Munker klappte die Brieftasche zusammen, schob sie zurück in seine Gesäßtasche und nickte. »Ich *war* Polizist.« Für den Bruchteil einer Sekunde meinte Marie, einen traurigen Glanz in seinen Augen wahrzunehmen. Seine Miene blieb unberührt, die Partie um seinen Mund verhärtet.

Marie ließ den Stock sinken, aber nur ein wenig. Auch Polizisten begingen Verbrechen, also blieb sie in gebührendem Abstand zu Munker stehen. »Was machen Sie also hier?«

Christian Munker zögerte, als wägte er ab, ob er sich ihr anvertrauen konnte. Dabei verengten sich seine Augen, doch er hielt Maries unnachgiebigem Blick stand. Sie würde ihn nicht davonkommen lassen. Schließlich hatte sie das Recht, hier zu sein, wohingegen er eingebrochen war.

Munker schien ihre Unnachgiebigkeit zu spüren, dann atmete er tief ein und räusperte sich. »Ich suche nach Hinweisen – und ich glaube, damit bin ich nicht allein.« Er legte den Kopf schief, wartete offenbar auf ihre Reaktion.

Marie kniff die Lippen zusammen. »Was haben Sie bei der Polizei gemacht?«

Kurzes Schweigen.

»Ich war Mordermittler.«

Marie klappte der Mund auf. Nun nahm sie den Wanderstock doch herunter. Sie stand gerade einem ehemaligen Mordermittler gegenüber, der nach Hinweisen suchte. Das bedeutete, dass sie nicht allein mit ihrer Vermutung war, dass Gertrud von Timmenbachs Tod kein Unfall gewesen war.

Einerseits durchflutete sie Erleichterung, eine Art Bestätigung zu bekommen. Andererseits bedeutete das jedoch auch, dass es tatsächlich jemanden gab – vielleicht sogar jemanden im *Beach Residence & Spa* –, der Gertrud von Timmenbach ganz bewusst in die überhitzte Sauna gesperrt hatte, bis die ältere Dame gestorben war. Ein eisiger Schauer schüttelte Marie. Das war Furcht einflößend! »Sie glauben also auch nicht an einen Unfall?«

Christian Munkers angespannte Schultern lockerten sich ein wenig, nachdem Marie den Wanderstock hatte sinken lassen, auch wenn er keinen wirklich entspannten Eindruck machte. Doch das war ohnehin selten der Fall. »Die Umstände wirken verdächtig, würde ich sagen. Ich mochte Gertrud. Sie war eine angenehme Person«, antwortete er zögerlich. »Hin und wieder haben wir in ihrem oder meinem Garten einen Kaffee zusammen getrunken. Mehr aber nicht.« Dann legte er die Stirn in Falten. »Und Sie haben mich verdächtigt?«

Marie spürte, wie sich die Kälte der Angst langsam

aus ihrem Körper zurückzog. An ihrer Stelle spürte sie Hitze in ihre Wangen steigen, ließ sich das aber nicht anmerken. Sie warf die Hände in die Luft. »Können Sie mir das verübeln? Erst lauern Sie mir im abgesperrten Spa auf, dann erwische ich Sie hier, wo Sie sich ebenfalls nicht aufhalten dürfen.«

»Was haben Sie gedacht, was ich gemacht habe?«

»Wie gesagt: Ich dachte, Sie wollten Beweise verschwinden lassen«, verteidigte Marie sich.

»Jetzt leuchtet es mir ein.« Christian Munker nickte. »Nun, glauben Sie mir: Von mir geht in etwa so viel Gefahr aus wie von einem Kleinkind.«

Marie musste wider Willen über diesen schrägen Vergleich lachen. »Na ja«, sagte sie. »Kleinkinder sind nicht immer ganz ungefährlich.« Sie kicherte und dachte dabei an ihre kleinen Cousinen, auf die sie als junges Mädchen des Öfteren aufgepasst hatte. Wenn sie gewollt hatten, waren sie kleine Engel gewesen, doch es brauchte nur eine falsch geschälte Banane, um die Tore zur Hölle aufzustoßen.

Christian Munker zog nachdenklich die Mundwinkel nach unten. »Was können diese kleinen Wesen schon anrichten?«

»Sie würden sich wundern.« Marie dachte an das eine Mal, als eine ihrer Cousinen ihr vor Wut eine Spielzeugschaufel an den Kopf geschleudert hatte. Bei dieser Erinnerung rieb sie sich unwillkürlich die Stelle an der Stirn, als wäre es erst gestern gewesen.

»Was, sagten Sie, haben Sie hier gefunden?«

»Eine leere Kondompackung«, antwortete Marie, nachdem sie wieder in die Gegenwart zurückgekehrt war. »Oben auf dem Nachttisch. Frau von Timmenbach hatte offenbar einen Liebhaber.«

»Ja, in der Tat«, stimmte Christian mit einem beinahe schmerzverzerrten Gesicht zu.

Marie sah ihn fragend an. »Sie wussten davon?«

Christian seufzte und räusperte sich mehrmals. »Es war nicht zu überhören.«

»Oh.«

»Ja.«

Marie schob sich zögerlich an Christian vorbei in die Küche. »Haben Sie schon in die Mülleimer geschaut?«

»Natürlich«, antwortete er, und Marie hörte die Empörung in dem leichten Zittern seiner Stimme. Offenbar war er es nicht gewohnt, infrage gestellt zu werden, dabei hatte sie das gar nicht beabsichtigt. »War auch kein Kondom darin?«

»Nein.«

»Dann muss der Täter es mitgenommen haben.«

Christian lachte trocken auf. »Immer ruhig mit den jungen Pferden. Der Liebhaber ist ein Verdächtiger, aber wir wissen nicht, ob er auch der Täter ist.«

Marie nickte. »Vielleicht sollten wir unsere Ergebnisse zusammentragen«, schlug sie vor.

Christian Munker musterte sie, zögerte, ehe er langsam nickte. »Möglicherweise ist es hilfreich.« Er klang nicht sonderlich überzeugt. »Doch vielleicht sollten wir das nicht hier tun.«

»Nein, das sollten wir nicht«, stimmte Marie zu. Dann sah sie ihn mit leuchtenden Augen an. »Ich schließe meine Arbeit hier kurz ab und komme dann zu Ihnen herüber.«

Christian Munker blinzelte sie überrumpelt an, öffnete den Mund, um etwas zu entgegnen, klappte ihn dann aber wieder zu. Er schlenderte den Flur entlang. »Einverstanden.« Damit verließ er das Haus und ließ Marie allein.

Eilig überprüfte sie noch die Küche. Hier war alles ordentlich. Es wirkte so, als hätte Gertrud von Timmenbach in diesem Raum nie selbst gekocht. Alles war blitzsauber und ordentlich. Bevor sie aber zu Christian Munkers Residenz hinüberging, wollte sie die Kondompackung mitnehmen. Nicht nur als Beweisstück, sondern auch, weil sie nicht wollte, dass Kiara von Timmenbach sie vorfand.

Anschließend setzte Marie sich auf den Treppenabsatz. Auch wenn sie Christian Munker glaubte, wollte sie ein wenig über ihn recherchieren, falls man ihn in den einschlägigen Suchmaschinen überhaupt finden konnte.

Aber Marie wurde fündig. Christian Munker war Mordermittler der Kripo Bremen gewesen. Kriminalhauptkommissar. Sie fand einige Artikel, die über seinen hohen Aufklärungserfolg berichteten. Er hatte sogar einige Auszeichnungen erhalten. Schließlich entdeckte Marie einen Bericht, der über ihn verfasst worden war, als er im Alter von achtundfünfzig Jahren in Frührente gegangen war. Das war vor vier Jahren gewesen. Marie glaubte aus den Hotelunterlagen zu wissen, dass Christian Munker ebenfalls seit vier Jahren hier in der Residenz auf Mallorca lebte.

Zunächst las sich der Artikel wie eine Hommage an den »mit Abstand besten Mordermittler Bremens«, bis Marie weiterlas:

Doch in den letzten Jahren hatten Munkers Leistungen nachgelassen. Ein Interview, um sich dazu zu äußern, wollte Munker uns nicht geben. Doch anscheinend sind sein Leistungsabfall und die plötzliche Pensionierung auf den Fall der Emily B. zurückzuführen. Emily, 15 Jahre alt, war 2017 nicht von der Schule nach Hause ge-

kommen und wenig später tot aufgefunden worden. Bis heute ist dieser Fall ungelöst und scheint wie ein Hexenknoten für Christian Munker zu sein, den er bis zuletzt nicht hatte lösen können.
Unabhängige Quellen bestätigen seinen zunehmend schlechten mentalen Zustand. Bleibt nur zu hoffen, dass dieser fähige ehemalige Ermittler in seinem Ruhestand die Ruhe findet, die er eigentlich verdient hat.

Marie war erschüttert über diesen urteilenden, ja *ver*urteilenden Artikel. Armer Christian Munker! So viele Dienstjahre, so viele erfolgreich aufgeklärte Fälle, und letztendlich wurde er an denen gemessen, die er nicht hatte aufklären können!

Sie seufzte, sperrte ihren Smartphone-Bildschirm und beschloss, Christian Munker zu vertrauen. Als sie zu seinem Haus hinüberging, leistete sie ihm im Stillen Abbitte, weil sie ihn ungerechtfertigt verdächtigt hatte.

12.
Neue Wege

Marie klopfte an Christian Munkers Tür. Um sie herum zirpten die Grillen, und ein paar Turteltauben gurrten versteckt in den Bäumen. Nach wenigen Sekunden regte sich etwas im Inneren des Hauses.

Christian Munker öffnete die Tür. »Frau Holstein«, sagte er, eine Hand in die Hosentasche geschoben.

»Herr Munker«, tat sie es ihm gleich und nickte. »Ich freue mich auf unser gemeinsames Brainstorming.« So ganz gelang es Marie nicht, ihre Euphorie darüber zu zügeln, einen erfahrenen Ermittler an ihrer Seite zu wissen. Sie grinste Christian Munker breit an.

Dieser hob die Brauen. »Immer diese neuartigen englischen Begriffe«, murrte er.

Marie verkniff sich ein Kichern. Er wirkte auf sie wie ein schlecht gelaunter Teddybär. »Das bedeutet, dass wir unsere Gedanken zusammentragen und sie gemeinsam ausarbeiten.«

Munker brummte und ließ sie mit einer knappen Handbewegung wissen, dass sie eintreten durfte.

Er hatte im Eingangsbereich in der Residenz nichts verändert. Ganz im Gegenteil zu Gertrud von Timmenbach, die persönliche Bilder aufgehängt und kleine Dekoartikel auf die Konsolen im Flur gestellt hatte, war Christian Munkers Hausflur so übersichtlich wie seine Bandbreite an Mimik.

Marie fragte sich, ob er einfach nur keinen Wert darauf legte oder ob etwas anderes dahintersteckte. Keine Bilder von Angehörigen oder Freunden waren zu sehen. Oder beabsichtigte er vielleicht gar nicht, für immer hierzubleiben?

Mit einem Seufzen schloss der ehemalige Hauptkommissar die Tür hinter ihr und folgte Marie den Flur hinunter. Sie betraten die Küche. Diese war ebenso wenig benutzt worden wie die von Gertrud von Timmenbach. Auch hier suchte Marie vergeblich nach persönlichen Gegenständen. Aber ihr fiel die kleine Sammlung von Magneten an der Kühlschranktür auf. »Oh, wie schön! Sammeln Sie Magnete auf Ihren Reisen?« Sie betrachtete den Magneten von einem korpulenten Mann in Lederhose mit einem Bierkrug in der Hand.

Christian Munker sah verwirrt zu ihr, als wüsste er gar nicht, dass diese Dinge in seinem Haus existierten. Er stand an dem kleinen Küchentisch. Seine Fingerkuppen berührten sacht die Oberfläche. Mit der anderen Hand winkte er ab. »Die waren schon vorher hier. Ich brauche sie eigentlich nicht, habe sie aber hängen lassen. Manchmal kann man sie dann doch gebrauchen.«

Marie nickte. Dann räusperte sie sich. »Wie geht es jetzt weiter?«

Christian Munker hob eine Schulter. »Wir sammeln Fakten und Indizien und puzzeln diese zu einem möglichen Bild zusammen.«

Marie nickte eifrig und zog die Kondompackung, die

sie in einen Gefrierbeutel aus Frau von Timmenbachs Küche gesteckt hatte, aus ihrer Gesäßtasche. »Ich habe dieses Indiz gefunden.« Freudestrahlend hielt sie ihr Beweisstück Christian Munker erst unter die Nase und pinnte es dann mit einem Magneten an seinen Kühlschrank.

»Tun Sie das nicht«, stöhnte Christian und fuhr sich mit der Hand durchs Gesicht. »Das ist wirklich geschmacklos.«

»Nein, ich glaube, es ist gefühlsecht«, gab Marie nüchtern zurück. »Ich habe, wie gesagt, leider nicht das benutzte Kondom gefunden. Habe überall nachgesehen.«

»Ja«, murmelte er trocken. »Schade, das hätte ich gern noch an meiner Kühlschranktür gehabt.«

Marie wandte sich um und zeigte triumphierend auf Munker. »Ja, genau, das wäre toll. Dann hätten wir jetzt nämlich die DNA des Täters.«

»Des Hauptverdächtigen«, korrigierte Christian Munker sie. »Koitus mit dem Mordopfer zu haben macht einen nicht zwangsläufig zum Mörder. Normalerweise zumindest.« Er griff an Marie vorbei, öffnete den Kühlschrank, in dem sich nichts außer einigen Getränken und ein bisschen Obst befand. »Was haben Sie also?«

Er nahm ein Bier heraus und blickte dann zu Marie. »Obwohl Sie hier arbeiten, fordern es die Höflichkeit und die Gastfreundlichkeit, zu der man mich erzogen hat, Sie zu fragen, ob ich Ihnen etwas anbieten kann.« Er räusperte sich. »Tatsächlich habe ich nur Bier, Wasser, Limo und Weintrauben im Haus. Wie Sie sich denken können, koche ich nicht.«

»Nein, danke, ich möchte nichts.« Marie kaute auf ihrer Unterlippe. In Gedanken ging sie bereits alles durch, was sie bis jetzt erfahren hatte.

Christian Munker lehnte an der Arbeitsplatte der Küche, während sein Zeigefinger auf dem Blech der Bierdose trommelte. »Also, zuerst zu den Fakten: Wenn ich das heute Morgen richtig von Ihrer Kollegin Teresa aufgeschnappt habe, ist Gertrud von Timmenbach an einem Herzinfarkt aufgrund der Hitze gestorben.«

Marie nickte. Natürlich hatte Teresa diese Nachricht aufgeschnappt und verbreitet!

Munker fuhr fort: »Der Spa war nicht abgesperrt, ist aber am Abend zuvor kontrolliert worden. Ihre Kollegin beteuert, ihn nach ihrem Rundgang auch abgeschlossen zu haben.«

»Und die Sauna war auf die Maximaltemperatur gestellt«, fügte Marie hinzu.

Munker nickte. »Die Sauna war aber nicht versperrt, als Sie Gertrud von Timmenbach aufgefunden haben, oder?«

Marie erschauderte bei der Erinnerung. »Nein, doch ich habe kleine Spuren an den Griffen entdeckt.«

»Die könnten darauf hinweisen, dass jemand mit einem Gegenstand die Tür blockiert hat, was erklären würde, warum Gertrud die Sauna nicht verlassen hat oder konnte. Sie lag vor der Tür, also können wir davon ausgehen, dass sie es versucht hat.« Christian Munker rieb sich über seinen Bartschatten. »Der Notarzt schätzte, dass sie am Dienstagmorgen bereits acht oder neun Stunden tot war. Also muss sie in der Nacht oder am späten Abend den Spa betreten haben und gestorben sein.«

»Wann genau das alles war, ist natürlich schwer zu sagen. Ich weiß aber von meiner Kollegin, dass diese ab und zu im Nachtdienst einschläft. Momentan ist es auch schwierig für sie. Sie muss eine Doppelschicht machen.« Marie hatte das Gefühl, dass sie Cassandra verteidigen musste.

»In diesem Zeitraum könnte der Täter also Zugang gehabt haben. Die Frage ist nur, wer könnte es gewesen sein, und wer hatte ein Motiv?«

»Ich habe mir den Schichtplan angesehen«, wandte Marie mit einem schiefen Grinsen ein. »Einige meiner Kolleginnen und Kollegen hatten Dienst. Ich habe bereits einige herausfiltern können. Da wäre Raquel Dominguez. Sie hat Gertrud von Timmenbach gehasst, weil sie von ihr schikaniert worden ist und ihretwegen fast ihren Job als Putzkraft verloren hat. Sie hat auch einer Kollegin gegenüber erwähnt, dass ›ein böser Geist‹ in Gertrud von Timmenbach wohnt und ihr ›ausgetrieben werden‹ muss. Mit Hitze! Ich habe Raquel vorhin ein bisschen ausgefragt. Unauffällig. Ich konnte sie dadurch aber weder be- noch entlasten. Sie ist froh, dass Gertrud von Timmenbach tot ist. Raquel steht für mich auf jeden Fall noch auf der Liste der Verdächtigen.«

Christian Munker nickte interessiert. Einen Augenblick dachte er über das Gehörte nach. »Was ist mit diesem Schönling? Den habe ich öfter bei Gertrud im Garten herumwuseln sehen.«

Bei dem Wort »Schönling« wusste Marie sofort, wen der ehemalige Ermittler meinte. »Sie meinen Gael. Der war zu Anfang auch auf meiner Liste, weil er sich am Montagabend im Hotel aufgehalten hat, obwohl er zu diesem Zeitpunkt keinen Dienst hatte. Aber meine Kollegin Cassandra konnte ihn entlasten. Sie hat gesehen, dass er vor der Schließung des Spas gegangen ist, noch vor acht Uhr.«

»Die Kollegin, die wegen ihres vermeintlichen Fehlverhaltens entlassen wurde?«

Marie nickte.

»Sie war in der Nacht, in der Frau von Timmenbach starb, auch anwesend. Steht sie nicht auf Ihrer Liste?«

Marie japste empört nach Luft. »Cassandra würde niemals –«

Christian Munker hob eine Braue. »Wissen Sie, wie oft ich diesen Satz in den Jahren meiner Berufstätigkeit gehört habe? Und es war dann nicht selten genau diese Person, von der niemand es erwartet hätte.«

»Ich wüsste aber kein Motiv.« Marie seufzte. Darüber zu sprechen vernebelte ihr das Gehirn. Sie musste die Einzelheiten visuell vor sich haben. Also trat sie an den Kühlschrank. Einen Palmenmagneten nahm sie für Cassandra. Kurz sah sie sich um und entdeckte Post-Its und einen Kugelschreiber. Darauf schrieb sie: *Motiv?*

Als Nächstes nahm sie einen Fledermaus-Magneten, den sie sehr passend für Raquel fand. Kritzelte in Stichpunkten das Motiv auf und die Wahrscheinlichkeit, dass sie zum Zeitpunkt des Mordes anwesend war. »Dann hat sich im Dorf herumgesprochen, dass Marcos García einen Streit mit Gertrud von Timmenbach hatte.« Bei Christian Munkers fragendem Blick fügte sie hinzu: »Marcos besitzt das Restaurant ganz oben auf den Klippen.« Sie hob einen Stier-Magneten mit einem Kleebatt auf dem Hinterteil an. Dann klebte sie einen Zettel dazu, darauf stand: *Streit. Alibi?*

»Worum ging es bei dem Streit?«

»Das habe ich noch nicht herausgefunden.«

»Verstehe.« Das Zischen und Klacken der Bierdose ertönte, als Christian Munker diese öffnete. Er trank einen Schluck. »Dann sollten wir darüber mehr herausfinden.«

Marie deutete mit dem Kugelschreiber auf die Kondomverpackung wie eine Lehrerin mit dem Zeigestock an der Tafel. »Was ist mit Gertrud von Timmenbachs Liebhaber? Sie wohnten doch neben ihr. Haben Sie eine Ahnung, wer das sein könnte? Haben Sie ihn vielleicht mal gesehen oder die beiden gehört? Äh, ich meine jetzt nicht, im Schlafzimmer.«

Munker trank einen weiteren Schluck Bier. »Es ist nicht so, als ginge es mich etwas an«, begann er. »Ich habe einmal einen großen, schweren Mann bei ihr gesehen, recht spanischer Einschlag. Auffällig war sein Hemd. Er hatte es geöffnet, sodass man seine behaarte Brust sehen konnte.«

Marie horchte auf. »Das hört sich sehr nach Marcos García an. Die Beschreibung passt zu ihm.« Sie schrieb *Affäre?* auf und klebte den Zettel zu den anderen und dem Stier-Magneten. »War er denn am Montagabend im Hotel? Haben Sie ihn zufällig gesehen?«

Christian nickte. »Ja! Das habe ich tatsächlich! Am späten Montagabend. Ich bin gerade von meinem Strandspaziergang zurückgekehrt, da ist er mir entgegengekommen.«

»Okay, also *das* ist jetzt sehr verdächtig, oder?«

»Wir haben einige gute Kandidaten hier.«

Marie blickte auf die Tafel. Ja, es schien, dass sie bereits ein paar guten Spuren folgten.

»Haben Sie noch andere Beweismittel gefunden, abgesehen von dem da?« Christian deutete mit der Bierdose auf die Kondomverpackung.

»Leider nicht. Als wir im Spa-Bereich aufeinandergetroffen sind, habe ich den Gegenstand gesucht, mit dem der Täter die Sauna versperrt haben könnte, aber ich habe nichts gefunden.«

Christian nickte langsam. »Das war auch mein Plan gewesen. Aber ich bin genauso wenig fündig geworden.« Er rieb sich über das Kinn. »Der Täter muss das Teil anschließend wieder entfernt und entsorgt haben.«

Marie nickte langsam.

»Aber«, sagte Christian, »konzentrieren wir uns erst einmal auf diejenigen, die ein Motiv hatten, Gertrud zu töten. Haben Sie Raquel denn gar nichts Aufschlussreiches entlocken können?«

Marie schüttelte frustriert den Kopf. »Sie hat leider keine konkrete Aussage getroffen, durch die ich sie hätte ausschließen können. Sie ist also noch verdächtig.«

Christian nickte. »Dann liegt noch einige Arbeit vor uns.«

13.
Kiara von Timmenbach

Marie hatte kaum Zeit, über das Gespräch mit Christian Munker nachzudenken, denn kaum war sie an die Rezeption zurückgekehrt, kündigte das Klackern teurer High Heels auf dem Marmorboden die Ankunft eines wichtigen Gastes an. Schnellen Schrittes eilte eine Frau in Designerkleidung auf Marie zu. Ihre Größe, der schlanke Körperbau, die edlen Gesichtszüge und die perfekt arrangierte Hochsteckfrisur machten jeden DNA-Test unnötig. Sie sah aus wie die fünfunddreißigjährige Version Gertrud von Timmenbachs.

»*Buenos días, mi nombre es Kiara von Timmenbach. Reservado un … äh … chambre.*« Mit einer schwungvollen Geste, die Marie bis jetzt nur aus Filmen kannte, zog Kiara von Timmenbach sich die Sonnenbrille von den perfekt geschminkten Augen. Sie lächelte gequält.

»Herzlich willkommen, Frau von Timmenbach! Wir haben Sie bereits erwartet.«

»Oh, Gott sei Dank, Sie sprechen Deutsch!« Kiara lachte kurz auf. Dabei fiel ihre aufrechte Körperhaltung, die sie sicherlich von ihrer Mutter geerbt hatte, etwas in sich zusammen. Sie lehnte sich an den Tresen und fuchtelte mit der Sonnenbrille in der Luft herum. »Französisch ist eher mein Ding, wissen Sie? Ich halte mich regelmäßig an der französischen Riviera auf. Doch Mallorca ist ja auch ganz nett.« Sie warf einen kurzen abschätzigen Blick durch die Lobby, als hätte sie gerade in ein Zwei-Sterne- und nicht in ein Fünf-Sterne-Hotel eingecheckt.

»Südfrankreich hat sicherlich auch seine Vorzüge«, erwiderte Marie und räusperte sich. »Frau von Timmenbach, mein außerordentliches Beileid! Der Verlust Ihrer Mutter muss Ihnen schwer zusetzen.«

Kiara von Timmenbach hielt erschrocken inne, blinzelte kurz, dann verzog sich ihr Gesicht zu einer schmerzhaften Miene. »Vielen Dank«, erwiderte sie und tätschelte Maries Hand. »Es ist furchtbar, ganz furchtbar! Ich wäre ja schon eher gekommen, wissen Sie, aber ich war gerade auf einer wichtigen Messe für *La Voi* für den Launch unserer neuesten Schmuckserie.«

Wie um das Gesagte zu veranschaulichen, glitt ihre makellos manikürte Hand über die Kette um ihren Hals. »Als ich es erfahren habe, wollte ich nur weg, doch es war ein sehr wichtiger Tag für das Unternehmen.« Kurz hielt sie inne. »Meine Mutter hätte genauso entschieden.« Kiara verzog die roten Lippen, während sie die Sonnenbrille wieder aufsetzte, und stieß ein kurzes Seufzen aus. »Wo finde ich die Premiumsuite?« Sie ließ den Griff in den Koffer schnappen, der neben ihr stand. »Das Gepäck wird sicherlich nach oben gebracht, oder?«

Marie, die bei dem rasanten Themenwechsel beinahe ein Schleudertraum erlitten hatte, sammelte sich kurz. »Äh … ja. Selbstverständlich«, gab sie zurück, fischte den Schlüssel für die Suite vom Brett und bemerkte aus dem Augenwinkel Gael, der gerade geschäftig durch die Lobby eilte. »Gael«, rief sie. »Kommst du bitte mal?«

Der junge Spanier blieb augenblicklich stehen, drehte sich auf dem Absatz um und trat mit einem breiten Lächeln neben Kiara von Timmenbach. »*Buenos días*«, sagte er charmant.

Kiara von Timmenbach wich einen Schritt zurück. Es wirkte jedoch nicht so, als wollte sie Abstand zwischen sich und Gael bringen, sondern vielmehr so, als träte sie zurück, um ihn besser betrachten zu können. Als wäre er ein schönes Ausstellungsstück bei einer Vernissage, dachte Marie amüsiert.

Ein Schmunzeln zuckte in Kiaras Mundwinkeln. »*Hola*«, hauchte sie, was Marie ein wenig albern fand.

»Was kann ich für dich tun, Marie?«, fragte Gael und ignorierte Frau von Timmenbachs Bemerkung.

»Würdest du das Gepäck der Dame bitte in die Premiumsuite bringen?«

»*Sí, claro.* Natürlich«, antwortete er und klemmte sich einen kleinen Koffer unter den Arm. Die zwei anderen wuchtete er mit einem kleinen Schnauben hoch. »*Dios mio!*«

Kiara von Timmenbach lachte schrill. »Tut mir leid, ich habe eine Beerdigung zu organisieren. Das kostet mich einige Tage und eine Reihe von Outfits, wissen Sie?«

Mehr als irritiert von der durchbrechenden guten Laune ihres neuen Gastes führte Marie Kiara zu den Aufzügen und schließlich zur Suite.

»*Formidable*«, schwärmte Kiara von Timmenbach und trat mit ausgebreiteten Armen an die Fensterfront, die einen herrlichen Ausblick auf die Bucht bot. Sie eilte in das Schlafzimmer. »Wunderbar«, seufzte sie, ließ die

Hand über die Bettdecke gleiten und öffnete die Glastür zum Balkon.

Inzwischen hatten sich die Wolken zum größten Teil verzogen. Der Wind hatte nachgelassen und schickte nun eine warme Brise durch die geöffnete Tür in das Zimmer. Marie atmete tief den harzigen Geruch der Pinienbäume ein.

Kiara von Timmenbach trat auf den Balkon, lehnte sich mit den Ellenbogen auf die Brüstung und ließ den Wind mit ein paar Strähnen spielen, die sich aus ihrer Frisur gelöst hatten.

Marie stellte sich an die Tür und konnte den Blick nicht von dem Berg abwenden, der sich links neben dem Hotel erhob und in den Himmel ragte, an dem nur noch Wolkenfetzen hingen. Das Sonnenlicht tauchte das Wasser in der Bucht wieder in Hunderte Blautöne und glitzerte wie unzählige Diamanten auf der Oberfläche. Inzwischen fanden sich wieder mehr Touristen am Strand ein, stellten ihre Schirme auf, breiteten die Decken aus, sodass der Strand übersät von bunten Flecken war.

»Wenn ich morgens meinen Espresso ins Zimmer gebracht haben könnte …«, bat Kiara von Timmenbach und holte Marie vom Strand zurück ins Hotel. Mit strahlenden Augen deutete sie auf den endlos scheinenden Horizont, der mit dem Blau des Wassers verschmolz. »Dann kann ich ihn am Morgen mit dieser Aussicht genießen.«

Marie nickte. »Natürlich.« Insgeheim wünschte sie sich ebenfalls, morgens im aufgehenden Licht der Sonne sitzen zu können, die Füße hochgelegt und einen frisch aufgebrühten Kaffee in der Hand. Hach, das klingt herrlich!, dachte sie, konzentrierte sich aber schnell wieder aufs Hier und Jetzt, um Kiara von Timmenbach bestmöglich zu betreuen – so, wie Yolanda es sich wünschte.

»Falls es Ihnen an etwas fehlt oder ich noch etwas für Sie tun kann, lassen Sie es mich bitte wissen.«

Marie legte die Schlüsselkarte auf den Tisch. Gael hatte die Koffer bereits ins Schlafzimmer gewuchtet und sich diskret zurückgezogen.

»Ich habe nur eine klitzekleine Bitte«, sagte Kiara und wandte sich um. »Könnte ich später in das Haus meiner Mutter gehen? Ich möchte noch ihre Habseligkeiten durchsehen. Der Anwalt fragt auch schon nach dem Testament. Ich weiß nicht einmal, ob meine Mutter das hier hinterlegt hat. Ich muss mich um alle Angelegenheiten kümmern, Sie verstehen?«

Marie nickte. »Natürlich.«

Damit verabschiedete sie sich und verließ die Suite.

An der Rezeption informierte sie Yolanda über Kiara von Timmenbachs Ankunft und stürzte sich wieder in die Arbeit. Die Angehörigen und Freunde der von Timmenbachs waren äußerst anspruchsvoll, und jeder hatte eine andere Anfrage oder Bitte, die er oder sie über Telefon oder direkt an der Rezeption mitteilte.

Als Marie endlich ihren wohlverdienten Feierabend antrat, merkte sie, dass sie sich schon lange nicht mehr so ausgelaugt gefühlt hatte. Dieser Tag hatte viel von ihr gefordert. Doch er war noch nicht zu Ende. Denn sie hatte einen Tisch in Marcos' Restaurant reserviert – für zwei.

14.
Ein Tisch für zwei

Als Marie ins Freie trat, kräuselten sich über ihr blassgoldene Wolken. Sie legte den Kopf in den Nacken, atmete die frische, sich allmählich abkühlende Luft tief ein und beobachtete ein Flugzeug, das das Blau des Himmels durchschnitt.

Marie setzte ihren Weg fort und verabschiedete sich gerade mit ausgiebigen Streicheleinheiten von Tequila und Mojito, als am Tor des Gartens jemand ihre Aufmerksamkeit erregte.

Es war Christian Munker, der soeben von einem Spaziergang zu kommen schien. Offenbar hatte er sie ebenfalls bereits erblickt. Er nickte ihr zu, natürlich ohne jeglichen Anflug eines Lächelns, und machte Anstalten, sich durch den Garten davonzuschleichen.

Doch Marie eilte ihm zwischen den Zitronen- und Orangenbäumen hindurch hinterher, deren Früchte sich bereits schwer an den Ästen wiegten. »Hallo, Herr Munker, das ist ja ein schöner Zufall«, rief sie fröhlich und trat auf ihn zu.

Christian Munker ließ die angespannten Schultern sinken, seufzte deutlich hörbar und wandte sich um. »Geschuldet der Tatsache, dass Sie hier arbeiten und ich hier wohne, war damit früher oder später wieder einmal zu rechnen«, gab er nüchtern zurück.

Marie lachte. »Ach, Herr Munker, lassen Sie sich doch auch einmal ein wenig von der Magie des Schicksals faszinieren.«

Christian Munker verharrte ungeduldig auf der Stelle.

»Haben Sie schon etwas vor? Ich habe gerade Feierabend und wollte etwas essen gehen – bei herrlicher Aussicht. Möchten Sie mich begleiten? Ganz zufällig in Marcos Garcías Restaurant natürlich.« Marie grinste breit. Sie sagte ihm besser nicht, dass sie bereits einen Tisch für zwei Personen reserviert hatte, in der Hoffnung, Munker würde sie begleiten.

Christian Munker erwiderte ihr Lächeln nicht, was sie aber nicht persönlich nahm. Sie wusste ja, er war nicht unhöflich. Offenbar gehörte er zu den Menschen, die nicht so viel lachten. Oder, dachte Marie, er lachte nicht mehr so viel seit der schlimmen Sache mit der jungen Emily, dem Fall, den er nicht hatte lösen können. Bei diesem Gedanken wurde ihr das Herz schwer.

»Ich fühle mich geschmeichelt, dass meine Gesellschaft Ihnen genehm wäre, Frau Holstein, aber auch wenn der Hotelspeisesaal nicht mit einer grandiosen Aussicht besticht, ist das Essen hier in meinem Mietpreis inbegriffen. Alles andere wäre eine unnötige Ausgabe. Vielleicht können wir diesen Marcos García in einem anderen Rahmen befragen.«

Ganz pragmatisch, der Mann, dachte Marie. »Ich lade Sie ein«, erwiderte sie. »Außerdem ist mir aufgefallen, dass Sie im Hotel fast immer das Gleiche essen. Probieren Sie doch mal etwas Neues aus. Die einheimische Küche bietet so viel Leckeres. Sie werden staunen.«

Christian Munker blinzelte. »Ich bevorzuge die Dinge, die ich kenne. Das gilt auch fürs Essen.« Kurz zögerte er und musterte Marie. »Aber wenn das eine gute Gelegenheit ist, einen Verdächtigen zu vernehmen … wieso nicht?«

Begeisterung klang anders, doch Marie freute sich trotzdem über seine Zusage. »Dann kommen Sie«, sagte sie und winkte ihn mit sich.

Christian Munker folgte ihr am Brunnen vorbei vor das Hotel, wo der gelbe Roller vor einer von Bougainvilleen überwucherten Mauer stand.

Entsetzen zeichnete sich in tiefen Falten auf Munkers Gesicht, und er starrte fassungslos vom Helm in Maries Hand in ihr Gesicht. »Auf die Rostlaube soll ich aufsteigen?«, krächzte er.

Marie gluckste und drehte ihren Helm in den Händen. »Herr Munker, kommen Sie! Wagen Sie doch mal ein kleines Abenteuer! Brechen Sie ein Mal aus dem gewohnten Trott aus. Sie werden sehen: Es macht richtig viel Spaß!« Sie setzte den Helm auf und schob mit einem Ruck den Roller von den Stützen.

Christian Munker beäugte erst ihre zierliche Gestalt, dann den in die Jahre gekommenen gelben Roller voller Misstrauen. »Man muss sich aber nicht gleich umbringen.«

Sie zwinkerte ihm lächelnd zu, um den folgenden Worten die Schärfe zu nehmen, beschloss jedoch, ihn noch ein bisschen zu necken. »Dann sterben Sie wenigstens nicht vor Langeweile, Herr Munker.« Sie reichte ihm einen Helm, den sie aus dem Fach unter dem Sitz nahm.

Christian nahm ihn entgegen und setzte ihn mit leidgeprüfter Miene auf. »Ich langweile mich nicht«, gab er bockig wie ein Kind zurück.

Marie knatterte los, dabei schoss der Roller mit einem kleinen Hüpfer nach vorn. Hinter ihr zuckte Christian Munker erschrocken zusammen, gab einen grunzenden Laut von sich und klammerte sich an ihr fest.

Sie sausten über die Straße, die von unzähligen Pinienbäumen abgeschirmt wurde, bis sie zur Hauptstraße gelangten, die durch das Dorf führte. Marie aber bog mit einem flotten Manöver scharf links ab, sodass Christian Munker erschrocken nach Luft japste.

»Haben Sie überhaupt einen Führerschein?«, rief er gegen den Fahrtwind an, während Marie den Roller durch schmale Gassen manövrierte.

Sie kicherte in sich hinein. »Gut, dass ich mich Ihnen nicht ausweisen muss, Herr Munker, Sie sind ja in Pension.« Marie wich geschickt einem riesigen Kübel mit gelb-roten Calla-Lilien aus. Über ihnen wehten bunte Kleidungsstücke an Wäscheleinen, die von rechts nach links über die ganze Gasse gespannt waren. Das Sonnenlicht brach in einem warmen Orange durch einige Häuserlücken, kribbelte über Maries Haut und färbte die sandfarbenen Häuser noch intensiver.

»Sehr witzig«, gab Christian Munker zynisch zurück, wobei seine Stimme vibrierte, während sie über das Kopfsteinpflaster rumpelten.

Marie verließ die Gasse und fuhr nun die asphaltierte Straße entlang, die am Marktplatz vorbeiführte. Palmen säumten die Straße, streckten sich in den blassblauen Himmel, der langsam in der untergehenden Sonne mehr Farben zu beherbergen schien.

Der Marktplatz war gut besucht. Unter den roten Schirmen genossen viele Einwohner, aber auch Touristen den freien Abend. Bier, bunte, lecker aussehende Cocktails und herrlich deftig duftende Speisen standen auf den Tischen. Der Wind trug ausgelassenes Gelächter und Gesprächsfetzen herüber.

Erneut steuerte Marie den Roller in eine Gasse, in der viele Blumenkübel mit verschiedenen exotischen Pflanzen standen. »Festhalten!«, rief sie, als sie zwei Jungs mit einem Ball ausweichen musste.

Christian Munker schnappte hörbar nach Luft und verstärkte den Griff um ihre Mitte.

Nach wenigen Sekunden gelangten sie auf die Promenade. Sie war gut besucht, sodass Marie im langsamen Slalom um die Spaziergänger fuhr. Der Roller ächzte und röhrte lauter, je steiler sie ihn hinaufjagte, bis sie ihn schließlich vor Marcos Garcías Restaurant ersterben ließ.

Marie stieg ab, zog sich den Helm vom Kopf und beobachtete Christian Munker, der es ihr gleichtat.

Taumelnd fummelte er an dem Verschluss seines Helms und zog sich diesen vom Kopf. Dabei fiel er zum ersten Mal aus seiner Rolle des akkuraten Mannes, da sein Haar nun in allen Richtungen abstand. Sein Gesicht war gerötet und etwas zerknautscht. Er japste nach Luft. Marie musste sich ein Lachen verkneifen.

»Wirklich erstaunlich, dass der Roller bei der rasanten Fahrt nicht in alle Einzelteile zerbrochen ist. Das Ding ist ja klappriger als ein Achtzigjähriger.«

»Sie haben wirklich einen merkwürdigen Humor, Herr Munker. Hat Ihnen das schon einmal jemand gesagt?«, fragte Marie schmunzelnd, während sie die kleine Steintreppe zur Dachterrasse des Restaurants erklommen.

»Ich würde mich grundsätzlich nicht als ›humorvoll‹ bezeichnen«, gab Christian steif zurück.

Marie lachte gut gelaunt. »Was Sie nicht sagen.«

Auf der Dachterrasse hielt sie einmal mehr überwältigt inne. Von hier aus hatte man von jedem Platz aus den perfekten Blick auf das glitzernde Meer und die Berge, deren Felsen im Licht der tief stehenden Sonne nun golden leuchteten. Sie hinterließ gelbliche Wolkenfetzen.

Auf der Terrasse leuchtete ebenfalls ein Lichtermeer aus Hunderten von Kerzen, die als hübsche Teelichte auf den Tischen oder als Stumpenkerzen in hohen Gläsern auf dem Boden standen. Marie konnte sich nur zu gut ausmalen, wie wunderschön es in ein bis zwei Stunden wirken würde, wenn die Sonne fast vollständig hinter den Bergen verschwunden war. Über ihren Köpfen erstreckte sich ein Dach aus Weinranken. Die saftig-grünen Blätter bewegten sich in der lauen Brise, die bereits die Kühle des einbrechenden Abends trug.

Eine Kellnerin begrüßte Marie und Christian mit einem freundlichen Lächeln und führte sie zu einem kleinen Tisch. Geschirr klapperte, und die sanfte spanische Musik aus unsichtbaren Boxen vermischte sich mit den Unterhaltungen und dem Lachen der anderen Gäste. Immer wieder standen Touristen auf und fotografierten, wobei wahrscheinlich kein Foto die magische Atmosphäre, die hier herrschte, je einfangen konnte.

Christian Munker beobachtete eine Gruppe junger Männer und Frauen, die einer nach dem anderen für mehrere Aufnahmen posierten. »Ich kann nicht glauben, dass Sie es geschafft haben, mich hierher zu schleppen, Frau Holstein«, bemerkte er, nachdem die Getränke serviert worden waren. Marie hatte eine Traubensaft-Schorle, Munker ein Pils gewählt.

»Streng genommen sind Sie freiwillig mitgekommen, Herr Munker. Und jetzt wollen Sie bestimmt nicht zugeben, dass Sie es toll finden.« Es machte solchen Spaß, ihn ein bisschen zu necken!

»Man soll den Tag nicht vor dem Abend loben«, sagte Christian Munker streng, klappte die Karte auf und studierte diese kritisch. »Ich würde es aber noch besser finden, wenn kein Verbrechen ungesühnt bliebe.« Ein trauriger Schimmer glänzte im Schein der Kerze in seinen Augen. Dann hob er die Karte vor sein Gesicht. »So. Was können Sie mir denn empfehlen?«

Offenbar wollte er das Thema wechseln, doch das unerwartete Geständnis hatte Marie seltsam berührt in Anbetracht der Tatsache, dass sie wusste, worauf er mit seinen Worten eventuell anspielte. Marie seufzte. »Na ja, manchmal liegt es nicht in unserer Hand.«

Ihr Gegenüber schwieg. So lange, dass Marie schon glaubte, Munker würde gar nicht mehr antworten. Dann aber ließ er die Karte abrupt sinken und sah ihr in die Augen. Im Kerzenschein wirkten seine Falten noch tiefer als sonst. Doch das Licht fing sich nicht in dem Blau seiner Iris. Das Flackern der Kerzen spiegelte sich darin. In diesem Moment fragte Marie sich, was diese Augen bereits alles gesehen hatten während seiner langjährigen Polizeikarriere.

Christian Munker seufzte. »Als Mordermittler lernt man sehr schnell, dass man Verbrechen nicht verhindern kann. Möglich ist es schon, aber eher selten. Man wird meist gerufen, wenn sie schon geschehen sind. Um sie aufzuklären. Und dann läuft man dem Verbrechen hinterher und bemüht sich um Schadensbegrenzung – meistens nur noch für die Hinterbliebenen.« Er atmete tief ein und trank einen großzügigen Schluck von seinem Bier. »Doch man kann auch nicht jedes Verbrechen aufklären, und man muss diesen Anspruch an sich unbedingt ablegen, sonst erdrückt er einen.«

Er verbarg das Gesicht wieder hinter der Karte. Der

kurze Einblick, den er Marie gewährt hatte, war beendet. »Also, was können Sie mir empfehlen, Frau Holstein?«

Marie starrte verdattert auf die in Leder gebundene Menükarte, die in Spanisch, Englisch und Deutsch verfasst war. Sie spürte die Dunkelheit, die in Christian Munkers Worten mitschwang. Marie war sich sicher, dass er an den Fall der getöteten Fünfzehnjährigen dachte, vor dem er nach Mallorca geflohen war. Sie fragte sich, ob sie darauf eingehen sollte, entschied sich dann aber dagegen. Sie wollte ihn nicht noch mehr aufwühlen. »Die Nudeln mit Meeresfrüchten sind sehr lecker.«

»Ich mag keine Meeresfrüchte.«

»Was? Aber die spanische Küche ist so spannend und abwechslungsreich! Da wäre es ehrlich pure Verschwendung, bei Schnitzel und Pommes zu bleiben.«

»Wie gesagt: Ich bleibe gern bei dem, was ich kenne.«

»Haben Sie schon gewählt?«, fragte die freundliche Kellnerin mit dem professionellen Lächeln in diesem Augenblick.

»Ja, also *ich* probiere heute mal etwas *Neues* aus.« Marie warf ihrem Begleiter einen raschen Blick zu. »Ich hätte gern die Grüne Paella mit Zucchini und Chicorée und dazu ein Glas Weißwein.«

»Perfekte Wahl. Und für den Herrn?« Die Bedienung wandte sich Munker zu.

Er räusperte sich und schaute von der Karte auf. »Haben Sie eine Empfehlung für mich?«

»Unsere Spaghetti mit Meeresfrüchten sind bei den Gästen sehr beliebt.«

Marie konnte sich ein Grinsen nicht verkneifen und wartete gespannt auf Munkers Antwort.

Er klappte langsam die Karte zu. »Dann sollen es wohl die Nudeln sein, die Sie mir empfohlen haben –

aber übertreiben Sie es bitte nicht mit den Meeresfrüchten.«

»Natürlich«, erwiderte die Kellnerin, während sie die Karten einsammelte.

»Ich hätte da noch ein besonderes Anliegen«, sagte Marie und spürte, wie ihr Hals trocken wurde. »Könnten wir einen Moment mit Marcos García sprechen?«

Kurz zögerte die Bedienung und blickte ein wenig irritiert von Marie zu Christian Munker. »Kann ich etwas ausrichten, worum es sich handelt?«

Marie hatte bereits auf der Fahrt hierher über einen Vorwand nachgedacht, wie sie ein Gespräch mit Marcos García erwirken und dabei subtil auf Gertrud von Timmenbach zu sprechen kommen konnte. »Oh, es geht um eine Geburtstagsfeier, für die wir eine Location suchen.«

»Alles klar«, gab die Kellnerin zurück.

Christian Munker trank einen Schluck von seinem Bier. »Wieso sind Sie eigentlich hierher ausgewandert? Um dem langweiligen Alltag in Deutschland zu entfliehen?«

Marie konnte die Augen kaum von der tiefer und tiefer sinkenden Sonne lösen, die den Bergen immer näher kam. Tief atmete sie die salzige Luft ein. »Nein, tatsächlich war mein Alltag nicht der Auslöser. Ich hatte einen Job in einer Marketing-Agentur, der mir viel Spaß gemacht hat. Aber mein Traum war schon immer, irgendwann einmal eine eigene Bar auf Mallorca zu besitzen. Dafür spare ich gerade. Und irgendwie verlief mein Leben bisher so verdammt … geradlinig.«

»›Geradlinig‹ hört sich doch gar nicht so schlecht an.«

Dass das aus Christian Munkers Mund kommen würde, damit hatte Marie gerechnet. Sie schmunzelte. »Na ja, ich bin nie ein Risiko eingegangen, habe immer nur den *sicheren* Weg gewählt. Ich war, wie meine Eltern sagen würden, ›vernünftig‹. Aber darauf hatte ich dann keine Lust mehr.«

»Sind Sie denn jetzt glücklicher?«, fragte Munker und schaute sie mit einem nicht zu deutenden Blick an.

Marie dachte an die Tatsache, dass sie jeden Tag das Meer sah und am Strand spazieren gehen konnte. Sie dachte an die Sonne, die klare Luft … und dann rief sie sich das oft graue »rheinische Wetter« in Erinnerung. Sie lächelte. »Ja«, sagte sie schließlich. »Und Sie?«, fragte sie vorsichtig und tunkte ein Stück Baguette in die Aioli-Creme, die ihnen zu Anfang mit den Getränken serviert worden war. Sie biss herzhaft hinein. »Sind Sie zufrieden mit Ihrem Ruhestand hier auf der Insel?« Sie wünschte es ihm wirklich.

Ein kaum merklicher Ruck ging durch Christian Munker. Kurz schimmerten seine Augen im Schein der Kerzen. Doch er schluckte einmal schwer und trug dann wieder sein beherrschtes Äußeres zur Schau. Er nahm ebenfalls ein Stück Baguette, griff nach dem Vorspeisenmesser und strich sorgsamer, als es nötig gewesen wäre, die Aioli auf das Brot. »Ja, aber jetzt scheine ich Ermittlungen nicht zu entkommen. Ich muss mir wohl eine andere Insel suchen.«

Marie musste lachen, und ihr entging nicht, dass es auch um Munkers Mund verräterisch zuckte.

Es dauerte nicht lange, da erschien die Kellnerin bereits mit dem Essen an ihrem Tisch. »Guten Appetit! Marcos wird sich Ihrer gleich annehmen.«

Marie und Christian Munker widmeten sich den Speisen, die verführerisch dufteten. In großen Tellern waren die Spaghetti wie ein Nest drapiert. Die Nudeln hatten sich mit der roten Tomatensauce vollgesogen und glänzten im zunehmenden Zwielicht der untergehenden Sonne. Auf Munkers Teller lugten Muscheln, rosa Krebse und winzige Tintenfischärmchen zwischen den Spaghetti hervor. Getoppt war das Ganze mit duftenden Basilikumblättern und fein gehobeltem Parmesankäse.

Marie sog den herrlichen Duft nach gegrilltem Gemüse ihrer Grünen Paella ein. Zwischen dem gelben Reis lugten Zucchini-Stücke, Chicorée und bunte Tomaten hervor. Fleisch war nicht in diesem Gericht enthalten. Geröstete Pinienkerne, Rucola und grob gehobelter Parmesan, der zart über das Gemüse schmolz, toppten das Gericht.

Ihr lief das Wasser im Mund zusammen. Es war köstlich, und sogar Christian Munker schien die Pasta mit Meeresfrüchten durchaus zu schmecken, auch wenn Marie inzwischen wusste, dass er das niemals zugeben würde. Sie meinte jedoch, einen anerkennenden Ausdruck auf seinem Gesicht wahrzunehmen, als er die hübsch angerichtete Speise auf seinem Teller betrachtete.

Als sie sich satt und zufrieden zurücklehnten, ließ Marcos' Stimme Marie zusammenfahren. Christian Munker sah auf.

»*Hola,* guten Abend. Sie wollten mit mir sprechen? Ich hoffe, es war alles in Ordnung? Darf ich Ihnen ein Dessert empfehlen?« Marcos' dröhnender Bass, der ihn auch zum Marktschreier qualifizierte, passte zu dem hochgewachsenen, breit gebauten Mann. Sein Kurzarmhemd spannte über dem Bauch. Die oberen drei Knöpfe waren geöffnet, und dunkle Haare kringelten sich aus dem Kragen. Ein breites Lächeln lag auf seinen Lippen, die unter dem Bart beinahe vollständig verschwanden.

»Guten Abend«, stammelte Marie, griff zu ihrem Glas und trank einen Schluck, um ihren Herzschlag zu beruhigen. Einen Moment fühlte sie sich heillos überfordert und suchte den Blick ihres Begleiters, um sich abzusichern. Munker nickte ihr beruhigend zu.

Marcos hatte sich bereits einen Stuhl herangezogen. »Ich habe gehört, Sie wollen Ihren Geburtstag bei uns feiern.« Er blickte von Marie zu Christian Munker, zeigte dann mit dem Finger auf die beiden. »Wer von Ihnen beiden?«

»Äh … das wäre ich«, beeilte Marie sich zu antworten. »Ich … äh … das ist Christian, Christian M…«

»Herr Munker«, korrigierte Christian sie und wandte sich dem Wirt zu.

»Und – und ich bin Marie.« Sie räusperte sich.

Marcos lächelte breit und nickte ihr zu. Eine ganze Weile sprachen sie über den Geburtstag, den Marie in Wahrheit nicht hier zu feiern gedachte. Sie erörterten das Catering, die Getränke, die Musik und besprachen, wann das Ganze angeblich stattfinden sollte. Marcos beriet sie freundlich und ließ sie wissen, was alles möglich war. Trotz des Geschäftlichen wirkte es schnell wie ein Gespräch unter Freunden.

Marcos riss ab und an einen Witz, lachte so laut auf, dass Christian Munker erschrocken zusammenfuhr. »Haben Sie noch eine Frage?« Marcos García sah Marie neugierig an.

»Nein, das war sehr hilfreich. Danke. Bleiben Sie doch noch bei uns und trinken Sie etwas mit uns.«

»Natürlich, wie könnte ich so eine nette Bitte ausschlagen?« Marcos rief seine Kellnerin mit einem Kreisen des Zeigefingers herbei. »Nehmen Sie noch einmal das Gleiche?«

»Ja, bitte«, gab Christian zurück.

»Für mich gern wieder eine Traubensaft-Schorle. Ich muss noch fahren.« Marie lächelte.

Marcos bestellte sich selbst ein Glas Rotwein. Er zog eine Schachtel Zigaretten aus der Brusttasche, klopfte eine heraus, steckte sie zwischen die Zähne und zündete sie an. Tief atmete er den Rauch ein und pustete ihn – unter Christian Munkers angeekeltem Blick – in die Luft.

»Und wo kommen Sie her?« Marcos blickte sie beide freundlich an. Seine dunklen Augen fingen das Kerzenlicht ein. Er war zwar laut und konnte unter Umständen äußerlich bedrohlich wirken, doch er machte auf Marie auch einen herzlichen und offenen Eindruck, weshalb sie sich fragte, ob er wohl wirklich in der Lage wäre, einen Mord zu begehen.

»Wir kommen aus Deutschland, leben aber inzwischen hier auf der Insel«, antwortete sie.

Marcos nickte anerkennend. »Ah, sehr schön. Wo wohnen Sie denn?«

»Im *Beach Residence & Spa*«, gab Christian Munker zurück.

»Da arbeite ich«, fügte Marie kurz hinzu.

Marcos' Augen weiteten sich, er zog hastiger an seiner Zigarette. »Im *Beach Residence & Spa,* soso. Da war ja neulich ganz schön was los.«

»Ja. Kannten Sie Gertrud von Timmenbach?« Munker fragte es eher beiläufig, während er den letzten Schluck Bier in seinem Glas schwenkte.

Marcos blickte zu ihm, nahm wieder einen Zug von der Zigarette. »Ja. Ja, ich kannte sie. Sie war hier Stammgast.« Er blickte zu Marie. Traurig schlug er die Augen nieder. »Wirklich tragisch, dieser Unfall.«

»Ja«, stimmte sie zu.

Die Kellnerin kam an den Tisch, stellte die Getränke ab und nahm die leeren Gläser mit. Inzwischen glühte der Horizont hinter den Bergen rötlich. Zwischen den leisen Gesprächen der anderen Gäste, dem Gelächter und der Musik konnte Marie das Rauschen des Meeres unter ihnen wahrnehmen.

»Mein herzliches Beileid. Wie … nah standen Sie

sich?«, fragte sie und hielt den Atem an. Sie hoffte, dass sie einfühlsam und nicht neugierig klang.

Er seufzte. »Wir kannten uns jetzt schon seit einigen Jahren.«

Marie nickte. »Ach, da fällt mir ein: Ich habe Sie ab und zu auf dem Hotelgelände gesehen. Auch am Montagabend, glaube ich«, flunkerte sie, um ihn weiter aus der Reserve zu locken. Dass er nicht von allein damit herausrücken würde, dass er eine Affäre mit Gertrud von Timmenbach gehabt hatte, lag auf der Hand. Doch worum war es bei dem Streit mit Frau von Timmenbach gegangen? Hatte Gertrud vielleicht die Affäre beendet, und Marcos war daraufhin wütend geworden?

Der Mallorquiner fuhr sich über das dichte, dunkle Haar. »Wirklich?« Er zog an seiner Zigarette. »Ja, ich habe sie ab und zu besucht. Man könnte sagen, wir waren … Freunde. Am Montag war ich auch bei ihr, sí.« Marcos musterte Marie etwas verunsichert, als überlegte er, warum sie das wissen wollte.

Ihr fiel nicht mehr ein, was sie noch fragen konnte, um herauszufinden, wie lange er auf dem Hotelgelände gewesen war. Doch wenn sie es direkt ansprach, würde sie sicherlich sein Misstrauen wecken.

»Sie *waren* Freunde?«, hakte Christian nach.

Marcos nickte und lächelte gequält. »Na ja, sie ist jetzt tot, oder nicht?!«

Marie und Christian tauschten einen kurzen Blick. Marcos war generell bereit, harmlose Fragen zu beantworten, doch er ging nicht ins Detail. »Ja, leider.«

Der Wirt erhob sein Glas. »Auf Gertrud von Timmenbach, eine schillernde Persönlichkeit mit einem großen Herzen!«

Marie und Munker taten es ihm gleich. »Auf Gertrud von Timmenbach!«

Bevor Marie oder Christian Munker weitere Fragen stellen konnten, erhob Marcos sich. Marie hatte das Gefühl, dass ihm die Situation unangenehm wurde. »*Bueno*. Es hat mich sehr gefreut, Sie beide kennenzulernen. Ich muss leider weiterarbeiten.« Das Lächeln auf seinen schmalen Lippen wirkte nun verkniffen. »Und wir würden uns über eine Buchung freuen. Sie sind herzlich willkommen, Ihren Geburtstag hier zu feiern.« Er klopfte einmal auf den Tisch.

Marie und Christian Munker bedankten und verabschiedeten sich und blickten ihm nach, als er sich zwischen den Tischen und Gästen hindurchschlängelte und im Inneren des Restaurants verschwand.

»Was denken Sie?«, fragte Marie nach einer Weile und trank einen Schluck.

Christian Munker tat es ihr gleich, starrte nachdenklich in das Licht der Kerze vor ihm. »Schwer zu sagen. Er hat nicht viel verraten. Doch er hat zugegeben, dass er am Hotel war.«

»Aber würde ein Mörder das nicht leugnen?«

Munker hob die Schultern. »Gertruds Tod gilt offiziell als Unfall. Das wird sich sicher bis zu ihm herumgesprochen haben. Vielleicht wähnt er sich in Sicherheit. In meinen Augen hat er kein Alibi. Wir sollten ihn weiter auf der Liste behalten.«

»Auf jeden Fall«, stimmte Marie zu.

15.
Das verschwundene Collier

Der nächste Tag hielt für Marie nicht weniger Arbeit bereit. Bereits früh am Morgen klingelte das Telefon an der Rezeption, und eine aufgebrachte Kiara von Timmenbach zitierte sie in die Residenz ihrer Mutter Gertrud.

Einige Minuten später stand Marie im Schlafzimmer der Verstorbenen.

»Ich kann es nicht glauben«, rief Kiara außer sich. Sie trug ein elegantes schwarzes Kleid und war perfekt geschminkt. »Wie konnte das passieren? Das muss eine Putzkraft gewesen sein!« Sie griff sich theatralisch an den Hals. »Meine Mutter ist noch nicht einmal beerdigt, und wie die Geier stürzen sich die Leute schon auf ihre Sachen.« Sie kniff sich in die Nasenwurzel, dann fuchtelte sie wild mit der Hand vor Maries Nase herum. »Ich werde dieses Hotel verklagen. Schlimm genug, dass meiner Mutter hier so etwas Schlimmes widerfahren musste, jetzt wird sie auch noch *bestohlen.*«

Marie hob beschwichtigend die Hände. Ihr Magen krampfte sich zusammen. Yolanda würde ausflippen, wenn sie das erfuhr. Sie hatte Verständnis für Kiaras Ärger, doch ihr Gezeter verursachte ihr Kopfschmerzen. »Ich kann verstehen, dass Sie aufgebracht sind, aber bitte beruhigen Sie sich.«

»Es war ein wertvolles Collier. Und für mich hat es einen hohen emotionalen Wert.« Seufzend ließ sich Kiara von Timmenbach aufs Bett sinken, sackte in sich zusammen und vergrub das Gesicht in den Händen.

Arme Kiara von Timmenbach!, dachte Marie und strich ihr tröstend über die Schulter. »Es tut mir sehr leid. Ist der Safe denn aufgebrochen worden?« Marie sah sich zum noch immer verschlossenen Zimmersafe um.

Kiara von Timmenbach schüttelte wimmernd den Kopf. »Nein, dieses Collier hat meine Mutter immer zur Schau gestellt.« Sie deutete auf den Kopf der Schaufensterpuppe.

Marie hatte bei ihrem Rundgang in diesem Haus angenommen, dass der Kopf für einen Hut bestimmt wäre. »Und das Collier ist nirgendwo anders? Vielleicht hat Ihre Mutter es doch im Safe aufbewahrt.« Insgeheim fragte Marie sich, warum Gertrud von Timmenbach so ein wertvolles Stück nicht weggeschlossen hatte. Um es zur Schau zu stellen, hatte ihre Tochter gesagt, aber dann musste man sich des Risikos bewusst sein, dass ein so kostbares Schmuckstück gestohlen werden konnte.

Marie grübelte. Hatte vielleicht Raquel das Collier mitgehen lassen? Möglicherweise hatte Gertrud von Timmenbach sie in Verdacht gehabt und war daraufhin mit Raquel in Streit geraten.

»Nein, ich habe schon überall nachgeguckt. Es ist nirgendwo«, jammerte Kiara von Timmenbach. »Das ist so furchtbar!«

Marie drückte Kiaras Schulter. »Wir werden eine Lösung finden. Haben Sie vielleicht ein Foto von dem Stück?«

Kiara von Timmenbach schniefte, was so gar nicht zu ihrer kontrollierten, vornehmen Art passte. Sie wirkte plötzlich verletzlich, beinahe kindlich. »Ja, einen Moment. Ich habe vorhin ein Foto meiner Eltern gefunden, auf dem sie es trägt.« Das Taschentuch unter die Nase gedrückt, sah sie sich kurz um, stand auf und holte eine gerahmte Fotografie von der Kommode.

Es zeigte eine jüngere Gertrud von Timmenbach mit einem attraktiven Mann an ihrer Seite. Die beiden lachten, blickten einander verliebt an. Ein trauriges Lächeln huschte über Maries Lippen. Sie konnte die Liebe spüren, die zwischen diesen zwei Menschen bestanden hatte. Dann lenkte sie die Aufmerksamkeit auf das Collier, das Gertrud von Timmenbach auf dem Foto trug. Es war eine schwere Kette, aufwendig gearbeitet und mit Saphiren besetzt, die im Blitzlicht funkelten. »Danke«, sagte Marie. »Ich werde mich umhören.«

»Und ich werde die Polizei verständigen.«

Marie dachte an Yolanda, die sicherlich nicht begeistert sein würde, wenn erneut die Polizei das Hotel aufsuchte, doch sie konnte es Kiara von Timmenbach nicht verübeln. Sie hätte es genauso gemacht. Dennoch war sie gewillt, sich wegen des Schmuckstücks umzuhören. Denn diese Spur konnte zum Täter führen.

Einige Minuten später schlich Marie in den Umkleideraum des Hotelpersonals. Das, was sie vorhatte, war riskant und vielleicht auch aussichtslos, aber einen Versuch wert. Möglicherweise hatte Raquel das Collier ja gestohlen und es noch nicht aus dem Hotel geschmuggelt, sondern bewahrte es noch in ihrem Spind auf.

Maries Herz pochte, als sie vor dem Schrank der

Putzkraft stand und in den Flur hinauslauschte, um sicherzugehen, dass keiner ihrer Kollegen im Begriff war hereinzukommen.

Dann löste sie eine Haarnadel aus ihrem Haarknoten. Ungezählte Male hatte Marie in Fernsehkrimis gesehen, wie jemand ein Schloss mit einer solchen Haarnadel geöffnet hatte. Das konnte doch nicht so schwer sein!

War es aber! Die Zunge zwischen die Lippen geklemmt, stocherte Marie mit der Haarklammer im Spindschloss herum. Es schienen Ewigkeiten zu vergehen, ohne dass etwas geschah. Da, endlich! Mit einem Klicken gab das Schloss nach. »Ja«, flüsterte sie triumphierend und öffnete behutsam die quietschende Spindtür.

Ihr Puls tanzte inzwischen Polka unter ihrer Haut. Mit flinken Fingern durchsuchte sie den eher spärlich bestückten Schrank. Eine Bürste, Schuhe, Ersatzkleidung, Bücher und ein Mittagessen in einer transparenten Lunchbox. Bei einem Beutel dachte Marie schon, dass sie fündig geworden wäre, doch es stellte sich heraus, dass Raquel darin Kruzifixe und andere religiöse Gegenstände aufbewahrte.

Frustriert schloss Marie den Spind wieder. Vielleicht würde die Kollegin sich verraten, wenn sie sie freiheraus auf das Collier ansprach. Vielleicht würde ihre Reaktion Aufschluss darüber geben, ob sie mehr darüber wusste oder nicht.

Marie beschloss, noch eine Begegnung mit Raquel herbeizuführen. Doch zunächst wurde sie wieder an der Rezeption gebraucht. Rasch schloss sie den Spind wieder und huschte aus der Umkleide.

Nach der Mittagspause passte sie Raquel im Garten ab. Die Kollegin kehrte offenbar gerade aus ihrer Pause zurück zum Hotel. Zwischen hohen Palmen und den knorrigen Olivenbäumen, deren Blätter sanft in der warmen Brise raschelten, hatten sie etwas Privatsphäre. »Hey, Raquel«, rief Marie und winkte ihr zu.

Raquel blieb stehen, blickte sie aber mit einem Ausdruck der Verwunderung und des Widerwillens an. Wie immer kaute sie Kaugummi. »Hey. Willst du dich wieder unterhalten? Tut mir leid. Meine Pause ist vorbei.«

»Nein, nein. Ich habe nur eine kurze Frage an dich, und ich weiß, dass das Thema ein bisschen ... sensibel ist.« Marie rang sich ein Lächeln ab, während Raquel sie mit ihren dunkel geschminkten Augen musterte. Marie zog das Foto hervor. »Frau von Timmenbachs Tochter vermisst ein Collier, und ich frage mich, ob du es vielleicht gesehen hast, als du die Zimmer gereinigt hast.«

Raquel blies eine pinke Kaugummiblase auf, schirmte die Augen vor der grellen Sonne ab und blickte auf das Foto. Sie zögerte einige Sekunden, dann nickte sie langsam. »Ja, den Klunker hab ich tatsächlich oft gesehen«, sagte sie. »Hat immer um einen Puppenhals gehangen, auf der Kommode. Echt *strange.* Wieso fragst du mich das jetzt? Ich putze doch schon länger nicht mehr da.«

Marie schluckte kurz. Sie wollte nicht, dass Raquel Verdacht schöpfte, denn dann würde sie sicherlich dichtmachen oder, noch schlimmer, sie würde sich vielleicht sogar bei Yolanda über sie beschweren. »Ich frage mich einfach nur, wo es abgeblieben sein könnte. Kiara von Timmenbach, ihre Tochter, ist überzeugt, dass es gestohlen wurde, aber vielleicht hast du ja mitbekommen, dass Gertrud von Timmenbach es irgendwann woanders aufbewahrt hat als an der Puppe.«

Raquel entspannte sich wieder etwas, ihr Blick funkelte jedoch weiterhin misstrauisch. Sie legte den Kopf schief. »Nee, hab ich nicht. Sie hat es immer der Puppe umgehängt – oder es eben selbst getragen. Keine Ahnung, wo das Teil abgeblieben ist. Hat die Tochter mal im Safe nachgesehen?« Sie zuckte mit den Schultern und kaute schmatzend. »Tja, dieser irdische Tand hat keine Bedeutung und keinen Wert mehr, wenn man gekocht in der Sauna liegt.«

Marie zuckte in Anbetracht dieser grausamen Worte zusammen. Raquel schien Gertrud von Timmenbach wirklich gehasst zu haben. »Sieht der christliche Glauben nicht vor, dass man einander vergeben soll?«

»Phhh. *Mich* hat doch auch niemand um Verzeihung gebeten.« Sie blies eine Kaugummiblase auf und ließ sie mit einem »Plopp« platzen, wobei sich die klebrigen Reste über ihre Nase legten. Mit der Zunge befreite Raquel sich davon. »War's das jetzt?«

Marie nickte hastig. Sie würde so schnell nichts aus der jungen Putzkraft herausbekommen. Erneut gab ihr das Verhalten der Kollegin Rätsel auf. Einerseits schien Raquel das alles egal zu sein, andererseits geriet sie schnell in eine Abwehrhaltung, die Maries Misstrauen weckte. Heute Abend würde sie noch einmal mit Christian Munker darüber sprechen.

Marie sah Raquel nach und fing Gaels Blick auf, der einige Meter entfernt mit dem Kescher im Pool herumfischte. Fragend hob er die Brauen. Vielleicht wusste er ja etwas oder hatte was gesehen. Lächelnd ging sie auf ihn zu.

»Hey, Gael«, begrüßte sie ihren Kollegen, der sie breit anstrahlte.

»Alemana«, sagte er. »Was gibt's? Hattest du Streit mit der Kratzbürste?« Er wies mit dem Kopf in die Richtung, in die Raquel gerade verschwunden war, und lachte.

Marie stimmte nicht mit ein. Raquel war ein verschlossener, schwieriger Mensch. Blieb nur die Frage, ob sie auch eine Mörderin war. »Ich hab sie nur was gefragt.« Sehnsüchtig blickte sie in das kristallklare Wasser des Pools, das ab und an über den Rand des Beckens schwappte. Wie gern würde sie sich jetzt ein wenig im Wasser abkühlen!

Einige Gäste sonnten sich auf der gegenüberliegenden Seite. Darunter auch Marta und Johann Johanson. Ihre Kinder waren wahrscheinlich bei einem der Animationsprogramme, die man im *Beach Residence & Spa* buchen konnte.

»Was hast du die Kratzbürste denn gefragt?« Gael blickte sie interessiert an.

Marie zog das Foto hervor und hielt es dem Kollegen hin. »Kiara von Timmenbach hat festgestellt, dass dieses Collier ihrer Mutter fehlt.«

Gael hob die Brauen. Er unterbrach seine Arbeit, trocknete sich die Hand an seiner Shorts ab und griff nach dem Foto. Einige Sekunden besah er es sich. Dann musterte er unsicher Marie, ein zögerliches Lächeln zuckte über seine Lippen.

»Hast du das Collier mal gesehen? Vielleicht auch an jemand anders? Oder hast du in letzter Zeit jemanden vor Gertrud von Timmenbachs Residenz beobachtet, der da nicht hingehörte?«

Gael verzog die Lippen. »*No, lo siento.*« Er schüttelte den Kopf und gab ihr das Foto zurück. »Ich habe es nie gesehen.«

Marie seufzte. »Okay. Trotzdem danke, Gael.« Langsam spürte Marie wachsenden Frust in sich aufsteigen. Sie fühlte sich, als träte sie nur Wasser, ohne je von der Stelle zu kommen.

»Wieso suchst du eigentlich danach?« Gael sah sie neugierig an.

Marie zögerte. Aber da Gael sich weder am Tratsch

des Hotels beteiligte noch zum engeren Kreis der Verdächtigen zählte, beugte Marie sich vor. Vielleicht hatte er ja andere hilfreiche Informationen. »Unter uns, ich glaube nicht, dass Gertrud von Timmenbach infolge eines Unfalls gestorben ist.«

Gael wich erschrocken zurück. »Was … meinst du damit?«

»Damit meine ich«, sagte Marie mit gedämpfter Stimme, »dass sie vielleicht in der Sauna eingesperrt wurde. Und ich versuche gerade herauszufinden, wer das gewesen sein könnte.«

Eine Horde Spatzen flatterte wild zwitschernd von der Terrasse auf und über den Pool hinweg, sodass Marie und Gael erschraken und zusammenzuckten.

»*Comprendo*«, sagte Gael. »Das ist interessant.« Er blickte über den Pool, dann wieder zu Marie, wobei er ein Auge zukniff, da ihn das grelle Sonnenlicht blendete. »Weißt du, jetzt, wo du es sagst …« Er sah sich kurz um. »Ich habe einen Streit mitbekommen.« Gael beugte sich verschwörerisch zu ihr herüber.

Marie riss die Augen auf. »Wer hat gestritten?«

Er räusperte sich und nickte in Marta und Johann Johansons Richtung.

»Die Johansons?« Marie runzelte die Stirn. »Aha? Und worum ging es dabei?«

»Ich habe es mitbekommen, als ich Frau von Timmenbachs Garten in Ordnung gebracht habe«, sagte Gael. »Marta Johanson hat sie schlimm beschimpft, weil Gertrud von Timmenbach angeblich eine Affäre mit Johann Johanson hatte. Diese Marta hat sie eine ›Schlampe‹ genannt – stell dir das mal vor. Marta Johanson war … *muy furioso*. Sehr wütend.« Gael nickte, als wollte er es sich selbst noch einmal bestätigen.

Marie hielt den Atem an. »Weißt du noch, wann das

war? Wann sich die beiden so heftig gestritten haben, meine ich?«

Gael blies die Backen auf und ließ dann die Luft entweichen. »Nee, keine Ahnung. Ist schon ein paar Tage her.«

Marie blickte zu den Johansons herüber. Marta las in einer Zeitschrift, einen riesigen Strohhut auf dem Kopf, der ihr Gesicht verdeckte. Johann griff in diesem Moment nach ihrer Hand, die auf der Armlehne ihres Liegestuhls ruhte. Mit einem Ruck entzog Marta Johanson sie ihm. »Interessant«, murmelte Marie. »Danke, Gael, du hast mir sehr geholfen.«

Er belohnte Marie mit einem seiner typischen Zahnpastalächeln. »Gern, Alemana. Ich helfe dir immer gern.«

16.
Eine saubere Sache

Christian betrat den Containerhof, der sich seitlich des Hotels befand, fernab der Augen der Gäste, um die Ästhetik nicht zu stören. Hier roch es unangenehm nach verdorbenen Lebensmitteln und durchweichter Pappe. Christian hatte es gewundert, wie einfach es gewesen war, sich Zugang zu verschaffen. Doch dann war ihm eingefallen, dass es auch Gertruds Mörder möglich gewesen war, den Spa-Schlüssel an sich zu nehmen.

Ihm auf den Fersen gefolgt waren diese zwei Streunerkatzen, die Frau Holstein immerzu heimlich fütterte. Christian war kein Katzenmensch. Grundsätzlich konnte er nicht viel mit Tieren anfangen. Sie machten, was sie wollten, im Grunde auch, wenn man sie erzog. Außerdem hinterließen sie Haare und Schmutz, weshalb er jetzt umständlich um die rot getigerte Katze herumtänzelte, die mauzend um seine Beine strich. »Husch, husch«, sagte Christian.

Er hatte zu tun. Vielleicht hatte der Täter den Gegenstand, mit dem er Gertrud in der Sauna eingesperrt hatte, in einem der Container entsorgt. Christian öffnete den ersten, sodass ihm nun noch intensiverer Gestank entgegenschlug, gefolgt von einem Schwarm Fliegen, die um seinen Kopf surrten.

Keuchend fuchtelte Christian mit der Hand vor seinem Gesicht herum. Wi-der-lich! Eigentlich widerstrebte ihm alles, was mit Dreck und Gestank zusammenhing. Er machte sich nicht gern schmutzig, und vor allem zerknitterte er nur ungern seine Kleidung. Aber – und das machte ihn aus – er nahm es trotzdem in Kauf, wenn es sein musste.

Zögerlich hielt er sich am Rand des Containers fest, ehe er stöhnend und keuchend hineinkletterte. Seufzend stellte er fest, dass er alt geworden war. Vorbei waren die Tage, an denen er mit einem lässigen Hechtsprung über Zäune oder andere Hindernisse gesprungen war. Am Abend würde er sicherlich wieder Rückenschmerzen haben.

Während Christian den Müll durchwühlte, indem er die Säcke von der einen zur anderen Seite und wieder zurück schob, dachte er an Marie Holstein. Sie hatte ein gutes Gespür bewiesen, das musste er ihr lassen. Das tröstete ihn etwas über die Tatsache hinweg, dass sie nervtötend war. Obwohl – und das wollte Christian sich selbst nicht so recht eingestehen – er sie tief in seinem Inneren irgendwie mochte. Manchmal stellte er sich vor, dass sie seine Nichte wäre. Bei diesem Gedanken bohrte sich ein glühender Schürhaken in seine Brust, der ihn nur schwer atmen ließ. Sie war nicht seine Nichte und würde es niemals sein.

Christian hievte sich aus dem Container und stieg in den nächsten. Verdammt, fluchte er stumm, er würde es heute Abend ganz bestimmt bereuen.

Wieder durchwühlte er den Müll, fand aber nichts.

Die Katzen mauzten und schlichen zwischen den leeren Kartons und Kisten herum, als wollten sie fragen, was zum Henker er dort machte.

Christian stieg in den dritten Container. Er würde gleich im Anschluss eine ausgiebige Dusche nehmen, das stand fest. Stöhnend und keuchend wühlte er sich auch hier durch den Unrat, wobei ihn wieder die üblichen Zweifel überfielen. Warum tat er das eigentlich? Es ging ihn gar nichts an. Er war hier auf der Insel, um seinen Ruhestand zu genießen, und nicht, um einen Mordfall zu lösen. Doch er war es Gertrud auch irgendwie schuldig, oder?

Aber er konnte sich nicht helfen. Diese schlampigen Ermittler – na ja, eigentlich ist es nur dieser Rubio Alonso, gab Christian zu. Sein jüngerer, ihm untergebener Kollege hatte die Umstände ebenfalls merkwürdig empfunden. Aber offensichtlich hatte er es nicht geschafft, seinen Vorgesetzten umzustimmen und die Ermittlungen aufzunehmen. Dabei lag es doch glasklar auf der Hand, dass es sich nicht um einen Unfall handeln konnte. Natürlich war Gertrud an einem Herzinfarkt gestorben, der auf die hohe Hitze zurückzuführen war. Doch anscheinend waren die Kollegen der Policía Nacional zu bequem gewesen, um das Ganze zu hinterfragen.

Diese Art von Situationen wirkten auf Christian wie ein ungelöstes Kreuzworträtsel, wie zwei Paar Schuhe, bei dem der eine nicht ordnungsgemäß neben dem anderen stand, oder Gewürze im Gewürzschrank, die nicht alle mit dem gleichen Etikett nach vorn gerichtet standen. Diese Anomalien konnte Christian nicht ignorieren. Sie raubten ihm den Schlaf, besonders nach der furchtbaren Sache mit Emily.

Plötzlich stieß Christian auf etwas, was ihn in die Gegenwart zurückkatapultierte. Er ertastete etwas Hartes,

Ungewöhnliches zwischen zwei großen blauen Säcken. Christian lehnte sich weiter hinunter. Es war ein Griff. Seine Hand umschloss ihn, und er zerrte das Ding heraus.

Zum Vorschein kam ein Tennisschläger. Christian nahm ihn genau unter die Lupe. Konnte es sein, dass das der Gegenstand war, den er gesucht hatte? Mit Argusaugen inspizierte er das Stück und wurde fündig: In der Mitte des Schlägers fand er Druckstellen und Stellen, an denen der Lack abgeplatzt war.

Triumphierend hob er den Tennisschläger in die Höhe. Das war ein toller Fortschritt! Davon musste er später Marie Holstein berichten.

17.
Auf einem Kaktus sitzt es sich gut

Als Marie kurz vor ihrem Feierabend an die Rezeption zurückkehrte, wurde sie von lautem Gezeter empfangen. Yolandas Stimme schrillte durch die Lobby. »Frau von Timmenbach, ich bin mir sicher, dass wir das aufklären können. So lange können Sie hier täglich Gratis-Massagen und andere Anwendungen Ihrer Wahl genießen. Was immer Sie wünschen, steht zu Ihrer freien Verfügung.«

»Wollen Sie mich etwa mit Massagen und solchem Chichi besänftigen? Das Collier meiner Mutter wurde gestohlen! Ich werde dieses Haus verklagen«, zischte Kiara von Timmenbach.

Zwischen den beiden Frauen stand eine schwitzende, gestresste Sara, die hilflos von einer zur anderen blickte, nicht wissend, wie sie die Situation schlichten konnte.

Marie eilte herbei. »Was ist denn los, meine Damen? Kann ich vielleicht irgendwie helfen?«

»Ich habe die Polizei gerufen, aber die haben nur meine Personalien aufgenommen, ein paar dumme Fragen gestellt, mit mir die Residenz meiner Mutter durchsucht, und dann sind sie wieder gefahren. Sie sagen, man könnte davon ausgehen, dass sich das Collier – *wenn* es denn überhaupt gestohlen wurde – nicht mehr in diesem Hotel befindet. Pfff, unverschämt! Natürlich wurde es gestohlen!« Kiara von Timmenbach hob drohend und ruckartig einen Finger in Richtung Yolanda, die zurückzuckte und vor Schreck beinahe die Brille verloren hätte. »Ich werde dieses Haus hier verklagen.«

Yolanda holte Luft, wahrscheinlich, um die aufgebrachte Kiara erneut mit Gratis-Angeboten zu beschwichtigen, alles in dem verzweifelten Versuch, den Ruf des Hotels zu retten. Tatsächlich wirkte es auf Marie gerade wie ein sinkendes Schiff.

Sie glaubte, inzwischen ein recht gutes Verhältnis zu Kiara von Timmenbach aufgebaut zu haben. Daher hob sie beruhigend die Hände. »Vielleicht kann ich Ihnen ja helfen«, sagte sie. Yolanda und Kiara von Timmenbach sahen sie überrascht an.

»Ach ja?«, hakte Yolanda mit Verwunderung und Hoffnung in der Stimme nach.

»Ich mache Ihnen einen Vorschlag, Frau von Timmenbach: Wir treffen uns in zehn Minuten in der Bar, ja? Sie sollten da nämlich jemanden kennenlernen.« In Maries Kopf hatte sich ein Plan geformt. Natürlich ging es ihr auch um ihre inoffiziellen Ermittlungen, in erster Linie tat sie das jedoch gerade, um Yolanda und dem Hotel zu helfen.

Ihre Chefin machte Anstalten, Kiara von Timmenbach zu folgen, doch Marie hielt sie auf. »Yolanda, bitte vertrauen Sie mir. Ich regele das.«

Yolanda schnaubte empört. »Das ist eine … eine Unverschämtheit, was diese Frau sich herausnimmt!«, sagte sie leise und riss sich wild fuchtelnd die Brille vom Kopf.

»Niemand von uns hat das Collier gestohlen! Vielleicht hat ihre Mutter es ja versetzt.«

Marie hob den Hörer von der Rezeption. »Was immer es war, wir werden es vielleicht herausfinden.« Damit wählte sie Christian Munkers Nummer.

Fünfzehn Minuten später saßen die drei auf der Terrasse des Hotels, nachdem sie drinnen ihre Getränke an der Bar bestellt hatten. Zwar war Kiara von Timmenbach noch immer aufgebracht, doch inzwischen keifte und giftete sie nicht mehr, sondern widmete sich eher aufgelöst ihrer Melon Margarita. Der fruchtige Cocktail schimmerte im Licht der Bar grellgrün. Kiaras Make-up hatte der Tränenflut, die über ihre Wangen rannen, nichts mehr entgegenzusetzen und löste sich in Wohlgefallen auf. Und trotzdem fand Marie, dass Kiara von Timmenbach seltsam beherrscht wirkte. Es war ganz so, als könnte sie auf Knopfdruck Tränen fließen lassen.

Mit einer theatralischen Geste beförderte Kiara von Timmenbach ein Taschentuch zutage und tupfte sich damit über das Gesicht. »Entschuldigen Sie«, sagte sie und schniefte. »Sie finden es sicherlich albern, dass ich wegen eines Colliers so aufgelöst bin. Also eigentlich weine ich auch wegen meiner Mutter, aber dass nun das Collier verschwunden ist, wühlt mich noch zusätzlich auf, verstehen Sie?« Ihre Stimme brach bei den letzten Worten.

»Das kann ich sehr gut verstehen«, sagte Marie und strich Kiara von Timmenbach über die Hand, ehe sie weiter in ihrem Mojito rührte. Normalerweise war es den Angestellten nur nach Feierabend gestattet, im Hotel Alkohol zu trinken, doch in diesem Fall hatte Yolanda großzügig ein Auge zugedrückt. Da Christian Munker nur still und mit ratloser Miene dasaß, verpasste Marie ihm unter dem Tisch einen sanften Tritt gegen das Bein.

Daraufhin streckte er den Rücken wieder ganz gerade durch und räusperte sich. »Jaja, das ist verständlich«, beeilte er sich zuzustimmen, doch Marie kaufte ihm kein Wort ab. Kiara von Timmenbach schien das allerdings nicht zu merken, und Christian trank einen Schluck von seinem Bier.

Kiara schniefte und sah ihn nun interessiert an. »Und Sie sind Privatdetektiv und können vielleicht herausfinden, was mit dem Schmuckstück passiert ist?« Sie sah ihn flehend an.

Christian warf Marie einen vernichtenden Blick zu. Sie hatte Kiara von Timmenbach gegenüber zu einer kleinen Notlüge gegriffen und behauptet, Munker wäre Privatdetektiv und wollte ihr helfen, das Collier zu finden. Unter diesem Vorwand würden sie ihr nun auch unauffällig Fragen zu ihrer Mutter stellen können, sodass sie vielleicht neue Anhaltspunkte gewannen. »Ja«, gab Christian knapp zurück.

Kiara trank einen weiteren großzügigen Schluck von ihrer Margarita.

»Wissen Sie inzwischen, ob auch andere Gegenstände gestohlen worden sind? Geld oder weitere Schmuckstücke?«

»Nicht, dass es mir aufgefallen wäre. Ich habe nur bemerkt, dass dieses wertvolle Stück fehlt.«

Munker kritzelte eine Notiz auf seinen Schreibblock. »Und Sie halten es für ausgeschlossen, dass Ihre Mutter das Collier in der Zwischenzeit verkauft oder verschenkt hat?«

Kiara von Timmenbach plusterte sich auf und schnappte empört nach Luft. »Niemals! Das hätte sie *niemals* getan.«

»Okay«, sagte Christian Munker. »Warum hat Ihre Mutter so ein wertvolles Stück nicht in einem Safe aufbewahrt? Vielleicht befindet es sich im allgemeinen Hotelsafe in der Lobby.« Er sah fragend zu Marie, die den Kopf schüttelte. Das hatte sie bereits überprüft. »Oder woanders. Möglicherweise hat Ihre Mutter irgendwo einen Schlüssel zu einem Schließfach hinterlassen?«

Kiara von Timmenbach zog mit lautem Schlürfen den Rest ihres Getränks durch den Strohhalm. Das Geräusch schien Christian zu irritieren, er spannte sich an, und sein Lid begann wieder zu zucken. »Nein, das hat sie auch schon immer zu Hause so gemacht: Sie hat dieses Collier geliebt und es im Schlafzimmer an ihrer Puppe aufbewahrt. Warum sie das getan hat?« Kiara von Timmenbach zuckte mit den Schultern. »Ist das für die Ermittlungen wichtig? Ich weiß nur, dass sie sehr daran hing und diese Kette immer um sich haben wollte. Vielleicht hat sie sie an meinen Vater erinnert, an glücklichere Zeiten.«

Währenddessen waren Maries Gedanken bereits wieder zu der Kondomverpackung gewandert. Raquel schien ja nicht die Einzige gewesen zu sein, die – bis zu einem gewissen Zeitpunkt – im Haus von Gertrud von Timmenbach ein und aus gegangen war. Es war auch möglich, dass der mysteriöse Liebhaber das Collier hatte mitgehen lassen.

»Frau von Timmenbach«, begann Marie und räusperte sich. Sie hatte keine Ahnung, wie sie dieses heikle Thema nun ansprechen konnte, ohne Kiara noch mehr aufzuregen. »Ihre Mutter war ja eine sehr attraktive Frau. Hatte sie eigentlich einen … Lebensgefährten? Jemanden, der sie regelmäßig besucht hat?« Die Frage ist zunächst unverfänglich, dachte Marie. Christian nickte ihr auch wohlwollend zu.

Kiara von Timmenbach bestellte mit dem Zeigefinger einen weiteren Drink, dann blickte sie nachdenklich an den Palmen empor, die über ihnen aufragten. Papageien kletterten in den Blättern herum, krächzten leise vor sich hin. Vom Pool wehten Kindergeschrei und Lachen herbei. Langsam schüttelte sie den Kopf. »Nein. Nicht, dass ich wüsste.«

Marie verkrampfte sich innerlich. Sie spürte, wie ihr Schweiß auf die Stirn trat. Die Tatsache, dass Kiara von Timmenbach nichts von einem Verhältnis mit einem Mann wusste, machte diese Unterhaltung ungefähr so unangenehm, wie auf einem Kaktus zu sitzen, und genau so fühlte es sich gerade für Marie an.

»Wieso fragen Sie?« Kiaras kühler Blick bohrte sich in ihren.

Marie räusperte sich. »Ich möchte keinesfalls indiskret sein, aber … wir … äh … wissen, dass sie eine Affäre mit einem Mann gehabt hat, höchstwahrscheinlich mit verschiedenen Männern.« Marie knetete die Finger. »Vielleicht wissen Sie ja, mit wem sie … engeren Kontakt gehabt haben könnte, und vielleicht hat diese Person das Collier gestohlen.«

Kiara verdrehte die Augen. »Sie sind nicht indiskret. Jeder kann über ihre zahlreichen Affären in der Presse nachlesen. Meine Mutter war ein freiheitsliebender Mensch.« Sie hob die Schultern, als wollte sie ihre Mutter verteidigen. Dabei verurteilten weder Marie noch Christian Gertrud von Timmenbach. »Aber ich kenne keinen dieser Männer. Ich weiß davon, doch es war auch nicht so, dass ich mit meiner Mutter darüber gesprochen hätte. Das war ihre persönliche Angelegenheit.«

»Hatte Ihre Mutter denn Feinde, oder gab es Menschen, die ihr nicht wohlgesinnt waren?«

Kiara von Timmenbach schürzte empört die Lippen und funkelte Christian Munker an. »Was für eine Frage! Meine Mutter war *allseits beliebt.*«

Marie verkniff sich einen Kommentar, indem sie einen Schluck trank. Bei Raquel, Marta Johanson und Marcos García hatte sie sich zuletzt sehr unbeliebt gemacht, und wer wusste schon, bei wem sonst noch? Aber es gehörte sich nicht, schlecht über Tote zu sprechen.

»Okay. Wir werden jedem Hinweis und jedem Verdacht nachgehen, Frau von Timmenbach.« Christian Munker rang sich zu Maries Verwunderung sogar zu einem Lächeln durch. »Tun Sie uns nur einen Gefallen: Verhalten Sie sich bitte ruhig. Und erzählen Sie bitte schön niemandem von unseren inoffiziellen Ermittlungen. Sie haben ja erlebt, wie die Polizei zu dieser Angelegenheit steht. Wir versuchen herauszufinden, wer das Collier entwendet hat.«

»Herr Munker, ich kann Ihnen gar nicht sagen, wie dankbar ich Ihnen bin. Ich verstehe einfach nicht, wieso die Polizei mir nicht helfen will.« Kiara von Timmenbach atmete zittrig aus und ergriff Christian Munkers Hand.

Dieser verkrampfte sich sichtlich unter der Berührung und schien offenbar gegen den Drang ankämpfen zu müssen, die Hand zurückzuziehen. Sein Lächeln war angestrengt und zuckte nur noch leblos auf seinen Lippen.

Nach einigen Sekunden, nach denen es ihm offenbar angemessen erschien, sich von Kiara von Timmenbach zu lösen, entzog er ihr umständlich die Hand und räusperte sich. »Falls Ihnen noch etwas einfällt, lassen Sie es uns bitte sofort wissen, ja?«

»Natürlich.« Mit einer eleganten Bewegung erhob sich Kiara von Timmenbach. »Wenn Sie mich jetzt entschuldigen möchten … Ich habe eine Beerdigung vorzubereiten.«

18.
Die Tatwaffe

»Sie sind spät dran«, brummte Christian Munker, als er die Tür seines Häuschens öffnete und demonstrativ auf seine Armbanduhr schaute, von der sich Marie sicher war, dass sie auf die Millisekunde genau lief. Sein Mund war zu einer schmalen Linie zusammengepresst, und Munker machte keine Anstalten, die Tür weiter aufzuziehen.

»Och, jetzt granteln Sie doch nicht schon wieder so herum. Es ist doch so ein schöner milder Abend, und wir haben einen Mord aufzuklären«, sagte Marie betont gut gelaunt und hielt das Sixpack San Miguel in die Höhe, das sie für diesen Anlass besorgt hatte. »Dafür habe ich Bier mitgebracht. Ich habe jetzt Feierabend.«

Mit einem Seufzer ließ Christian sie eintreten. »Ich trinke kein spanisches Bier.«

Marie lachte. »Sie sind wirklich ein Kultur-Banause.« Sie drückte ihm die Dosen in die Hand. »Das gehört doch irgendwie zur Integration dazu.«

Christian nuschelte etwas Unverständliches in den

nicht vorhandenen Bart. Marie ignorierte den möglichen Protest und folgte dem kleinen, dunklen Flur in die Küche, wo sie das Sixpack auf dem Tisch abstellte.

Mit Blick auf Christian, der nach ihr die Küche betrat, fiel ihr auf, dass dieser noch steifer lief als sonst. Er hielt sich den Rücken. »Haben Sie Schmerzen? Sind Sie deswegen so miesepetrig? Haben Sie sich verletzt?«

»Ich bin nur alt«, knurrte Christian.

»Ach was, das stimmt nicht. Sie sind nicht alt.« Sie lächelte ihn an. Dann klatschte Marie in die Hände mit Blick auf den Kühlschrank, wo die Magnete mit den Post-Its noch immer hafteten. »Wir haben ein paar Anpassungen zu machen. Ich habe Neuigkeiten.«

»Sie auch?« Christian bückte sich ächzend und holte hinter der Tür etwas hervor. Einen Tennisschläger in einer durchsichtigen Hülle. Er legte ihn behutsam auf den Tisch.

Marie runzelte die Stirn. »Was ist das?«

»Ein Tennisschläger.«

Marie verdrehte lachend die Augen. »Das sehe ich auch. Danke, Herr Munker. Aber was hat der Schläger jetzt mit den Neuigkeiten zu tun?«

»Ich habe mich etwas umgesehen und habe das in den Müllcontainern gefunden.«

Begeistert starrte Marie ihn an und stemmte eine Hand in die Hüfte. »Herr Munker, Sie überraschen mich. Gästen ist der Zutritt zum Containerhof nicht gestattet.«

Christian quittierte Maries Necken mit einem Rümpfen der Nase. Ansonsten zeigte sein Gesicht keine Regung. »In solchen Fällen darf man eine Ausnahme machen.«

Marie grinste breit und pinnte Gertrud von Timmenbachs Foto in die Mitte der Kühlschranktür. Kiara hatte es ihr für die Suche nach dem Collier überlassen. »Also, lassen Sie mich nicht länger im Dunkeln tappen.« Sie zwinkerte ihm zu. »Was hat es mit dem Tennisschläger auf sich?« Sie betrachtete ihn näher. Irgendwie kam er ihr bekannt vor.

»Ich habe mich gefragt, warum dieser Schläger im Müllcontainer entsorgt wurde, sogar ziemlich weit unten. Und als ich ihn mir genauer angesehen habe, habe ich diese Spuren hier entdeckt.« Er schwebte mit dem Zeigefinger über deutlichen Druckspuren und Farbabsplitterungen in der Mitte des Schlägergriffs. »Das könnte der Gegenstand sein, mit dem Gertrud von Timmenbach in der Sauna eingesperrt wurde.«

Marie klappte der Mund auf. Mit großen Augen starrte sie zwischen Munker und dem Tennisschläger hin und her. »Ist nicht wahr.« Sie betrachtete den Schläger erneut genauer. Er war definitiv einer der hoteleigenen Rackets; das verriet ihr der Aufkleber seitlich am Rahmen. Und er war knallgelb! Da fiel es ihr wie Schuppen von den Augen, und sie musste daran denken, was sie von Gael erfahren hatte. »Das – ist – *ehrlich* – nicht – wahr.« Marie deutete auf den Magneten, der Johann Johanson repräsentierte, während Christian sie nur fragend ansah und zwei Bierdosen öffnete. »Die Johansons.«

»Was ist mit ihnen?« Christian Munker reichte Marie eine Dose. Doch sie war zu aufgeregt, um einen Schluck zu trinken.

»Als ich heute Gael auf das Collier angesprochen habe, konnte er mir dazu zwar nichts sagen, doch er hat mir erzählt, dass er einen handfesten Streit zwischen Marta Johanson und Gertrud von Timmenbach mitbekommen hat. Offenbar hatte Gertrud von Timmenbach eine Affäre mit Johann Johanson. Und das hier«, Marie deutete auf den Schläger, »das ist Johann Johansons

Stammschläger aus dem Hotelbestand! Mit dem spielt er hier immer Tennis, und zwar nur mit diesem Schläger. Er verlangt stets diesen und lässt ihn sich im Vorfeld reservieren. Wir sind auf der richtigen Spur!«

Wie erwartet fiel Christian Munkers Reaktion weniger euphorisch aus, als Marie es sich gewünscht hätte. Denn in ihr sprudelte die Freude über diesen Erfolg förmlich über wie eine Limonadenflasche, die man geschüttelt hatte. Christian nickte anerkennend, ansonsten blieb seine Miene unberührt. »Das ist ein konkreter Hinweis, dem wir nachgehen müssen.«

Marie nickte eifrig. »Also entweder wollte Johann Johanson Gertrud von Timmenbach dafür bestrafen, dass sie ihre Affäre nicht verschwiegen hat, oder Marta Johanson hat sich an ihr gerächt, weil sie sich an ihren Mann herangemacht hat.«

Munker wiegte nachdenklich den Kopf. »Oder die Johansons haben zusammen den Mord geplant und ausgeführt. Möglich, dass Marta von Johann verlangt hat, ihr zu beweisen, dass ihm nichts mehr an Gertrud liegt, dass seine Ehe ihm wichtiger ist als die Affäre«, warf er ein und rieb sich über das Kinn.

Marie fuhr sich durch das Haar und grübelte ebenfalls. »Können wir nicht Fingerabdrücke von dem Schläger nehmen?«

Christian Munker trank einen Schluck und wiegte den Kopf. »Es ist unwahrscheinlich, dass wir auf einem Schläger, der durch viele Hände geht, brauchbare Fingerabdrücke finden. Johansons sind sicherlich darauf, davon können wir ausgehen. Sind nur seine darauf, ist es wahrscheinlich, dass er der Täter ist. Doch wenn wir keine deutlichen Spuren sichern können, um sie abzugleichen und auszuschließen, ist es zwecklos.«

Marie nickte langsam, als ihr etwas einfiel. »Aber die

Schläger werden regelmäßig gereinigt. Nicht nach jedem Gebrauch, doch alle paar Tage. Abgesehen davon wird Johann Johansons Schläger nicht wirklich von anderen Gästen ausgeliehen. Ich habe mal mitbekommen, dass dieser Tennisschläger«, sie deutete auf das Racket, »ein Turnierschläger ist. Das bedeutet, dass eigentlich nur sehr erfahrene Tennisspieler damit umgehen können.«

Sie grinste. »Und zufällig spielt Johann Johanson seit seiner Kindheit Tennis – das hat er mir mal erzählt.« Marie sah Christian Munker mit großen Augen an. »Ein Versuch ist es doch wert, Herr Munker.«

Er massierte mit einer Hand seinen Rücken, wobei er ab und an das Gesicht vor Schmerz verzog. Einige Sekunden schwieg er, blickte nachdenklich aus dem Fenster. »Gut«, sagte er dann. »Ich werde mal sehen, ob ich Spuren sichern kann, wenn nicht die Zeit im Müllcontainer Spuren vernichtet hat. Ein Bekannter der mallorquinischen Polizei stellt mir das nötige Equipment zur Verfügung, und er würde die Spuren sicherlich für mich auswerten.« Er trank einen Schluck. »Versuchen müssen wir es.«

Marie nickte zufrieden. Wie aufregend! Es fühlte sich an, als wäre des Rätsels Lösung zum Greifen nah.

»Sie haben einen Bekannten bei der hiesigen Polizei?« Maries Augen leuchteten. »Spannend.«

»Äußerst unspektakulär.« Christian Munker verschränkte die Arme vor der Brust. Er wollte ganz offensichtlich nicht näher darauf eingehen. »Um die Abdrücke aber abgleichen zu können, müssen wir natürlich an Vergleichsabdrücke kommen. Wenn Sie so freundlich wären, mir etwas von Raquel zu beschaffen? Ein Glas oder irgendetwas, was sie benutzt hat. Es ist wichtig, dass es eine glatte Oberfläche hat.«

Marie nickte. Sie überlegte sofort, wie sie das anstellen konnte. Da fiel ihr ein, dass Raquel sich nach jedem Feierabend die Haare kämmte. »Ich werde gleich noch einmal in die Umkleide gehen und eine Haarbürste aus ihrem Spind holen.«

Johann nickte. »Aber passen Sie auf, dass niemand Sie erwischt.«

»Aber natürlich«, erwiderte sie optimistisch, wobei sie unter normalen Umständen niemals in den Spinden ihrer Kollegen herumgeschnüffelt hätte.

»Wann befragen wir also die Johansons?«, wollte sie nun wissen. Sie konnte es kaum erwarten.

Doch Munker dämpfte ihre Euphorie. »*Ich* werde morgen die Johansons befragen.«

Marie sah ihn empört an. »Wieso Sie allein?«

Christian Munker atmete tief ein, als wäre Marie begriffsstutzig. »Durch meinen Bekannten bei der Polizei genieße ich … hm … besondere Privilegien. Ich bin ja eigentlich nicht befugt, wie ein Polizist eine Befragung durchzuführen. Aber er hält da schützend die Hand über mich, kann man wohl so sagen. Sie sollten da jedoch nicht dabei sein. Dann beschweren Marta und Johann Johanson sich umgehend bei der Hotelleitung.«

Das leuchtete Marie ein. Enttäuscht ließ sie den Kopf hängen. Wie gern wäre sie an Christian Munkers Seite gewesen, um einem echten Polizisten bei einer Befragung über die Schulter zu schauen! Wie spannend! Sie hob einen Zeigefinger. »Aber Sie halten mich doch auf dem Laufenden, oder?«

»Natürlich.«

»Ich habe morgen meinen freien Tag und werde versuchen herauszufinden, worum es in dem Streit zwischen Gertrud von Timmenbach und Marcos García ging.« Sie überlegte kurz. »Und bis wir die Ergebnisse hinsichtlich der Fingerabdrücke haben, halten wir auch noch Raquel im Auge. Heute habe ich nicht viel aus ihr herausbekommen. Sie kommt mir verdächtig vor, und sie könnte durchaus in der Lage gewesen sein, das Collier zu stehlen. Vielleicht hat sie es ja geklaut, und Gertrud von Timmenbach hat sie erwischt. Vielleicht hat sie ihr ein Ultimatum gestellt, bis wann Raquel es wieder an seinen Platz zurücklegen muss, und daraufhin hat Raquel sie zum Schweigen gebracht.«

»Das sind gute Theorien.« Munker deutete mit der Bierdose auf Marie. »Aber sie basieren vorerst nur auf Vermutungen. Wir müssen uns gedulden. Morgen wissen wir vielleicht mehr.«

19.
Ein fast freier Tag

Als Marie am nächsten Morgen die Augen aufschlug, steckten ihr die Aufregungen der letzten Tage noch spürbar in den Knochen. Sie hatte schlecht geschlafen und sich unruhig im Bett hin und her gewälzt. Noch immer hatte sie unendlich viele Fragen. Sie beschloss, ihren freien Tag mit einem Kaffee am Strand zu beginnen.

Also stattete sie Alba einen Besuch ab. Diese versorgte sie wieder mit dem neuesten Klatsch und Tratsch des Dorfes, der sich allerdings nicht als hilfreich für die Morduntersuchung erwies. Auch Alba wusste noch immer nicht, worum sich der Streit zwischen Gertrud von Timmenbach und Marcos García gedreht hatte. Doch Marie war eine Idee gekommen. Vielleicht hatte eine von Marcos' Mitarbeiterinnen etwas mitbekommen. Nach ihrem Frühstück am Strand würde sie einen kleinen Abstecher zum Restaurant machen. Mit einem Baguette und einem Kaffee bewaffnet schlenderte Marie über den kühlen Sand.

Die laue Brise spielte mit Maries Haaren. Inzwischen

hatte es die ersten Urlauber an den Strand gezogen. Meistens junge Familien mit kleinen Kindern, die mit bunten Schäufelchen und Eimern bewaffnet im nassen Sand nah am Wasser buddelten. Mit ihren Vätern oder Müttern bauten die Kleinen Sandburgen oder sammelten Muscheln. Vergnügtes Lachen und Quietschen wehte zu Marie herüber. Sie lächelte. Auch wenn ihr noch immer so viele Fragen im Kopf herumschwirrten, konnte sie nun das erste Mal seit Tagen wieder durchatmen und fühlte sich angekommen.

Sie blickte über die Wellen, die an den Strand schwappten, aufs weite Meer hinaus. Einige wagemutige Jugendliche hatten sich mit pinken Einhorn-Schwimmringen und grünen Krokodil-Luftmatratzen ins kalte Wasser gewagt. Sie lachten und planschten, wenn sie von ihnen hinunter ins Wasser rutschten.

Es roch nach Sonnencreme und Salz. Marie atmete tief ein. Der Sommer kam mit großen Schritten näher. Immer wieder umspülte das noch kalte Meer ihre Knöchel. Der Sand streichelte über ihre Haut. In der Mitte des Strandes hielt Marie inne, blickte auf die Berge, die im goldenen Licht der Morgensonne erstrahlten, ehe ihre Augen das Meer und die Wellen vor sich wiederfanden.

In Marie breitete sich ein warmes Gefühl der Entspannung aus. Tief atmete sie ein, lauschte dem Rauschen der Wellen und dem Schreien der Möwen. Sie ließ sich in den Sand sinken, trank ihren Kaffee und genoss ihr Baguette. In Marie kribbelte das Glück. Trotz all der Ereignisse, die in den letzten Tagen über sie hereingebrochen waren, war sie glücklich, hier zu sein.

Ihr Blick wanderte die Promenade hinauf, die sich mit all den Restaurants, Cafés und Boutiquen über den Morgennebel erhob. In ihr pochte der Wunsch, mit ihrer eigenen Bar irgendwann ein Teil von alldem zu sein.

Doch das musste noch etwas warten. Noch hatte sie nicht genug Geld zur Seite gelegt, um ihren Traum zu verwirklichen.

Nachdem sie Kaffee und Baguette genossen und sich die Sonne eine Weile ins Gesicht hatte scheinen lassen, machte Marie sich auf den Weg zu Marcos Garcías Restaurant. Sicherlich würde sie bereits die ersten Kellner oder Kellnerinnen dort antreffen, die bereits Vorbereitungen für den bevorstehenden Tag trafen.

Wie beim letzten Mal erklomm Marie die Dachterrasse und ließ es sich nicht nehmen, erneut diese schöne Aussicht in sich aufzusaugen. Der direkte Blick auf die Berge, dazwischen das Meer, das mehrere Meter unter ihr rauschte und schäumend gegen die Felsen klatschte. Über Marie raschelten die Weinblätter, als wollten sie ihr ein Geheimnis zuflüstern. Zwischen ihnen hindurch lugte der klare blaue Himmel. Auch am Morgen war diese Location atemberaubend und unschlagbar schön.

»Entschuldigung, Señora.« Eine hübsche schwarzhaarige Kellnerin kam um die Ecke gelaufen. Auf ihren roten Lippen lag ein breites Lächeln. »Wir haben noch nicht geöffnet.«

»Oh, ich weiß«, sagte Marie. »Ich war zufällig in der Gegend, und ich … ich hatte noch eine Frage. Ich wollte ja meinen Geburtstag hier feiern. Ist Marcos da?«

»Nein, er kommt später«, antwortete die Kellnerin mit einem entschuldigenden Blick und richtete den Kragen ihrer weißen Bluse.

Das hatte Marie gehofft. »Ach, wie schade. Dann komme ich später noch einmal wieder.«

»Gerne.« Die Kellnerin war im Begriff, sich umzudrehen und zu gehen.

»Was ich mich gefragt habe …«, rief Marie, sodass die Bedienung stehen blieb und den Kopf abwartend zur

Seite legte. »War am Sonntag eine ältere Dame hier? Gertrud von Timmenbach?« Die Frage war ein Schuss ins Blaue. Marie wollte lediglich das Thema auf Frau von Timmenbach lenken.

Und es funktionierte. Der Gesichtsausdruck der Kellnerin verdunkelte sich. »Am Sonntag war sie nicht hier, nein«, gab sie zurück. »Sie war am Samstag hier – das war auch nicht zu überhören.«

Marie hob die Brauen. »Wie meinen Sie das?«

»Frau von Timmenbach und Marcos hatten einen ziemlich lautstarken Streit.«

Davon hatte sie ja gehört. Gertrud von Timmenbach sollte doch eine Affäre mit Marcos gehabt haben. War diese aufgrund der Streitigkeit zerbrochen, die dann in einem Mord gegipfelt waren? »Darf ich fragen, warum?« Marie setzte ein harmloses Lächeln auf.

Die Kellnerin sah sich um, als fürchtete sie, jemand könnte sie belauschen. »Es ging um eine beträchtliche Summe, die Frau von Timmenbach Marcos schuldete. Sie hat hier regelmäßig gegessen und stets gesagt, dass das, was sie verzehrte, laut Marcos aufs Haus ginge. Er hat es eine Weile geduldet – ich weiß gar nicht, warum. Bis es ihm dann irgendwann zu viel wurde. Sie hat ihm knapp tausend Euro geschuldet. Überlegen Sie sich das mal!«

Die Kellnerin lachte humorlos auf und schüttelte den Kopf. »Na ja, am Samstag ist der Streit zwischen den beiden eskaliert, hier im Lokal, vor allen Gästen. Aber trotzdem hat sie nicht ihre Schulden bezahlt.« Sie machte eine kurze Pause. »Aber bitte, das haben Sie nicht von mir«, fügte sie hastig hinzu. Dann sah sie sich wieder in Richtung Terrassentür um. »Ist sonst noch etwas? Ich muss wirklich rein.«

»Nein, nein, das war's schon, danke. Sie haben mir sehr geholfen.«

Die Kellnerin warf ihr einen zweifelnden Blick zu, wünschte ihr aber einen schönen Tag und verschwand dann im Inneren des Restaurants.

Marie schritt langsam die Stufen wieder hinunter. Das war interessant. Gertrud von Timmenbach schuldete Marcos García eine Menge Geld. Hatte sie aufgrund ihrer Affäre zunächst nichts zahlen müssen? Dennoch wunderte es Marie, dass eine Frau wie Gertrud von Timmenbach sich hatte aushalten lassen. Marie hätte sie anders eingeschätzt; sie hätte gedacht, dass sie dafür zu stolz wäre und sich so etwas nicht nachsagen lassen würde. An Geld hatte es Frau von Timmenbach schließlich nicht gemangelt.

Marie beschloss, den Rest des Tages nicht mehr an die Ermittlungen zu denken, auch wenn es ihr schwerfiel. Es war ihr freier Tag, und den wollte sie auch intensiv nutzen, um zu entspannen.

Und genau das tat sie auch. Heute war es für sie heiß genug, um im Meer zu schwimmen.

Zögerlich watete sie in ihrem olivgrünen Bikini durch das wadentiefe Wasser. Weit konnte sie so ins Meer laufen. Das Wasser war kalt, aber erfrischend. Es umspülte ihre Beine, dann ihren Bauch, sodass Marie mehrmals tief nach Luft japste.

Die Wellen drückten sie sanft zurück, ehe der Sog des Wassers sie mit sich nahm. Marie tauchte einmal unter, genoss das Gefühl, als sie sich schwerelos auf der Wasseroberfläche treiben ließ. Wie ein Kind in der Wiege schaukelten die Wellen sie hin und her, während sie in den ebenso klaren, blauen Himmel blickte, in dem Bewusstsein, die Berge und Felsen um sich zu haben.

Die Sonne brannte auf ihre Haut herunter, glitzerte

auf der Oberfläche und in den Tausenden und Abertausenden von Tropfen.

Inzwischen waren noch mehr Urlauber an den Strand gekommen. Langsam füllte sich der Strand mit Decken und Tüchern, während die Kinder ausgelassen ins Wasser sprinteten, lachten und sich auf ihren Schwimmreifen treiben ließen. Ihre Eltern machten es sich vielfach mit einem Buch gemütlich oder sonnten sich. Viele hatten sich Cocktails mit farbenfrohen Schirmchen an der Strandhütte besorgt.

Maries Herz hüpfte vor Freude. Heute hatte sie Urlaub, heute genoss sie Mallorca mit jeder Faser ihres Körpers. Morgen war wieder ein neuer Tag. Aber jetzt lebte sie im Hier und Jetzt und lächelte zu dem Adler empor, der über ihr seine Kreise zog.

20.
Die Johansons

Wie jeden Morgen war Christian pünktlich beim ersten Weckerklingen um sechs Uhr aufgestanden. So hatte er es auch während seiner vielen Arbeitsjahre gehalten, und nun konnte er einfach nicht mehr aus seiner Haut. Danach hatte er ordentlich sein Bett gemacht und sich mit einem Buch an den Pool gesetzt, um das Licht der aufgehenden Sonne und die Stille des Morgens zu genießen. Spatzen zwitscherten und raschelten in den Bäumen und Büschen, die die Gartenmauern umgaben.

Nach einer Weile hatte er sein Smartphone gezückt, das er im Normalfall eher selten benutzte. Seiner Meinung nach trug die moderne Technik mit den sozialen Medien entscheidend zur Volksverdummung bei – sofern man sie nicht für etwas Gutes nutzte.

Christian gefiel der Gedanke nicht, dass ein Name in einer Suchmaschine so viele Ergebnisse liefern konnte. Er kannte die Artikel über sich selbst, die nach seiner Frühpensionierung erschienen waren. Er wusste genau, was diese Journalisten über ihn geschrieben hatten, kannte beinahe jedes Wort auswendig. Und es hatte ihn geschmerzt, auch wenn die meisten Menschen davon überzeugt waren, dass er kaum Emotionen empfand. Christian seufzte. Und dass nur, weil er sie nach Möglichkeit verbarg und niemandem zeigte.

Aber Christian musste auch zugeben, dass so eine Suchmaschine äußerst praktisch sein konnte. So fand er heraus, dass Johann Johanson ein eher erfolgloser Geschäftsmann war, der bereits mehrere Unternehmen in den Sand gesetzt hatte. Hinter ihm stand seine Frau Marta mit einem beachtlichen Vermögen, das sie ihrem erfolgreichen verstorbenen Vater zu verdanken hatte.

Bis zum Frühstück hatte Christian herausgefunden, dass Johann Johanson finanziell von seiner Frau abhängig war. Zusätzlich drohte auch seinem aktuellen Unternehmen die Insolvenz. Das Wasser stand Johanson also bis zum Hals. Wieder einmal.

Christian genoss in aller Ruhe sein Frühstück mit Gurke, Brot mit Käse, Kaffee und Ei, ehe er sich schließlich aufmachte, um die Johansons zu befragen.

Gemächlich schritt er den Flur hinab und klopfte dann an die Tür des Familienzimmers.

»Ja, bitte?« Johann Johanson öffnete. Argwohn zeichnete sich in Falten auf seine Stirn. Als er Christian erblickte, wechselte sein Gesichtsausdruck. Fragend musterte er ihn. »Was kann ich für Sie tun?«

»Guten Morgen, Herr Johanson, mein Name ist Christian Munker. Haben Sie ein paar Minuten Zeit für mich? Ich würde gern kurz mit Ihnen sprechen.«

Johann Johanson wirkte noch immer sehr verwirrt, ja sogar verunsichert. »Worum geht es denn?« Zögerlich öffnete er die Tür und ließ Christian eintreten.

»Um Gertrud von Timmenbach.«

Mit einem Schlag wich alle Farbe aus Johansons Gesicht. Seine Unterlippe bebte. »Ich verstehe nicht …«

»Darf ich mich vielleicht erst einmal setzen? Dann erkläre ich es Ihnen.« Johanson nickte, schloss die Tür hinter ihnen und folgte Christian in das geräumige Familienzimmer. Von hier aus hatte man einen schönen Blick auf den Pinienwald, an dessen Ende die roten Tondächer des Dorfes sich gegen das Blau des Himmels abzeichneten.

Christian ließ den Blick durch das Zimmer schweifen. Alles war ordentlich, bis auf ein paar Kleidungsstücke, die auf dem Bett lagen, ebenso wie Martas Schminkutensilien auf dem Tisch.

Kurz sah Christian zu Johann, der ins Bad gegangen war, wo er offenbar aufgeregt mit seiner Frau tuschelte. Er ergriff die Chance, zog einen Gefrierbeutel aus seiner Hosentasche, tütete den Lippenstift ein und ließ ihn in eine der Taschen seiner Cargohose verschwinden.

Als er sich setzte, kehrte das Ehepaar Johanson zurück ins Zimmer. Marta Johanson wirkte alles andere als begeistert über den Besuch, was Christian ihr nicht verdenken konnte.

Sie blickte ablehnend drein, die Arme vor der Brust verschränkt. Ihr Gesicht war unter der Bräune beinahe so blass wie das helle Handtuch, das sie sich nach dem Haarewaschen um den Kopf gewickelt hatte. Sie war eine kleine, zierliche Frau. In ihren hellen Augen funkelten verletzter Stolz und Misstrauen. Christian kannte diese Reaktionen. Typische Abwehrhaltungen, von denen er sich nicht beeindrucken ließ.

Zumindest die Kinder schienen im angrenzenden Kinderzimmer noch zu schlafen, denn von ihnen war nichts zu sehen.

Johann Johanson hingegen rückte nervös auf seinem

Stuhl herum. Immer wieder wich er Christians Blick aus und biss sich auf die Unterlippe.

»Also«, begann Christian und faltete die Hände auf dem Tisch. Neben ihm lagen bereits fein säuberlich ausgerichtet sein Notizbuch und ein Kugelschreiber. »Ich hatte ja bereits angedeutet, dass es um Frau von Timmenbach geht.«

»Ja.« Johann Johanson hüstelte. »Fürchterlich, was mit ihr passiert ist.« Flüchtig schaute er zu seiner Frau hinüber.

Marta erwiderte den Blick. Dabei blitzte in ihren Augen ein Funkeln auf, das Johanson augenblicklich in sich zusammensacken ließ. Er sah zu Boden.

Marta hob das Kinn und musterte Christian. »Ich verstehe nicht ganz, was das hier soll.« Ihre Mundwinkel zuckten abschätzig. »Der Tod dieser Frau war doch ein Unfall.«

»Anders als die Polizei glaube ich nicht an einen Unfall. Ich habe Hinweise gefunden, die darauf hindeuten, dass Gertrud von Timmenbach ermordet wurde, und ich will der Sache auf den Grund gehen.«

Johann Johansons Kopf ruckte in die Höhe. »Was? Wie kann das sein?«

Marta spannte sich sichtlich an. Ihre Hände mit den manikürten Nägeln wanderten hektisch über die Stuhllehnen. Die Sehnen an ihrem Kiefer traten hervor.

»Ich *glaube* das und möchte einfach nur ein paar Hinweisen nachgehen.«

»Hinweisen«, wiederholte Marta und lehnte sich im Stuhl zurück. »Verdächtigen Sie uns etwa?« Ärger zitterte in ihrer Stimme.

Während man in Johann Johansons Gesicht wie in einem offenen Buch lesen konnte, waren die Reaktionen seiner Frau subtiler. Ihre Miene zumindest blieb unbewegt. In ihren Augen las Christian weder Überraschung noch Furcht. Dennoch konnte er deutlich ihre Anspannung spüren. Ein warmes Gefühl durchströmte ihn. War er auf der richtigen Spur? »Wie ich schon sagte, gehe ich lediglich einigen Spuren nach. Sozusagen inoffiziell.« Christian sah Marta nicht direkt an, doch er konnte spüren, dass sie ihn nicht aus den Augen ließ.

»Ich habe den Hinweis erhalten, dass Sie und Gertrud von Timmenbach einen heftigen Streit hatten, Frau Johanson«, sagte Christian ruhig.

»Schnüffeln Sie uns etwa hinterher?« Marta schnaubte.

»Nein. Es sind lediglich Zeugenaussagen, die mir zugetragen wurden.« Er räusperte sich. »Ich weiß auch, dass der Grund für den Streit die Affäre Ihres Mannes mit Gertrud von Timmenbach war, richtig?« Er sah zu Johann Johanson, der beschämt zu Boden blickte. Nun hoffe ich, dass Sie, Herr Johanson, mir bei einigen Fragen zum Abend ihres Todes weiterhelfen können.«

Marta stieß ein abwertendes Lachen hervor.

Johanson sah auf. »H-Helfen?«

Christian nickte. »Wie es scheint, waren Sie die letzte Person, die Gertrud von Timmenbach am Montagabend, bevor sie starb, lebend gesehen hat.«

Johann Johanson wirkte überrascht, blinzelte und lächelte peinlich berührt. Er warf seiner Frau einen kurzen Seitenblick zu.

Während Johann Johansons Gesichtsfarbe immer mehr der eines Camemberts glich, begannen die Wangen seiner Frau jetzt zu glühen. In einer kontrollierten Geste ließ sie die Hände unter dem Tisch verschwinden, wahrscheinlich, um das Beben zu verbergen, das langsam ihren Körper erfasste. Das konnte Christian an Martas zitterndem Kinn erkennen.

»Nein. Ich fürchte, ich kann Ihnen da leider nicht weiterhelfen. Ich war am Montagabend nicht mit Gertrud zusammen. I-Ich habe die Affäre am Freitag vor einer Woche beendet … nachdem … nachdem –«

»Nachdem ich es herausgefunden habe«, zischte Marta. Sie lachte bitter, verschränkte wieder die Arme vor der Brust und lehnte sich empört zurück. »Die von Timmenbach hat auch kein Geheimnis daraus gemacht, diese … diese Schlampe!«

Johann Johanson zuckte bei dem Schimpfwort kaum merklich zusammen und schluckte. »Jedenfalls … jedenfalls hätte ich Ihnen gern geholfen, ja, wirklich, doch ich habe sie am Tag ihres Todes nicht mehr gesehen.«

Christian Munker glaubte ihm nicht. Allerdings musste er in Erwägung ziehen, dass es eine kleine Wahrscheinlichkeit gab, dass Johanson vielleicht doch die Wahrheit sagte. Möglicherweise war jemand anders am Montagabend bei Gertrud gewesen. Aber … hatte diese Person auch Zugang zu den Tennisschlägern des Hotels?

»Frau von Timmenbach hatte also noch eine Affäre mit jemand anders? Haben Sie eine Ahnung, wer das gewesen sein könnte?«

»Phh! Die *feine* Dame hat doch jedem Mann schöne Augen gemacht – vorzugsweise den verheirateten«, platzte es aus Marta Johanson heraus.

»Ich … weiß es nicht«, antwortete ihr Ehemann leise.

»Wann haben Sie Gertrud von Timmenbach denn zuletzt gesehen?«, fragte Christian.

Johanson überlegte. »Das war am Freitag letzter Woche. Da habe ich unsere Beziehung beendet.«

»Und Sie, Frau Johanson?«

Marta spannte wieder sichtlich den Kiefer an. »Ich weiß nicht, was das hier soll. Das ist lächerlich. Außerdem … ich muss doch gar nicht mit Ihnen reden, oder?«

Christian schwieg und sah sie einfach abwartend an, bis sie mit einem genervten Stöhnen nachgab.

»Also schön. Ich habe sie am Montag noch gesehen. Es war morgens nach dem Frühstück. Da bin ich zu ihr rüber und habe sie zur Rede gestellt.« Martas Nägel galoppierten klackernd über den Tisch. »Sagen Sie es doch, wie es ist!« Sie funkelte ihn an. »Sie verdächtigen uns.«

»Gut.« Christian nickte leicht und erwiderte ruhig den Blick. »Wo waren Sie Montagabend und Montagnacht, sagen wir, ab zwanzig Uhr?«

Johann Johanson klappte die Kinnlade herunter.

Marta jedoch blieb trotzig wie zuvor und hatte augenblicklich eine Antwort parat. »Ich bin nach dem Abendessen im Speisesaal ausgegangen. Allein. Sie können den netten Besitzer der Bar am Marktplatz fragen. José.« Sie schenkte ihrem Mann einen triumphierenden Blick.

»Das werde ich«, erwiderte Christian. »Bis wann sind Sie denn geblieben, Frau Johanson?«

Marta hob die Schultern. »Bis zwei oder drei Uhr morgens, denke ich. Wir haben uns so nett unterhalten, José und ich …«

»Und Sie, Herr Johanson?«

Johann Johanson schaute wie ein aufgeschrecktes Tier drein. Schweißperlen glitzerten auf seiner Stirn. »Ich … äh … ich … als die Kinder geschlafen haben, bin ich laufen gegangen. Wollte den Kopf frei kriegen. Bis ungefähr … ein Uhr oder so.«

»Kann das jemand bezeugen?«

Johann blinzelte irritiert. »Nein, nein, nicht wirklich.«

»Ist Ihnen unterwegs jemand begegnet? Andere Hotelbewohner vielleicht, die aus einer Bar oder einem Restaurant ins *Beach Residence & Spa* zurückkehrten?«

Der Mann schüttelte den Kopf.

Christian notierte sich etwas auf seinen Notizblock. »Gertrud von Timmenbach wurde ganz offenbar in der Sauna, in der sie starb, eingesperrt. Und alles deutet darauf hin, dass Ihr Stammtennisschläger, der Leihschläger des Hotels, der Gegenstand ist, mit dem die Tür der Sauna verschlossen wurde. Wie erklären Sie sich das, Herr Johanson? Dieser Schläger wird von den Mitarbeitern der Rezeption für die Zeit Ihres Aufenthaltes für Sie reserviert und nur an Sie ausgegeben, an keinen anderen Gast sonst. Ich muss nicht erwähnen, dass wir an besagtem Schläger sicher den einen oder anderen Fingerabdruck von Ihnen finden werden …« Dass die Fingerabdrücke erst einmal nichts beweisen würden, sprach Christian bewusst nicht an, schließlich konnte Johanson sie auch beim Tennisspielen hinterlassen haben. Er hoffte, den Mann so in die Enge zu treiben.

Johann Johanson klappte der Mund auf. Auch Christian verfiel in ein ausgedehntes Schweigen, das dem Mann ihm gegenüber noch mehr Schweißperlen auf die Stirn trieb. Christian fürchtete schon, Johann Johanson würde jeden Moment hyperventilieren oder seine Frau würde aufspringen und wie eine Furie um sich schlagen.

Dennoch beschloss er, noch einen draufzusetzen. »Ich habe zwei Theorien, wie das abgelaufen sein könnte«, begann er. »Entweder haben Sie, Frau Johanson, sich allein an Gertrud von Timmenbach rächen wollen, dafür, dass sie mit Ihrem Mann geschlafen hat, oder Sie haben Ihren Mann da mit reingezogen und ihn gezwungen, Ihnen zu helfen. Schließlich ist er wirtschaftlich abhängig von Ihnen, wie ich herausgefunden habe. Seine Unternehmen laufen nicht. Ach, übrigens, haben Sie Geldprobleme?«

In diesem Moment schien etwas in Marta Johanson zu explodieren. »Das ist ungeheuerlich! Diese Anschuldigung lassen wir uns nicht bieten. Wir sind anständige Leute, und Sie … Sie geht es gar nichts an, wie wir finanziell aufgestellt sind. Ich …«

»Nun, ein Collier aus Frau von Timmenbachs Besitz ist verschwunden. Damit lässt sich der Aufenthalt hier sicherlich noch einmal etwas angenehmer gestalten«, unterbrach Christian sie.

Marta Johanson erhob einen zitternden Finger. »Ich verbitte mir diese Unterstellungen. Johann, du sagst nichts mehr. Wir müssen nicht mit Ihnen reden, Sie sind nicht von der Polizei, und wenn Sie uns noch ein Mal belästigen, dann werden wir uns beschweren. Dann … dann zeigen wir Sie an.«

Christian spürte, dass das Gespräch nichts mehr bringen würde. Für ihn war die Reaktion der Frau nichts Neues. Ihn ließ so etwas kalt. Langsam erhob er sich, ließ absichtlich sein in Leder gebundenes Notizbuch liegen und nickte. »Trotzdem danke ich Ihnen für Ihre Offenheit«, sagte er. »Ich finde selbst hinaus.«

»Moment«, rief Johann Johanson.

Als Christian sich umdrehte und beobachtete, wie Johanson mit der rechten Hand sein Notizbuch aufnahm, um es ihm zu geben, kitzelte ein triumphierendes Lächeln in seinen Mundwinkeln. Jetzt hatte er Johann und Marta Johansons Fingerabdrücke für einen Abgleich.

Er verließ das Zimmer, zog die Tür hinter sich zu und lauschte dem schrillen, für ihn kaum verständlichen Gezeter Marta Johansons, das zu ihm nach draußen schallte. Christian glaubte, dass sie auf der richtigen Spur waren. Das schwächere Glied von beiden war Johann. Seine Nervosität war beinahe mit Händen zu greifen gewesen. Marta wirkte dagegen geradezu abgebrüht. Vielleicht würde sich ja eine Gelegenheit ergeben, Johann Johanson noch einmal allein zu konfrontieren. Möglicherweise würde er dann einknicken.

21.
Beerdigungsvorbereitungen

»Marie.« Sara, Maries Kollegin an der Rezeption, legte den Hörer auf. »Das war Kiara von Timmenbach. Sie möchte, dass du ihr das Frühstück nach oben bringst. Sie hat eine Bestellung aufgegeben. Ich leite sie an die Küche weiter.«

»Okay«, gab Marie zurück, schlug das Buchungsbuch zu und erhob sich. Bisher war der Sonntagmorgen an der Rezeption ruhig verlaufen.

Einige Minuten später schob sie den Essenswagen mit dem Frühstück den Korridor entlang. Marie hielt vor der Suite an und klopfte zaghaft. Sie fragte sich, warum Kiara von Timmenbach gerade von ihr das Frühstück serviert haben wollte.

Wenig später später öffnete sich die Tür, und gleißendes Morgenlicht flutete den Flurbereich um Marie.

»Guten Morgen, Frau Holstein«, grüßte Kiara von Timmenbach. Sie zurrte ihren Bademantel fester um die Taille. Ihre Füße steckten in kuscheligen Slippern. Die Haare hatte sie in große Lockenwickler gedreht und war bereits makellos geschminkt. Marie stellte fest, dass Kiara von Timmenbach ihrer Mutter in Sachen perfektes Make-up wirklich in nichts nachstand.

Nach einer freundlichen Begrüßung schob Marie den Wagen an Kiara von Timmenbach vorbei, den Blick auf die Kulisse der Küste vor dem Fenster gerichtet. Das Morgenlicht glitzerte auf dem türkisfarbenen Wasser. Bei diesem Anblick schlug Maries Herz gleich höher.

»Stellen Sie den Wagen bitte einfach vor dem Tisch ab.« Kiara von Timmenbach deutete auf den langen Esstisch, der nun übersät war mit verschiedenen Dokumenten, Prospekten, Fotos und Collagen.

Verstohlen blickte Marie auf Fotografien von Urnen, Grabeskirchen und Friedhöfen, ehe sie sich daranmachte, Kiara von Timmenbach einen Kaffee einzuschenken.

»Nehmen Sie sich ruhig auch eine Tasse«, meinte Kiara, nachdem sie die ihre dankend angenommen hatte. »Drüben auf dem Sideboard steht noch eine saubere.« Nachdenklich starrte sie durch das Fenster nach draußen. Unter ihren Augen meinte Marie, dunkle Schatten zu erkennen. Und waren ihre Lider nicht auch geschwollen? Mitleid stieg in Marie auf. Sie meinte, an diesem Morgen die wahre Kiara von Timmenbach vor sich zu sehen. Eine Tochter, die ehrlich um ihre Mutter trauerte.

Noch immer blickte Kiara aus dem Fenster und rührte schweigend in ihrer Tasse. Seufzend legte sie den Löffel auf die Untertasse und trank einen Schluck. »Ich habe nie verstanden, warum meine Mutter nicht zu mir nach Südfrankreich kommen wollte, um dort ihre Rente zu genießen. Aber jetzt verstehe ich es.« Mit einem traurigen Schimmer in den Augen wandte sie sich Marie zu. Das Lächeln auf ihren Lippen wankte. »Die Natur. Das Meer und die Idylle …«

»Ich bin mir sicher, dass es auch in Südfrankreich sehr schön ist.«

Kiara von Timmenbach stellte die Tasse auf dem Tisch ab. »Natürlich, aber ich glaube, meine Mutter hat einfach hier ihren … wie sagt man – *Happy Place* gefunden.« Sie wies in Richtung all der Dokumente und Prospekte auf dem Tisch. »Sie möchte auch hier beerdigt werden. Eingeäschert. Das hat sie immer wieder betont. Ich habe mir nun Bilder von verschiedenen Urnen schicken lassen. Was denken Sie, welche wäre die richtige?«

Marie klappte der Mund auf. Überrumpelt starrte sie auf die Aufnahmen auf dem Tisch. »Diese hier passt irgendwie zu Ihrer Mutter«, sagte sie dann und deutete auf eine Urne in Samtrot mit goldenen Ornamenten.

Kiara von Timmenbach nickte. Um ihre Lippen spielte ein trauriges Lächeln. »Das finde ich auch.« Sie blickte zu Marie. »Könnten Sie für mich den Bestatter informieren? Ich glaube, Ihr Spanisch ist besser als meines.« Sie lachte unbeholfen auf und blinzelte, um die Tränen zu vertreiben. »Außerdem weiß ich nicht, ob ich nicht doch wieder zu weinen anfange.«

»Natürlich«, antwortete Marie und griff nach dem Foto. »Darf ich?«

Kiara von Timmenbach nickte, hob die Tasse wieder an und trank noch einen Schluck. »Und könnten Sie«, sie wühlte mit der freien Hand in einigen Papieren, »könnten Sie bitte diese Location für die Trauerfeier mieten? Für fünfzig Personen? Die Sitzplätze sind für Familie und Freunde gedacht; die anderen Gäste müssen stehen. Anschließend werden wir hier im Hotel essen und auf meine Mutter anstoßen.« Sie schniefte.

»Mache ich gern«, versicherte Marie, die von ihrer Chefin Yolanda den Auftrag bekommen hatte, Kiara von

Timmenbach auch den kleinsten Wunsch zu erfüllen. »Brauchen Sie noch einen Pfarrer?«

Kiara von Timmenbach lachte. »Um Gottes willen, nein. Meine Mutter war überzeugte Atheistin. Nein, mein Bruder wird die Trauerrede halten. Er kann sich da so viel besser beherrschen als ich.« Eine einsame Träne rollte über ihre Wange.

»Das ist bestimmt schwer für Sie.« Marie knetete unbehaglich die gepolsterte Stuhllehne.

Kiara von Timmenbach seufzte. »Gibt es eigentlich Neuigkeiten? Ist das Collier aufgetaucht?«

Marie schluckte hart. »Wir gehen ein paar Hinweisen nach. Herr Munker gibt sich große Mühe herauszufinden, wer es gestohlen hat und wo sich das Collier befindet.«

Kiara von Timmenbachs Gesicht nahm einen düsteren Ausdruck an. »Tun Sie das bitte«, sagte sie. »Ich will, dass er bestraft wird.« Sie schluchzte auf. »Einer Toten ihren Schmuck stehlen! Ich will eigentlich nur das Collier meiner Mutter wiederhaben.« Sie griff nach einem Schnellhefter und warf ihn in die Mitte des Tisches, sodass einige lose Blätter darin aufwirbelten und zu Boden fielen.

Marie bückte sich danach. *Mein Testament,* stand oben auf einer der Seiten.

»Meine Mutter hat uns, meinem Bruder und mir, eine Menge Geld vermacht. Das Unternehmen haben wir ja bereits vor einiger Zeit übernommen. Wir haben mehr als genug. Wir werden das Geld einem guten Zweck spenden, doch ich hänge an diesem Collier … weil … weil es *ihr* so wichtig war.« Wieder schluchzte Kiara auf.

Zögerlich überwand Marie die Distanz zwischen ihnen und zog Kiara von Timmenbach in eine unbeholfene Umarmung. »Es tut mir wirklich sehr leid, Frau von

Timmenbach. Ich kann Ihnen leider nichts versprechen. Aber ich werde die Augen offen halten.«

»Danke.«

»Ich lasse Sie dann jetzt allein«, sagte Marie, klaubte die Unterlagen zusammen, die für sie bestimmt waren, und verließ das Zimmer. Arme Kiara von Timmenbach, dachte sie. Sie machte wirklich eine schwere Zeit durch. Dabei ahnte sie noch nicht einmal, dass ihre Mutter Opfer eines Verbrechens geworden war.

Marie seufzte. Sie hoffte, dass sie diese Tat noch aufklären konnten, bevor Gertrud von Timmenbach eingeäschert wurde. Dann würde die Tote sicherlich ein weiteres Mal obduziert werden müssen, um die Beweise zu sichern, die bei der ersten Obduktion nicht erhoben worden waren. Im Falle einer Einäscherung würde dies natürlich nicht möglich sein.

Marie war gespannt, was Christian Munker am vergangenen Tag im Gespräch mit den Johansons herausgefunden hatte. Doch auch sie selbst konnte noch etwas in Erfahrung bringen, denn sie war sich sicher: Wenn die Johansons das Collier an sich genommen hatten, befand es sich gewiss noch in ihrem Zimmer. Konnte sie es wagen …?

Als Marie auf den Korridor trat und auf die Uhr blickte, eilte sie los. Meistens waren die Johansons um diese Uhrzeit bereits unterwegs zu irgendwelchen Unternehmungen oder beim Frühstück. Wenn sie Glück hatte, dann war schon ein Putzteam in Zimmer Nummer 125 beschäftigt.

Sie sollte recht behalten: Als sie das Hotelzimmer der Johansons erreichte, war die Tür geöffnet. Ein Putzwagen stand darin.

»*Buenos días*«, sagte Marie.

»Hola«, antwortete die kleinere ältere Frau, die im Familienzimmer bereits fertig zu sein schien.

Marie fiel auf Anhieb der Name nicht ein, und sie beschloss, zu einer kleinen Notlüge zu greifen. Sie erklärte, dass sie das Zimmer auf Anweisung der Hotelleitung kontrollieren wolle.

Die Putzkraft wirkte wenig erfreut, doch sie ließ sie gewähren, während sie vor sich hin murmelnd die schmutzige Wäsche zusammenknüllte und in ihren Wagen warf, ehe sie zum nächsten Zimmer eilte.

Marie seufzte erleichtert. Zum Glück hatte Teresa heute nicht Zimmerdienst! Sie hätte sich nicht so leicht abwimmeln lassen.

Langsam schloss Marie die Tür hinter sich. Ihr Herz raste. Wenn die Johansons sie erwischten, konnte sie das den Job kosten. Doch sie musste dieses Risiko eingehen. Wenn sie das Collier hier fand, hätten sie ein weiteres beweiskräftiges Indiz gegen das Ehepaar in Händen. Auch wenn es nicht automatisch bewies, dass die Johansons Gertrud von Timmenbach auch getötet hatten, würde sich der Verdacht gegen sie erheblich erhärten.

Eilig und dennoch gründlich schaute Marie an allen möglichen Stellen nach, an denen sie selbst ein wertvolles Schmuckstück verstecken würde. Unter den Matratzen, in den Schränken, im Badezimmer, unter den Betten und im Gepäck der Kinder, in den Ritzen des Sofas. Der Safe im Schrank der Johansons stand offen. Er war unbenutzt und leer.

Nach zwanzig Minuten, in denen sie immer wieder in Richtung Flur gelauscht hatte, ließ Marie sich leicht schwitzend auf die Bettkante sinken. Kein Collier. Mist. Vielleicht hatten die Johansons es irgendwo außerhalb ihres Zimmers versteckt. Oder eben … sie hatten es nicht gestohlen.

Nachdenklich öffnete Marie die Zimmertür und spähte vorsichtig den Gang hinunter. Von der Familie Johanson war niemand zu sehen. Unter dem argwöhnischen Blick der Servicekraft, die gerade aus dem Nachbarzimmer auf den Korridor trat, eilte Marie zu den Aufzügen. »Alles in Ordnung, toll! Vielen Dank! Sie können weitermachen«, rief Marie noch und lächelte über die Schulter zurück.

Jetzt wollte sie wirklich gern wissen, was Christian Munker herausgefunden hatte. Doch bis dahin musste sie sich noch etwas gedulden.

Als Marie zur Rezeption zurückkehrte, beriet Sara gerade eine Gruppe von den Trauergästen, die im *Beach Residence & Spa* untergekommen waren. Offenbar wollten sie an diesem Tag ebenfalls eine Wandertour buchen.

Yolanda begrüßte draußen einige Gäste und hielt ihnen die Tür zur Lobby auf. Marie widmete sich Schreibarbeiten.

Den Rest des Tages beschäftigte sie sich dann damit, Kiara von Timmenbach bei der Organisation der Beerdigung zu unterstützen. Zuvor hatte sie Yolanda kurz darüber informiert und sie noch einmal gebeten, für »die arme Kiara« ihr Allerbestes zu geben.

Marie rief den Bestatter an, bestellte die gewünschte rot-goldene Urne und buchte die Location, die Kiara von Timmenbach sich ausgesucht hatte.

Als endlich ihr Feierabend anbrach, klaubte sie die Sachen zusammen. »Kontrollierst du heute den Spa?«, fragte sie Sara.

Diese war vollkommen in Gedanken versunken gewesen, fuhr zusammen und nickte hastig. »Ja, natürlich. Dir einen schönen Feierabend.«

Marie verabschiedete sich. Sie würde sich später mit Christian am Strand treffen.

22.
Waren es die Johansons?

Marie hatte sich in den Sand fallen lassen. Sie beobachtete die Surfer, die den Wind wieder nutzten, um auf ihren Brettern über die Wellen zu reiten. Das Rauschen des Wassers, das in einem schnellen und rasanten Tempo an Land rollte, erfüllte die schwüle Luft.

Der Strand hingegen war beinahe menschenleer. Dafür war die Promenade gut besucht. Urlauber strömten in die Restaurants und Cafés, deren Lichter bereits auf der Wasseroberfläche glitzerten.

Nach wenigen Minuten stieß Christian Munker zu Marie. Er hatte sich eine Strickjacke über den Arm gelegt. Nun breitete er sie aus und legte sie ordentlich neben Marie. Umständlich setzte er sich darauf, sorgsam darauf bedacht, dass der Sand sich nicht auf ihr verteilte. Doch vergebens. Ein Windstoß und die kleinen Sandkörner fluteten den fein gewebten Stoff.

Mit der Hand strich Christian ihn herunter, klopfte ihn dann ab und gab es schließlich auf. Er sah Marie nicht an, sondern blickte wie sie auf das Meer hinaus.

Das Wetter hatte sich in den letzten Stunden geändert. Vom Horizont her rollte ein Gewitter heran mit dunklen Wolken, die sich über dem Meer auftürmten. Der Wind peitschte die Wellen auf, sodass inzwischen eine orangefarbene Flagge auf dem Posten des Rettungsschwimmers flatterte.

»Ich habe Ihnen ein Bier mitgebracht.« Marie deutete auf die Flasche, die sie neben sich in den Sand gebohrt hatte. »Es ist mal wieder spanisches.«

Christian hob eine Schulter. »Ist ganz in Ordnung.« Ein Zucken in seinen Mundwinkeln verriet den Anflug eines Schmunzelns.

Marie prostete ihm mit ihrem Mojito zu. Dieser schmeckte heute besonders erfrischend, lecker minzig.

»Mein Bekannter hat mich gerade angerufen. Raquels Fingerabdrücke sind nicht auf dem Schläger zu finden«, begann Munker. »Es sind einige verschmierte Abdrücke darauf und natürlich die von Johann Johanson. Mit Letzteren war ja zu rechnen, schließlich handelt es sich um Johansons Stammschläger. Martas Abdrücke konnten wir nicht sichern. Mein Freund hat aber auch noch Spuren einer weiteren unbekannten Person gefunden. Die waren sehr deutlich.«

»Damit scheidet Raquel aus, es sei denn, sie hätte Handschuhe getragen, was nicht zu vermuten ist. Andererseits zieht sich die Schlinge enger um die Johansons.« Marie hob eine Muschel aus dem Sand auf und strich über die raue Oberfläche. »Marta Johanson hat den Schläger also nicht angerührt«, sinnierte sie. »Ich kann mir aber irgendwie nicht vorstellen, dass ihr Mann Gertrud von Timmenbach etwas angetan hat. Er wirkt nicht wie jemand, der so etwas durchziehen könnte. Vielleicht sind die unbekannten Abdrücke von Marcos García.«

Christian Munker öffnete seine Bierflasche. Er trank

einen Schluck. »Ich könnte mir vorstellen, dass es folgendermaßen abgelaufen ist.« Er steckte die Flasche in den Sand. »Marta Johanson hat von der Affäre erfahren; und sie hat Gertrud von Timmenbach darauf angesprochen. Aber anstatt sich zu entschuldigen, hat Gertrud Johanns Frau weiter provoziert. Marta war außer sich vor Wut und Eifersucht und zwang Johann, die Rivalin aus dem Weg zu räumen. Vielleicht sollte er so beweisen, dass die Liaison mit ihr endgültig vorbei ist. Möglicherweise drohte sie ihm, ihn andernfalls mit den Kindern zu verlassen. Marta beschaffte sich ein Alibi, indem sie in einer Bar etwas trinken ging und dort mit dem Wirt flirtete.«

Munker schwieg einen Moment, bevor er hinzufügte: »Dieses ›Alibi‹ habe ich inzwischen überprüft. Johann hatte Angst, alles zu verlieren, seine Kinder, seine Familie, seine finanzielle Sicherheit. Ich habe auch ein bisschen nachgeforscht: Das Vermögen der Familie hat hauptsächlich Marta in die Ehe eingebracht. Bei einer Scheidung bliebe Johann nicht viel.« Er wiegte versonnen den Kopf. »Nach allem, was wir bisher wissen, könnte es gut sein, dass die beiden unter einer Decke stecken.«

Marie dachte einen Moment über das Gehörte nach. »Könnten wir mit den Beweisen, die wir haben, schon zur Polizei gehen?«

»Könnten wir. Aber wenn sie uns glauben, was ich irgendwie bezweifele, dann würde wegen Martas Alibi wohl zunächst nur Johann Johanson in den Fokus geraten. Doch wenn die Johansons mit Gertruds Tod zu tun haben, bin ich mir sehr sicher, dass Marta Johanson die eigentliche Drahtzieherin ist.«

»Was können wir also tun?«

Christian blickte grüblerisch in Richtung Berge.

»Wenn wir zusätzlich das Collier bei ihnen finden würden, wäre die Sache sicher.«

»Ich habe schon in ihrem Zimmer danach gesucht.«

Er nickte, hob anerkennend seine Brauen. »Sehr gut! Und Sie haben es nicht entdeckt?«

Marie schüttelte den Kopf.

»Vielleicht verstecken sie es ja woanders.«

»Oder sie haben es entsorgt. Marta Johanson wird es nur um Rache gegangen sein, nicht um das wertvolle Schmuckstück.«

Schweigen breitete sich zwischen ihnen aus, in dem nur das Rauschen der Wellen zu hören war.

»Und Marcos? Lassen wir ihn als Verdächtigen fallen? Ich habe herausgefunden, dass Gertrud von Timmenbach anscheinend kostenloses Essen in seinem Restaurant abgestaubt hat. Vielleicht ist sie davon ausgegangen, nicht zahlen zu müssen, weil sie eine Affäre hatten. Irgendwann wollte Marcos aber das ausstehende Geld haben. Es ging um mehr als tausend Euro.«

»Geld ist immer ein starkes Motiv«, sagte Munker und rieb sich den leichten Bartschatten. »Aber ich sehe Marcos da nicht. Ich kann mir den Ablauf nicht vorstellen. Hätte er überhaupt gewusst, wo er die Tennisschläger findet? Und hat ihn überhaupt jemand am Montagabend *im* Hotel gesehen?«

Marie schüttelte den Kopf. »Ich glaube nicht.«

»Wir behalten ihn auf der Liste, aber wir gehen erst einmal den Hinweisen nach, die uns zu den Johansons führen.«

Marie nickte langsam. »Okay.«

Ihr brannte noch eine Frage unter den Nägeln. »Wie sind Sie eigentlich an Johanns Abdrücke gekommen?«

Christians Augen begannen zu leuchten, als freute er

sich, dass sie ihn das fragte. »Ich habe mir mein Notizbuch von Johann Johanson anreichen lassen.«

»Das ist schlau«, stellte Marie fest.

Sie verfielen in Schweigen. In der Stille beobachteten sie die heranziehenden Sturmwolken. Marie fand, dass es eine gewisse Symbolik barg. Wie nah waren sie dem Wespennest gekommen? Und würde der nächste Schritt der Stock sein, mit dem man hineinbohrte und Tausende Wespen gegen sich aufbrachte?

Nach einer Weile sah Christian sie von der Seite an. Marie schaute kurz zu ihm hinüber und erblickte das erste Mal einen merkwürdig warmen Schimmer in seinen Augen. Einen solchen Blick kannte sie sonst nur von ihrem Vater. »Was?«, fragte sie.

»Ich glaube, ich wäre nicht so weit in diesem Rätsel gekommen, wenn ich nicht Sie und Ihre Augen und Ohren im Hotel hätte.« Um Christian Munkers Lippen spielte ein winziges Lächeln, als er den Kopf schüttelte. »Sie können zwar manchmal wirklich eine Nervensäge sein ... sind aber doch ganz in Ordnung.«

Marie warf lachend den Kopf in den Nacken. »Danke, Herr Munker, Und Sie sind manchmal so charmant wie Nagelpilz.«

»Das nehme ich als Kompliment.« Das erste Mal, so schien es Marie, zog ein ehrliches, breites Lächeln über seine Lippen. Aber so schnell, wie es gekommen war, so schnell setzte er auch wieder die übliche ernste Miene auf, und der Moment der Nähe zwischen ihnen war vorüber.

»Wie machen wir jetzt weiter?«, fragte Marie.

»Wir werden den Johansons ein Geständnis entlocken.«

»Ich glaube kaum, dass Marta einbrechen wird«, wandte Marie ein.

»Marta nicht. Aber Johann.« Dessen schien sich Munker mehr als sicher zu sein. »Die Gerechtigkeit wird siegen«, sagte er leise, schaute jedoch so grimmig drein, als glaubte er selbst nicht an seine Worte.

»Hoffen wir es.«

Nachdem Christian Munker und sie sich voneinander verabschiedet hatten, kehrte Marie nach Hause zurück. Mit einem Mal hatte sie Heimweh. Als Munker sie so väterlich angesehen hatte, hatte sie plötzlich ihre Eltern vermisst.

Deshalb verbrachte Marie den Abend damit, ihr Lieblingsessen zu kochen, das ihre Mama oft an den Wochenenden zubereitet hatte. Rindfleisch, zart und weich gekocht, dazu Möhren, Kartoffeln und Sellerie, abgelöscht mit Rotwein, ehe das Ganze für einige Zeit auf dem Herd vor sich hin kochte.

In der Zwischenzeit hatte das Gewitter die Insel erreicht. Vor Maries gekippter Balkontür tobte ein Sturm. Die Wipfel der Pinien vor ihrem Fenster bogen sich, während der Wind durch die Nadeln pfiff. Marie konnte deutlich das Knarren und Ächzen der Äste hören. Hoffentlich stürzte keiner herab!

Grelle Blitze zuckten über den düsteren Himmel, und der Regen ergoss sich rauschend über die Pflanzen und Häuser Mallorcas, während hin und wieder ein Grollen alle anderen Geräusche verschlang.

Gern hätte Marie nun mit ihren Eltern telefoniert, aber aufgrund des Sturms war ihre Internetverbindung schlechter als sonst. Dann ein andermal, doch ganz bald, sagte sie sich. Als das Essen fertig war, schmeckte sie Heimat auf ihrer Zunge. Und diese Empfindung tröstete sie ein wenig.

23.
Ein hitziges Verhör

Christian klopfte noch einmal an die Tür der Johansons. Räuspernd strich er sich die Kleidung glatt.

Als Johann Johanson öffnete, weiteten sich dessen Augen. »Herr Munker«, stammelte er, wobei er leicht stotterte. »W-Was kann ich für Sie tun?«

»Ich möchte gern noch einmal mit Ihnen sprechen.« Christians Stimme war fest, seine Miene aber bewusst undeutbar. »Wenn es geht, nur wir beide.« Dabei hatte Christian ganz bewusst diesen Moment für einen Besuch abgepasst, denn er wusste, dass Marta Johanson allmorgendlich einen Massagetermin wahrnahm.

Johansons Hand, die die Tür festhielt, verkrampfte sich. Er drückte sich in den Spalt zwischen Zimmertür und Türrahmen, als könnte er so verhindern, dass Christian einen Blick ins Zimmer warf und sah, dass er tatsächlich allein war. »E-Es ist gerade eher schlecht«, sagte er. Ein entschuldigendes Lächeln zitterte auf seinen Lippen.

Christian hob eine Braue. »Ich glaube, der Zeitpunkt

könnte gar nicht passender sein.« In seiner Karriere hatte er schon jede Ausrede gehört und jeden Versuch gesehen, ein Gespräch zu vermeiden. Der Trick war, unnachgiebig zu bleiben, sein Gegenüber wissen zu lassen, dass er oder sie keine andere Wahl hatte. Und Johanson war nicht eben durchsetzungsstark.

Hilflos öffnete der Mann den Mund und schloss ihn dann wieder. »Ich weiß nicht, worüber Sie noch mit mir reden möchten. A-Aber ich kann Ihnen versichern, dass ich mir nichts habe zuschulden kommen lassen. Und meine Frau auch nicht.«

»Lassen Sie uns das doch im Zimmer besprechen.« Christian trat einen Schritt auf Johanson zu, und es funktionierte.

Johann Johanson wich seufzend zurück und ließ ihn widerwillig in das geräumige Familienzimmer treten.

»Gut. Nehmen wir doch einen Moment Platz, ja?«, schlug Christian vor und zog für Johann einladend einen Stuhl zurück.

Johanson ging leicht gebeugt, ließ sich wie ein nasser Sack fallen. Er sah sehr niedergeschlagen aus.

Christian setzte sich ihm gegenüber. Er musterte Johann und fragte sich, ob er tatsächlich den Mörder vor sich hatte. Alle Hinweise deuteten in diese Richtung. Aber Christian wusste durch jahrelange Ermittlungsarbeit, dass sich das Bild, das die Motive, Aussagen und Indizien zeichneten, schneller wieder verändern konnte als das norddeutsche Wetter. Er musste im Hinterkopf behalten, dass – egal, wie sicher er sich mit seinen Vermutungen war – die Möglichkeit bestand, dass er sich irrte.

Johanson schluckte mühsam, faltete die Hände auf dem Esstisch. Ein zarter Schweißfilm bildete sich auf seiner Stirn.

Christian lehnte sich auf dem Stuhl zurück. Jetzt galt es. Er musste versuchen, dem nervösen Mann ein Geständnis zu entlocken. Für dieses Gespräch hatte er sich sicherheitshalber Rückendeckung bei seinem spanischen Polizeibekannten geholt, der einen recht hohen Posten bei der Policía National bekleidete. Er seufzte laut auf. »Ich habe keine guten Neuigkeiten. Es sind Ihre Fingerabdrücke auf dem Schläger sichergestellt worden. Aber das war ja abzusehen, nicht?«

Johann starrte ihn an. Dann schluckte er. »Es ist mein Lieblingsschläger hier im Hotel. Also ja, da ergibt es schon Sinn, dass Sie darauf meine Fingerabdrücke gefunden haben. Doch ich habe nichts getan!«

Christian nickte langsam. Er überlegte. Wenn er jetzt den Druck auf Johanson erhöhte, zöge er sich womöglich vollständig in sein Schneckenhaus zurück. Aber wenn er ihm vielleicht wie ein Freund begegnete, der nur sein Bestes will, könnte das ein Geständnis hervorlocken.

Er räusperte sich, lehnte sich vor und lächelte den Mann verständnisvoll an. Es kostete ihn einige Überwindung. »Helfen Sie mir, Herr Johanson. Können Sie sich erklären, wieso gerade Ihr Lieblingsschläger als Tatwaffe benutzt wurde, um Gertrud von Timmenbach in die Sauna zu sperren?« Ermutigend nickte er ihm zu.

Johanson schluckte, knibbelte an der Nagelhaut seines Daumens. »Ich weiß, wie das aussieht«, sagte er und senkte den Blick. »Aber nein, ich kann es mir nicht erklären.«

»Haben Sie Feinde? Vielleicht will jemand Ihnen die Schuld an dem Mord unterschieben.« Möglicherweise deine eigene Frau, dachte Christian verdrossen, behielt das aber erst einmal für sich.

Johann Johanson wischte sich den Schweiß von der

Stirn und stieß den Atem aus. »Ich … nein, vor allem nicht hier. Das war sicherlich nur ein dummer Zufall, dass gerade mein Schläger benutzt wurde.«

Erneut verfiel Christian in Schweigen, während er Johanson intensiv musterte. Dieser wich seinem Blick aus, konnte ihm nicht einmal für den Bruchteil einer Sekunde standhalten. Nervös rang Johanson mit den Fingern. In Christians Augen verhielt er sich wie jemand, der etwas verheimlichte. Zufall? Er bezweifelte es. »Sie können es mir sagen, Herr Johanson. Trauen Sie es vielleicht Ihrer Frau zu, dass sie jemanden beauftragt hat, den Mord für sie zu begehen und Ihnen die Schuld zuzuschieben?«

Johanson schüttelte den Kopf. »Nein, niemals. Meine Frau und ich machen gerade eine Krise durch, und, ja, ich habe sie mit Gertrud betrogen, aber so etwas würde sie nicht tun.« Empört riss er die Augen auf.

Christian fühlte Frustration in sich aufsteigen. Er empfand aber auch Mitleid. Stand er so unter der Fuchtel seiner Frau, dass er Angst hatte, den Mord zu gestehen? Am liebsten hätte er die Antwort aus ihm herausgeschüttelt, aber das wäre eine illegale Befragungsmethode.

»Hat Ihre Frau Sie dazu gedrängt, Herr Johanson? Und konnte sie das, weil Sie sonst Ihre Kinder und Ihren Lebensstandard verlieren würden?« Christian ließ seine Stimme betont verständnisvoll klingen. »Ich würde es verstehen, Herr Johanson. Manchmal gerät man massiv unter Druck. Ich kenne faire Leute bei der Polizei. Ich könnte ein gutes Wort für Sie einlegen.« Vielleicht würde ihn das aus der Defensive locken: die Aussicht, möglicherweise relativ glimpflich wieder aus der Sache herauszukommen.

Aber Johann Johanson blinzelte und schnappte hörbar nach Luft. »Ich … wir haben gar nichts gemacht«, rief er empört aus. »Ich habe Gertrud vielleicht nicht tief und aufrichtig geliebt, doch ich habe sie sehr respektiert und auch bewundert. U-Und ich liebe auch meine Frau.« Seine Stimme war brüchig. In einer hastigen Bewegung wischte er sich den Schweiß von der Stirn. »Ich möchte jetzt, dass Sie gehen«, fügte er hinzu, zwar klang seine Stimme unsicher, sein Blick enthielt jedoch eine Entschlossenheit, die Christian ihm so nicht zugetraut hatte.

Johanson war eingeknickt, bemerkte er. Nur leider in die falsche Richtung.

Christian seufzte, nickte langsam. Den Schutz seines Polizeifreundes wollte und konnte er nicht noch weiter ausreizen. Er hatte gehofft, Antworten zu finden, aber auch wenn er noch immer glaubte, dass Johanson etwas mit der Sache zu tun hatte, realisierte er, dass er hier keine Antworten finden würde.

Deshalb erhob er sich langsam. Johanns Blick lag angsterfüllt auf ihm.

»Nun gut«, sagte Christian und klopfte zweimal mit den Knöcheln auf den Tisch.

Johanson zuckte zusammen.

»Falls Sie es sich anders überlegen oder Ihnen noch etwas einfällt, wissen Sie ja, wo Sie mich finden.« Damit schlenderte er in Richtung Tür.

Johann Johanson antwortete nicht.

Christian öffnete die Tür und trat auf den Korridor hinaus. Seine Antworten auf die Fragen, die ihn umtrieben, musste er sich woanders holen.

24.
Die Wendung

Nach einem anstrengenden Tag hieß Marie den wohlverdienten Feierabend willkommen. Sie war mit den Vorbereitungen für Gertrud von Timmenbachs Gedenkfeier betraut worden, die Kiara von Timmenbach an diesem Abend im Hotel mit ihrer Familie und Freunden feierte. Marie war heilfroh, dass sie, anders als viele ihrer Kollegen und Kolleginnen, nicht im Service eingesetzt worden war, sondern den freien Abend endlich wieder einmal mit Cassandra verbringen konnte.

Die Freundinnen trafen sich in einer versteckten Bucht, die hinter Marcos Garcías Restaurant lag. Diese erreichten sie relativ bequem über Stufen, die in den Fels geschlagen worden waren. Die Felswände rahmten die Bucht ein, sodass sie beinahe wie eine Grotte wirkte. Hier sammelte sich das Wasser, schwappte gemächlich über die glatten Felsen, auf denen Marie und Cassandra sich niederließen. Die Füße ließen sie ins kalte Wasser baumeln.

Die Felswände verschluckten den Großteil der Sonne.

Doch das störte die beiden Frauen nicht. Sie freuten sich über das Plätschern des Wassers und die Privatsphäre, die sie hier hatten. Marie hatte Käsestücke mitgebracht, Cassandra eine Flasche Wein.

»Wie geht es dir?«, fragte sie. »Schon etwas von deinen Bewerbungen gehört?«

Cassandra lächelte traurig. »Den Umständen entsprechend. Und nein, ich habe leider noch nichts Neues gefunden.«

»Ich soll dir liebe Grüße von Gael ausrichten«, meinte Marie und betrachtete das Licht, das sich im Wasser brach.

»Das ist ja nett.« Cassandra spießte ein Stück Käse auf einem Zahnstocher auf und schob ihn sich in den Mund. »Und? Wie läuft es mit deinen Ermittlungen?«

»Wir sind sehr nah dran. Wir glauben, dass Marta und Johann Johanson dahinterstecken. Die Hinweise passen einfach zusammen.« Marie blickte auf ihre Füße im kristallklaren Wasser. Sie konnte bis auf den Grund aus weißem Sand schauen. Kleine Fische zuckten darüber neugierig hin und her.

»Wir?« Cassandra drehte quietschend den Korkenzieher in die Flasche.

»Christian Munker und ich.« Marie lächelte, als sie Cassandras verwunderte Reaktion bemerkte. »Ja, ich weiß. Aber er ist wirklich nett! Und es hat sich herausgestellt, dass er ein ehemaliger, sehr erfolgreicher Mordermittler ist.«

Cassandra hob bewundernd die Augenbrauen. »Ist nicht wahr! Das ist ja wie ein Jackpot. Und ihr glaubt, die Johansons stecken hinter Gertrud von Timmenbachs Tod?« Mit einem Plopp zog sie den Korken aus der Flasche.

Marie nickte und erzählte ihrer Freundin, was Munker und sie in den letzten Tagen herausgefunden hatten. »Bleibt zu hoffen, dass er Johann Johanson vielleicht noch ein Geständnis entlocken kann und wir das Collier wiederfinden – für Kiara von Timmenbach. Es ist ihr so wichtig, weil ihre Mutter so daran gehangen hat.«

Cassandra, die gerade Wein in einen Pappbecher füllte, hielt inne und sah Marie stirnrunzelnd an. »Was für ein Collier?«

Marie hob die Schultern, lehnte sich zurück und stützte sich auf die Arme, sodass sie in den Himmel blicken konnte, über den blassgelbe Schäfchenwolken zogen. »Ach, so ein total klobiges Ding. Aber eigentlich ganz hübsch. Sehr ausladend und mit Saphiren bestückt.« Marie schloss die Augen, atmete einmal tief die salzige Luft ein, lauschte den Wellen, die über den Rand der Felsen schwappten, und spürte die Kälte des Wassers, das ihre Beine umspülte. In der Ferne schrien Möwen.

Cassandra neben ihr schien nun gänzlich verstummt zu sein. Die Sekunden zogen dahin, sodass Marie stutzig wurde.

Sie öffnete die Augen und sah ihre Freundin an, die sie mit einem merkwürdigen Ausdruck, einer Mischung aus Angst und Unglauben, betrachtete. »Ist alles okay?«, fragte Marie.

Die Freundin schien aus einer Art Trance zu erwachen. Hörbar schnappte sie nach Luft und blinzelte. »Was?« Sie atmete zittrig aus.

Maries Magen zog sich zusammen. Was war denn plötzlich mit Cassandra los?

»Ich glaube, ich habe Scheiß gebaut.«

Marie runzelte die Stirn, dann lachte sie ungläubig. »Was meinst du?«

Cassandras Augen schwammen in Tränen. Sie blinzelte sie weg, eine jedoch schaffte es, sich zu lösen, und rann an ihrer Wange hinab.

Marie rutschte näher und rieb den kalten Oberarm ihrer Freundin. »Was ist denn los?«

»Jetzt, wo du das Collier erwähnt hast …« Cassandra holte tief Luft. »Am Montagabend ist Gael nicht kurz nach Sara um Viertel vor acht nach Hause gegangen. Er war noch länger da. Ich weiß nicht genau, wo er sich aufgehalten hat, aber er kam irgendwann zu mir an die Rezeption. Wir haben geflirtet, wie so oft, doch dieses Mal haben wir uns in die Umkleide des Personals zurückgezogen und … und uns geküsst. Ich war total berauscht, aber ich hab mich auch geschämt. Mit einem Kollegen etwas anzufangen, das bringt nur Probleme mit sich, und vor allem bei der Arbeit geht das gar nicht. Denk nur daran, was Yolanda sagen würde – oder die anderen Kollegen.«

Cassandra atmete zittrig ein. »Ich habe gelogen, weil ich auf keinen Fall wollte, dass es rauskommt. Es war mir einfach total unangenehm! Je weniger Nachfragen, desto besser, dachte ich.« Sie seufzte und sah Marie zerknirscht an. »Und ich hätte Gael ja auch niemals für einen Mörder gehalten! Deswegen habe ich dir auch erzählt, er wäre vor der Schließung des Spas gegangen. Aber … Aber er war länger da. Er muss erst verschwunden sein, als ich irgendwann eingeschlafen bin.«

In Marie breitete sich ein schmerzhaftes Gefühl der Enttäuschung aus. Cassandra hatte sie angelogen. Dabei war sie davon ausgegangen, dass sie ihrer Freundin glauben und vertrauen konnte. Doch sie schluckte ihren Ärger hinunter. Cassandras plötzliches Geständnis warf Fragen auf. »Und was hat sich nun für dich geändert? Wieso schließt du jetzt nicht mehr aus, dass Gael der Täter ist?« Sie konnte die Zusammenhänge nicht ganz erfassen.

Cassandra schluckte. »Das Collier. Ich habe es am Montagabend gesehen – zufällig. Es lag in Gaels Tasche. Genau das Schmuckstück, das du beschrieben hast.«

In Maries Kopf rauschten die Gedanken wie das Meer vor ihnen. Bevor sie antworten konnte, musste sie all das erst einmal sortieren.

Gael hatte also kein Alibi für den Mordabend und war offenbar viel später gegangen, als Cassandra ursprünglich ausgesagt hatte. Das Collier hatte sich am Montagabend schon in seinem Besitz befunden. War er vorher bei Gertrud von Timmenbach gewesen? Hatte er vielleicht auch eine Affäre mit ihr? War er etwa der unbekannte Liebhaber, nach dem sie suchten? Außerdem wusste Gael, wie er an den Schlüssel zum Spa-Bereich und an die Hotelschläger kam. Er wusste, wie man die Sauna bediente.

Maries Herz klopfte wilder in ihrer Brust. Sie musste das Christian Munker erzählen! Und sie musste augenblicklich Gael darauf ansprechen.

Bei dem Gedanken daran, dass er gerade auf der Gedenkfeier als Kellner Gertrud von Timmenbachs Trauergäste bediente, drehte sich ihr der Magen um. Welch bittere Ironie, dachte sie, dass der Mörder den Trauernden Wein einschenkt, ihnen Essen serviert und ihnen vielleicht sogar ein mitfühlendes Wort schenkt! Wut brodelte in ihrer Brust.

Marie sprang auf. »Tut mir total leid, dich jetzt hier sitzen zu lassen«, stieß sie hervor. »Aber danke, dass du es mir nun gesagt hast. Du hast uns eine neue Spur gegeben. Doch ich muss jetzt los. Ich werde dir berichten.«

Den letzten Satz rief sie ihrer Freundin noch zu, während sie bereits die rutschigen Stufen, so schnell sie konnte, hinaufhuschte. Oben angekommen, schwang sie sich auf ihren Roller – zum Glück hatte sie noch nichts getrunken. Sie musste umgehend ins Hotel!

25.
Der unbekannte Liebhaber

Marie trieb ihren Roller zu Höchstleistungen an, sodass dieser protestierend röhrte und knatterte. Sie jagten der untergehenden Sonne hinterher, die schon bald hinter dem Berg verschwunden sein würde. Die Schatten der Bäume und Häuser, die an Marie vorbeirauschten, wurden immer länger.

Maries Gedanken rasten ebenfalls. Sie rekapitulierte jedes Gespräch, das sie je mit Gael geführt hatte, und blieb vor allem an dem Tag hängen, an dem er sie auf die Fährte mit Johann und Marta Johanson gelockt, ihr von dem Streit zwischen Marta und Gertrud von Timmenbach erzählt hatte. Hatte er das gemacht, um von sich selbst abzulenken? Ja, wahrscheinlich war es so.

Ungeduldig spielte Marie am Gas, während der Roller sich die Straße zwischen den Pinienbäumen emporkämpfte. Das goldene Licht der späten Sonne stach wie Speere durch die Wipfel und tauchte die Straße, an dessen Ende das *Beach Residence & Spa* aufragte, in ein unheimliches Licht.

Vor dem Hotel sprang Marie vom Roller. Sie machte sich nicht die Mühe, ihn abzuschließen. Sie eilte durch den Vordergarten, vorbei an dem Brunnen, mied aber die Lobby, indem sie zwischen den Zitrusbäumen am Hotelgebäude vorbei in den hinteren Garten tauchte.

Dort huschte sie zwischen den Palmen und Oleandergewächsen hindurch, ehe sie das Tor öffnete, um zu Christian Munkers Residenz zu gelangen.

Dort stürmte sie mit vor Aufregung tobendem Herzen auf die Tür zu. Sie klingelte und klopfte. Doch nichts rührte sich. Im Haus blieb alles still. Nur das abendliche Konzert der Grillen war zu hören. Wo ist Christian Munker nur?, fragte Marie sich.

Sie kehrte zurück und erhaschte einen Blick auf die Außenterrasse des Hotels. Da saß er ja!

Munker hatte es sich, umgeben von Minipalmen und dem Oleander mit den blassrosa Blüten, auf einer Lounge gemütlich gemacht. Ein kühles Bier stand vor ihm, während er anscheinend Johann und Marta Johanson beobachtete. Die beiden Eheleute saßen sich wenige Meter entfernt schweigend gegenüber. Marie konnte die Anspannung in Johanns Muskeln beinahe selbst spüren.

Oder hatte Gael nichts mit dem Mord an Gertrud von Timmenbach zu tun? Hatte er sich vielleicht lediglich während ihrer Abwesenheit an ihrem Besitz bereichert?

Marie schüttelte den Kopf. Das würden sie vielleicht gleich herausfinden. Sie huschte über die Terrasse zwischen den Tischen hindurch und gesellte sich zu Christian Munker, der sie überrascht anschaute.

»Was ist los?«, fragte er. »Warum sehen Sie so verschwitzt aus?«

Außer Atem setzte Marie sich. »Wir müssen Gael befragen! Sofort!«

»Was? Wen?« Christian blickte sie irritiert an.

Ein zarter Windhauch strich über die Terrasse, ließ die Blätter der Palmen über ihnen säuseln. Marie lehnte sich vor und dämpfte die Stimme. »Ich habe mich gerade mit Cassandra getroffen, und es hat sich herausgestellt, dass sie ihm ein falsches Alibi gegeben hat. Sie hatte mit Gael etwas am Laufen und hat sich geschämt, das zu erzählen. Also hat sie einfach gesagt, er wäre wie Sara vor acht Uhr, vor der Schließung des Spa-Bereichs, gegangen, was aber nicht stimmt. In Wirklichkeit weiß sie nicht, wann genau er das Hotel verlassen hat. Sie vermutet, dass er in der Zeit, in der sie eingeschlafen ist, verschwunden ist, also viel, viel später als acht Uhr. Daher hat Gael für die Zeit, als Gertrud von Timmenbach in der Sauna eingeschlossen war und starb, kein Alibi. Er weiß außerdem, wo sich der Schlüssel zum Spa befindet und wie man an die hoteleigenen Tennisschläger kommt. Vielleicht hatte er ja auch eine Affäre mit Gertrud von Timmenbach! Vielleicht ist er sogar der unbekannte Liebhaber, der die Kondomverpackung auf ihrem Nachttisch zurückgelassen hat. Als ich Cassandra von dem verschwundenen Collier erzählt habe, hat sie gesagt, dass sie es am Montagabend zufällig in seiner Tasche gesehen hat. Sie hat sich nur nichts dabei gedacht. Gael hat also das Collier gestohlen!«

Christian Munker hatte ihrem aufgeregt hervorgebrachten Redeschwall schweigend gelauscht. Nun rieb er sich den Bartschatten. »Ich habe ihn öfter bei Gertrud von Timmenbach im Garten gesehen, dachte mir jedoch nichts dabei, weil er sich auch um ihre Anlagen und den Rasen gekümmert hat. Wo ist dieser Gael jetzt? Wissen Sie das?«

Atemlos deutete Marie auf das Innere des Speisesaals, wo wahrscheinlich gerade die Gedenkfeier für Gertrud von Timmenbach stattfand. Welche Ungeheuerlichkeit, dachte Marie, dass er nun unter den Trauergästen herumschwirrt, sie bedient, ihnen ein freundliches, aufmunterndes Lächeln schenkt, während er ganz genau weiß, was er Gertrud von Timmenbach angetan hat!

»Können Sie ihn unter einem Vorwand dort hinauslocken?«

Marie nickte eifrig. Bestimmt.

26.
Die Falle

Marie öffnete die Tür zum Speisesaal, in dem die Feier offenbar gerade erst begonnen hatte. An eine leere weiße Wand warf ein Beamer Fotos von Gertrud von Timmenbach und ihrem bewegten Leben.

Kiara von Timmenbach schwebte durch die Menge und unterhielt sich mit den Trauergästen. Sie trug ein schillerndes schwarzes Kleid. Jeder der Gäste hatte für diesen Anlass Schwarz gewählt. Dennoch wirkte die Stimmung eher ausgelassen als bedrückt und traurig.

Marie freute das. Diese Menschen erinnerten sich an eine ganz besondere Frau und feierten ihr Leben. Bei diesem Gedanken überkamen Marie auch erste Zweifel. Sie spürte, dass sie kurz davorstanden, den Mord an Gertrud von Timmenbach aufzuklären. Das würde aber auch die Art, wie die Gäste trauerten, erheblich beeinflussen. Ja, auch ein Unfalltod war tragisch. Doch ein Mord musste sicherlich noch einmal anders aufgearbeitet werden.

Marie ließ die Luft, die sie angehalten hatte, nervös

entweichen. Sie blickte über die Salatteller, die gerade von den Kellnerinnen und Kellnern serviert wurden.

Das Murmeln und die Gespräche der Gäste ebbten ab, während sie sich nach und nach setzten. Yolanda hatte die Tische zu einer langen Tafel aufstellen lassen. Große Kerzenständer thronten an mehreren Stellen darauf und tauchten alles in ein stimmungsvolles gedämpftes Licht.

Marie erhaschte einen Blick auf Gael. Auf dem Weg zum Saal hatte sie fieberhaft über einen Vorwand nachgedacht, unter dem sie ihn in die Umkleide locken konnte, wo Christian Munker auf sie wartete.

Als sie beobachtete, wie Gael eine leere Weinflasche von einem Tisch entfernte und einer älteren Dame, die äußerlich durchaus Gertrud von Timmenbach ähnelte, einen tiefen Blick schenkte, löste Marie sich aus ihrer Starre und schlich sich unauffällig in Richtung Bar, auf die nun auch Gael zusteuerte. Am liebsten hätte sie ihn vor all den Gästen angeschrien. Er war wirklich gewissenlos! Aber eine überhitzte Konfrontation würde weder Christian und ihr helfen, den Mörder zu überführen, noch den Angehörigen, die es nicht verdient hatten, die Wahrheit auf diesem Wege zu erfahren.

»Hey, Gael«, sagte Marie.

Dieser fuhr überrascht zusammen und drehte sich zu ihr herum. »*Alemana*«, bemerkte er und setzte sofort wieder sein charmantes Lächeln auf. Es wich aber sogleich einem fragenden Ausdruck. »Hattest du nicht schon Feierabend?«

»Ja.« Marie rieb sich den Nacken. »Ich habe aber etwas vergessen. Da ist mir aufgefallen, dass dein Spind aufgebrochen wurde, Gael. Komm schnell mit und schau, ob etwas gestohlen worden ist.«

Seine gebräunte Haut wirkte plötzlich fahl. Er klappte den Mund auf. »Was?« Er sah sich um. »Ich kann hier eigentlich nicht weg.«

»Es dauert nicht lange«, versicherte Marie. »Komm schnell. Dein Spind sieht ziemlich ramponiert aus. Alles ist durchsucht worden und liegt auf dem Boden herum.«

»*Mierda*«, fluchte Gael. Die Farbe kehrte in sein Gesicht zurück, und er stellte die leere Weinflasche etwas zu fest auf dem Tresen ab. »Ich komme.«

Unauffällig huschten sie aus dem Speisesaal und eilten durch die Lobby. Alejandro begrüßte sie, warf ihnen aber einen irritierten Blick zu, als sie grußlos in Richtung Umkleide hetzten.

Kurz bevor sie eintraten, bremste Marie etwas ab, sodass Gael vor ihr den Raum betrat. Er lief in die Mitte des Raums und blieb stocksteif stehen, als er den geöffneten Spind erblickte. Von Christian Munker war keine Spur zu sehen.

Marie lehnte die Tür hinter ihnen an, während Gael auf seinen Spind zustürzte und fieberhaft begann, seine Sachen zu durchwühlen. Er schien gezielt nach etwas zu suchen. Nun riss er einen Samtbeutel hervor und keuchte auf, als er feststellte, dass dieser leer war

»Fehlt etwas?«, fragte Marie und bemühte sich um einen unschuldigen Ton.

Gael keuchte auf, stützte sich an der Spindtür ab und ließ den Kopf hängen. »Sí«, gab er heiser zurück. Der leere Beutel baumelte zwischen seinen schlaffen Fingern, die sich nun zu einer bebenden Faust ballten.

Maries Kehle wurde trocken. Sie spürte, wie die Temperatur im Raum um mehrere Grad zu fallen schien. Die Luft wurde dünn. Doch Marie bemühte sich, langsam zu atmen und die Angst, die in ihr brodelte, nicht ihren Körper lähmen zu lassen. »Das ist ja schrecklich«, sagte sie und gab ihrer Stimme einen mitleidigen Klang. »Was fehlt denn?«

»Eine Kette«, erwiderte Gael knapp.

Bevor Marie noch etwas sagen konnte, tauchte Christian Munker hinter Gael auf. Seine Präsenz gab ihr Sicherheit. Er hielt das Collier an einem Finger in die Höhe. »Suchen Sie zufällig das hier, Gael?«

Erschrocken wirbelte der Kollege herum. »Was soll das?«, fragte er und starrte Marie mit vor Entsetzen geweiteten Augen an. »Geben Sie das her!«

Munker hob eine Braue, ließ das Collier sinken. Marie bewunderte ihn für seine Gelassenheit »Es gehört aber nicht Ihnen.«

»Was reden Sie da?« Gael knallte die Spindtür zu. Seine Hände waren zu Fäusten geballt und bebten.

»Das ist das Collier von Frau von Timmenbach«, antwortete Marie. »Wir haben es in deinem Spind gefunden. Wie erklärst du uns das?«

Gael starrte sie an, und ein so wahnsinniges Feuer brannte plötzlich in seinen Augen, dass sie es mit der Angst zu tun bekam. Doch sie bemühte sich, keinen Schritt zurückzuweichen.

»Und das hier habe ich auch gefunden.« Christian Munker schleuderte eine Reihe von Kondomen auf den Boden.

Marie und Gael starrten gleichzeitig darauf. Ihr klappte der Mund auf. Es war die gleiche Verpackung wie die, die sie neben Gertrud von Timmenbachs Bett gefunden hatte. Die Schlinge um Gaels Hals zog sich zu.

Das schien auch er zu merken. Wütend griff er nach den Kondomen und gestikulierte mit der anderen Hand wild in der Luft herum. »Was wollt ihr von mir?«

»Hattest du eine Affäre mit Gertrud von Timmenbach, Gael?«

Er wich ihrem Blick aus. Wütend schleuderte er die Kondome zurück in den Spind. Er lief davor hin und her wie ein Tier, das man in die Enge getrieben hatte. Nicht mehr lange, dachte Marie, dann schlägt er zu und wehrt sich.

»Nicht nur das. Er hat sie auch umgebracht.« Christian Munkers Stimme dröhnte in der drückenden Stille des Raums.

Abrupt blieb Gael stehen, den Kopf gesenkt, die Hände noch immer zu Fäusten geballt. Doch er blieb ihnen eine Antwort schuldig.

Sekunden, die sich anfühlten wie eine Ewigkeit, stand er nur schweigend da, während Marie und Christian ihm den Weg nach draußen versperrten.

Ohne Vorwarnung preschte Gael plötzlich vor. Blitzschnell stieß er Marie zur Seite. Diese war vollkommen überrascht von der Wucht seines Stoßes, sodass sie rückwärtstaumelte und gegen die Spindwand prallte.

Gleichzeitig rammte Gael Munker den Kopf in den Bauch.

Christian Munker keuchte überrascht, stolperte zurück und ließ das Collier fallen.

Gael grabschte danach.

Marie berappelte sich wieder, wollte ihn aufhalten, doch sie war zu langsam. Gael entwischte ihr und floh mit quietschenden Sohlen aus der Umkleide. Mist, stieß Marie innerlich hervor. Ihr Puls galoppierte.

Christian Munker war mit einem Krachen gegen die Reihe der Spinde gefallen.

Marie stürzte auf ihn zu und half ihm auf.

Er rieb sich den Rücken, keuchte. »Um so einen Mist nie mehr zu erleben – genau aus diesem Grund bin ich hergekommen, und trotzdem lässt man mich nicht in

Ruhe«, brummte er. Dann zog er Marie mit sich. »Kommen Sie!«

Sie stürmten aus der Umkleide. Gerade eben konnten sie noch sehen, wie Gael durch die Eingangstür in der Halle nach draußen flüchtete.

Marie, die deutlich schneller als Munker war, nahm die Verfolgung auf. Sie wusste, dass es riskant war, aber sie wollte Gael nicht entkommen lassen. Auf keinen Fall! Christian Munker schrie ihr etwas nach, doch sie war bereits im Freien und heftete sich an Gaels Fersen.

Er sprintete über die Straße in Richtung Waldrand und sprang leichtfüßig über einen klapprigen Holzzaun.

»Halt«, rief Munker, der schnaufend hinterhergeeilt kam.

Marie hechtete ebenfalls über den Zaun und stürzte Gael hinterher in den dunklen Wald. Mit fliegenden Fingern schaltete sie die Taschenlampe ihres Handys ein, um besser sehen zu können. Zwar war es noch nicht vollständig dunkel, doch die Bäume um sie herum verschlangen einen Großteil des restlichen Lichts. Die Sonne war schon fast untergegangen.

Der Lichtkegel erfasste Gael, der an einer Weggabelung einen Haken nach links schlug. Christian Munker eilte ihnen nach. Sein Schnaufen war näher gekommen. Offenbar hatte er sich warmgelaufen.

Gemeinsam rannten sie auf die Weggabelung zu, und als Munker nach links abbog, schlug Marie den Weg nach rechts ein.

»Laufen Sie weiter«, rief sie ihrem Begleiter zu, der Gaels Spur ebenfalls weiterhin folgte.

Sie konnte gerade eben noch seinen angestrengten Gesichtsausdruck erkennen, ehe die Palmen, wuchernden Büsche und Blühpflanzen sie beide trennten.

Marie, die dank ihrer regelmäßigen Joggingrunden

einiges an Kondition aufgebaut hatte, trieb sich nun zu Höchstleistungen an. Sie musste schneller laufen!

Der Lichtkegel hüpfte auf und ab. Schatten flackerten um sie herum, griffen nach ihr. In Marie wallte Angst auf. Im Dickicht um sie her raschelte und knackte es. Vögel schreckten hoch und schrien ihre Empörung in den noch jungen Nachthimmel.

Marie folgte dem Weg an der nächsten Gabelung nach links. Der Sand unter ihr verschluckte ihre Schritte, sorgte jedoch auch dafür, dass ihre Muskeln zu brennen begannen. Keuchend trieb sie sich an. Sie konnte Christian Munker irgendwo hinter sich hören. Er rief etwas.

Maries Herz krampfte sich zusammen. Hoffentlich kamen sie nicht zu spät!

Hinter der nächsten Kurve, die sie nahm, weitete sich der schmale Weg zu einer Lichtung, von der aus fünf Wege abgingen.

Schnell schaltete sie das Licht aus, als sie eine Sekunde später einen dunklen Schatten von links um eine Ecke biegen sah, gefolgt von einem zweiten: Christian Munker, wie sie vermutete.

Marie nahm Anlauf, hechtete los. Kaum hatte Gael die Lichtung betreten, prallte sie mit vollem Tempo gegen ihn.

Sie stürzten beide zu Boden. Dabei rissen sie den ankommenden Munker von den Beinen, sodass sie alle drei wie ein Knäuel über den Boden rollten.

Marie bekam Sand in Augen und Mund. Trotzdem sprang sie zeitgleich mit Christian Munker wieder auf die Beine.

»Stehen … bleiben«, presste dieser mit pfeifenden Lungen hervor.

Gael jedoch machte keine Anstalten aufzustehen. Er

wand sich wimmernd im Sand, hielt sich den Bauch und stieß derbe Flüche auf Spanisch aus.

Nach Atem japsend ließ Munker sich auf die Knie fallen, drehte Gael um und drückte ihm sein rechtes Bein in den Rücken.

Gael schrie auf. Ob vor Schmerz oder vor Wut, wusste Marie nicht zu sagen. Ohne sich beirren zu lassen, fesselte Christian Munker Gaels Hände mit Kabelbindern auf dem Rücken. Marie staunte einmal mehr. Munkers Hosentaschen schienen noch immer ein ganzes Arsenal an Polizeiausrüstung zu beherbergen. Dann packte er Gael im Nacken, wuchtete ihn hoch und setzte ihn aufrecht hin.

Gael spuckte aus. Wahrscheinlich hatte er Sand im Mund, doch er ließ es sich nicht nehmen, ihnen beiden noch einmal zornig vor die Füße zu spucken.

Christian Munker stemmte die Hände in die Hüften, während er versuchte, zu Atem zu kommen. »Rufen Sie die … Polizei, Frau Holstein.«

Marie tat wie geheißen, setzte einen Notruf ab, jedoch ohne viele Erklärungen abzugeben, und stellte sich dann wieder zu Munker. Dieser erhob sich gerade wieder, nachdem er sich nach dem Collier gebückt hatte, das bei ihrem Sturz in den Sand gefallen sein musste.

Er schnaufte zwar noch, hockte sich nun aber zu Gael und ließ die Kette von einem Zeigefinger baumeln. »Dieses Collier«, sagte er. »Sie haben es gestohlen, richtig?«

Gael sah ihn hasserfüllt an. »*Sí.*«

»Und anschließend haben Sie Frau von Timmenbach getötet? Warum?«

»Das … das war nicht geplant«, erwiderte Gael, und nun sackte er in sich zusammen. Marie glaubte, im Zwielicht Tränen auf seinen Wangen glitzern zu sehen. Er stöhnte und ließ den Kopf in den Nacken sinken. »Ich hatte eine … eine Affäre mit Gertrud, *sí*. Wir haben uns regelmäßig getroffen, und irgendwann … irgendwann haben wir auch über Privates gesprochen. Sie wusste, dass ich … Geldprobleme habe.«

»Was für Geldprobleme?«, hakte Munker nach.

Gael sah ihn an. War das Scham in seinem Blick? »Ich habe Spielschulden. Bei Leuten, bei denen man besser keine Schulden hat.« Er atmete tief ein und aus. »Getrud hat mir geholfen, sie hat mir Geld gegeben. Mehrmals. Aber … es reichte nicht.«

Gael leckte sich über die trockenen Lippen. »Dann hat sie mir versprochen, die letzte noch offene Summe zu zahlen. Doch dann vertröstete sie mich. Nachdem wir mal wieder bei ihr miteinander geschlafen hatten, habe ich sie danach gefragt. Sie hat mir ins Gesicht gelacht und gesagt, sie hätte es sich anders überlegt. Einfach so! Dabei hatte sie es mir doch fest versprochen! Und sie hat mich verspottet! Verhöhnt hat sie mich! So toll wäre ich nun auch nicht, nur ein kleiner dahergelaufener Möchtegern-Don-Juan! Und sie hätte genug von mir – ein für alle Mal.«

Er schniefte. »Gertrud hat mich nur benutzt, die ganze Zeit! Und als sie keine Lust mehr auf mich hatte, hat sie mich weggeworfen wie ein Stück Dreck.« Er schüttelte verletzt den Kopf. »Ich war unsagbar wütend auf sie, hab es mir aber nicht anmerken lassen. Irgendwie wollte ich es ihr heimzahlen. Dann kam mir eine Idee. Ich habe ihr vorgeschlagen, noch einmal mit mir in die Sauna zu gehen. Ich habe ja einen Schlüssel zum Spa-Bereich. Also habe ich sie in die Sauna gelockt. Dann bin ich gegangen und habe sie da sitzen lassen. Ich habe gesagt, ich müsste mich kurz abkühlen. Ich habe dann einen Tennisschläger von der Rezeption genommen – den, den der Johanson immer haben will, den mit dem gelben Aufkleber.

Ich habe Gertrud eingesperrt und die Sauna auf die höchste Temperatur gestellt. Dann bin ich abgehauen … in ihr Haus … und habe die Kette gestohlen. Ich wusste, dass sie wertvoll ist.«

Gael stöhnte. »Ich weiß nicht mehr, wie lange ich gebraucht habe, um sie zu holen. Aber als ich zurück in die Saune gehen wollte, war Cassandra wieder wach und saß an der Rezeption, und ich musste warten.«

Marie kniff die Augen zusammen. »Heißt das, du wolltest Gertrud von Timmenbach eigentlich wieder rauslassen?«

Gael überlegte kurz. »*Sí … no,* ich weiß nicht. Ich … denke, ich wollte, *sí.* Doch sie sollte da drin auf jeden Fall noch eine Weile schmoren. Aber je mehr Zeit ich hatte, darüber nachzudenken, desto wütender wurde ich auf sie. Und dann wurde mir klar, dass sie mich anzeigen würde, weil ich sie eingeschlossen und beklaut hatte. Also … bin ich gegangen und habe sie zurückgelassen.«

Maries Eingeweide zogen sich vor Mitleid mit Gertrud von Timmenbach zusammen. In Gaels Gesicht hingegen war keine Reue zu erkennen. Zumindest nicht die Reue, die ein Mensch empfand, weil er einem anderen großen Schaden zugefügt, ihm das Schlimmste angetan hatte. Vielmehr spiegelte es das Bedauern, erwischt worden zu sein.

»Das reicht mir«, sagte Christian. »Ich würde Ihnen gern Ihre Rechte verlesen, doch ich bin nicht offiziell im Dienst.« Er hievte Gael hoch, und gemeinsam führten sie ihn wieder zum Hotel zurück, wo in diesem Moment die Polizei vorfuhr.

Marie und Christian übergaben Gael den Beamten der Policía Nacional und berichteten, was sie herausgefunden hatten. Außerdem händigten sie ihnen das Collier und den Tennisschläger aus, mit dem Gael Gertrud von Timmenbach in der Sauna eingeschlossen hatte.

Die Beamten führten Gael zum Polizeifahrzeug. Dieser protestierte nun lautstark auf Spanisch, fluchte und schimpfte, dann brach er in Tränen aus und beteuerte, dass es ein tragischer Unfall gewesen sei.

Dieser Aufruhr blieb nicht unbemerkt. Yolanda und einige Hotelgäste, darunter Kiara von Timmenbach, waren nach draußen vor das Hotel gekommen. Nun stürzten sie beide auf Marie und Christian Munker zu. Yolanda sah wenig begeistert aus, öffnete den Mund, wurde jedoch von Kiaras schriller Stimme unterbrochen.

»Hat *er* mein Collier gestohlen?« Sie war blass und starrte dem davonfahrenden Polizeiwagen nach. Dann wandte sie sich Marie zu und fiel ihr erleichtert um den Hals, als Marie zur Bestätigung nickte.

Marie drückte die zitternde Frau fest an sich. Das teure Parfum kitzelte in ihrer Nase.

Kiara von Timmenbach löste sich nach einer Weile wieder von ihr und zog dann Christian in eine überschwängliche Umarmung. Dieser versteifte sich sichtlich, ließ seinerseits die Arme hängen und warf Marie, die sich ein Schmunzeln nicht verkneifen konnte, einen Hilfe suchenden Blick zu.

»Danke!«, rief Kiara von Timmenbach. »Danke, dass Sie das Collier gefunden haben!«

Marie beschloss, es der Polizei zu überlassen, Kiara von Timmenbach zu erklären, dass Gael nicht nur die wertvolle Kette gestohlen hatte. Sie spürte, dass jetzt nicht der richtige Zeitpunkt dafür war.

Yolanda räusperte sich. In ihrem Blick stand Verwirrung, aber auch ein leiser Vorwurf. Sie sah von Christian Munker zu Marie und wieder zurück. Offenbar schien sie die wahren Zusammenhänge zu ahnen. »*Sí, muchas gracias,* Herr Munker und Marie.« Sie stellte sich neben sie und setzte ein so selbstgefälliges Lächeln auf, als hätte sie bei den Ermittlungen mitgewirkt. »Du musst mir nachher alles ganz genau erzählen«, wisperte sie Marie zu.

Mit einem breiten Lächeln schlang Marie den Arm um die Schultern ihrer Chefin und flüsterte: »Sagen wir es so: Wir haben den wahren Verantwortlichen für Gertrud von Timmenbachs Tod gefunden. Sie können Cassandra wieder einstellen.«

Yolandas Lächeln geriet kaum merklich ins Wanken. Als sie Kiara von Timmenbachs fragenden Blick auf sich gerichtet sah, atmete sie tief ein. »Äh, wir reden morgen darüber.« Etwas unwirsch wand sie sich aus der Umarmung. Hüstelnd strich sie sich die Kleidung glatt und tastete nach ihrer Brille, die etwas schief auf ihrer Nase saß. »*Bueno,* ich gehe wieder rein«, sagte Yolanda und stakste davon.

In diesem Moment fuhr ein weiterer Wagen vor, aus dem sich umständlich Rubio Alonso schob. Sein Kollege Santiago Navarro stieg ebenfalls aus.

Rubio Alonso zog die Hose am Gürtel über seinen Bauch, vielmehr versuchte er es. Er sah zu Marie und konnte sich offenbar ein genervtes Seufzen nicht verkneifen. Dann blickte er zu Christian Munker und nickte ihm gönnerhaft zu.

Marie schluckte den Ärger, der in ihr aufstieg, herunter. Hätte dieser Mann von Anfang an seinen Job richtig gemacht, hätte das nicht in diesem Chaos geendet. Sie atmete einmal tief durch. Alonso wandte sich direkt an Kiara von Timmenbach. »Sind Sie Frau von Timmenbachs Tochter?«

»Ja, die bin ich«, antwortete Kiara und schien etwas verwundert zu sein.

»Kommen Sie mit, wir sollten uns drinnen mal unterhalten.«

Kiara von Timmenbach stöhnte, blickte sich noch einmal zu Marie um, ehe sie dem Polizisten schicksalsergeben ins Innere des Hotels folgte.

Santiago Navarro blieb zurück, trat auf Marie und Munker zu. Anerkennung funkelte in seinen Augen. »Würden Sie uns noch ein paar Fragen beantworten?«, fragte er.

»Was wollen Sie wissen? Wie man grundsätzlich eine Mordermittlung führt?«, fragte Christian Munker kühl.

Marie empfand Mitleid mit dem jungen spanischen Ermittler. Schließlich hatte er am vergangenen Dienstagmorgen im Spa-Bereich so gewirkt, als glaubte er auch nicht an einen Unfall. Aber sie schwieg. Sie knuffte Christian Munker nur mahnend in die Seite. Hoffentlich hielt er sich nun zurück!

Abwechselnd schilderten sie, welche Hinweise sie entdeckt hatten und wo die Polizei die Spuren finden konnte. Christian berichtete ausführlich über Gaels Motiv und Vorgehensweise, während Marie dem Beamten erklärte, wie sie dem Mörder auf die Schliche gekommen waren. Für Cassandra legte sie ein gutes Wort ein, erwähnte nicht, dass sie zunächst gelogen hatte, um sie nicht in Schwierigkeiten zu bringen.

Santiago bedankte sich bei den beiden, ehe er seinem Vorgesetzten ins Innere des Hotels folgte.

Schweigend blieben Christian und Marie zurück.

Während sie ihren Gedanken an Cassandra nachhing, räusperte er sich. »Gute Arbeit. Ohne Sie hätte ich es nicht geschafft.« Er hielt Marie die Hand hin, sein Blick war nüchtern. Marie konnte weder Freude noch Erleichterung darin lesen.

Lächelnd ergriff sie seine Hand. Sein Händedruck

war ebenso bedacht wie jede andere seiner Bewegungen. Fest, aber nicht zu fest. »Ich danke *Ihnen.* Wir waren ein gutes Team, finde ich.«

Christian hob kurz eine Braue, ein Schmunzeln zuckte flüchtig in seinen Mundwinkeln. »Ich bin müde. Gute Nacht.« Damit wandte er sich um.

Marie lachte und warf die Hände in die Luft. »Ach, kommen Sie schon, Herr Munker. Sie können mich doch jetzt nicht einfach so stehen lassen.«

Ohne sich umzudrehen, hob Christian die Hand zur Verabschiedung und verschwand im Hotelgarten.

»Der Munker.« Marie schüttelte lächelnd den Kopf. Sie hatte diesen verschrobenen Mann ins Herz geschlossen.

27.
Ende gut, alles gut

Zwei Wochen später …

Mit der Aufklärung des Mordes an Gertrud von Timmenbach schienen wieder Normalität und Frieden im Pueblo des Cavernícolas eingekehrt zu sein.

Maries gelber Roller hatte es soeben röchelnd den Hügel hinauf zum Hotel geschafft. Sie war spät dran, da Alba sie noch mit einem köstlichen Cappuccino, einem Baguette und dem neuesten Tratsch aus dem Ort versorgt hatte. Carla und Carlos Herrera hatten sich trotz der bevorstehenden Scheidung dazu entschlossen, das Café zusammen weiterzuführen. Maries – zugegeben – naive Hoffnung, dieses hübsche Ladenlokal mit Meeresblick zu der Bar ihrer Träume zu machen, war damit also geplatzt. Sie seufzte. Na ja, sie hatte ohnehin noch nicht genug Geld zusammen.

Tequila und Mojito warteten schon auf sie. Wie ein pelziges Empfangskomitee saßen sie vor den Stufen zum Eingang und sahen ihr entgegen. Marie hetzte nach einem kurzen Morgengruß an den beiden vorbei die Treppen hinauf zur Rezeption.

»Guten Morgen«, rief Cassandra strahlend, die gerade einen kleinen Stapel Dokumente zusammentackerte.

Marie runzelte die Stirn. »Du bist ja gut gelaunt«, stellte sie fest. »Bist du krank?«

Cassandra lachte. »Yolanda hat heute frei. Grund genug, bester Laune zu sein, oder? Vielleicht ist es aber auch, weil ich so dankbar bin, hierbleiben zu können. Und das habe ich nur dir zu verdanken, *chica!*«

Marie grinste. »Und Christian Munker. Ich bin auch sehr froh darüber.«

Nachdem sich der erste Trubel um den Mord gelegt hatte, hatte Cassandra Marie um eine Aussprache gebeten. Voller Reue hatte sie sich immer wieder für ihre Naivität entschuldigt und beteuert, dass sie es niemals für möglich gehalten hätte, dass Gael für den Tod von Gertrud von Timmenbach verantwortlich war.

Zunächst hatte Marie ihre Enttäuschung, dass Cassandra ihr nicht von Anfang an die Wahrheit gesagt hatte, nicht verbergen können. Schließlich waren sie Freundinnen, und Freundinnen waren ehrlich zueinander. Sie hatte geglaubt, dass Cassandra ihr vertraute. Aber sie verstand auch die Beweggründe, konnte nachvollziehen, wie ihre Freundin sich gefühlt haben musste. Natürlich hatte sie ihr verziehen!

Marie meldete sich kurz ab, um die Katzen zu füttern. Sie schlenderte durch den Frühstückssaal. Ihr Blick blieb an den neuen Gesichtern hängen. Am gewohnten Platz der Familie Johanson saß nun ein junges Pärchen, das sich verliebt anlächelte. Allzu lebhaft konnte Marie noch die Johansons vor sich sehen. Sie meinte sogar, die kühle Stimmung zwischen dem Ehepaar nach wie vor zu spüren. Die Familie war inzwischen abgereist.

Am Abend von Gaels Festnahme hatte Christian sich bei den Johansons entschuldigt, doch Marta Johanson hatte ihn kühl abblitzen lassen. Ihr Mann Johann hatte verlegen im Hintergrund gestanden und nicht gewagt, das Wort zu ergreifen. Marie fragte sich, was aus den beiden werden würde. Ob ihre Ehe Johanns Affäre überstehen würde?

Für Yolanda waren die Wahrheiten, die ans Licht gekommen waren, Fluch und Segen zugleich. Der Skandal, dass im *Beach Residence & Spa* nachlässig gearbeitet wurde, hatte sich erfreulicherweise zerschlagen. Die Tatsache, dass ein Angestellter einen Gast ermordet hatte, war jedoch mindestens genauso schädlich für den Ruf des Hotels.

Marie hatte ihrer Chefin gestehen müssen, dass sie ebenfalls in die Ermittlungen involviert gewesen war. Yolanda hatte ihr nun ganz offiziell »Ermittlungsverbot« erteilt – zumindest während der Arbeitszeit und auf dem Hotelgelände, während sie andererseits vor Vertretern der Presse medienwirksam betont hatte, dass es auch eine Angestellte gewesen war, die den Mord aufgeklärt hatte. Marie hoffte, nicht wieder in die Lage zu kommen, ermitteln zu müssen. Der Schock über Gertrud von Timmenbachs Tod steckte ihr noch immer in den Knochen, und nur allmählich trat das Erlebte in den Hintergrund. Bis sie es ganz verwunden hatte, würde jedoch sicher noch einige Zeit vergehen.

Mit ungeduldigem Mauzen warteten Tequila und Mojito bereits auf sie und stürzten sich begeistert auf das Essen, das Marie ihnen wie jeden Tag servierte.

»Bitte schön, ihr zwei. Lasst es euch schmecken.«

Nachdenklich kraulte sie die beiden, lauschte ihrem Schnurren und dem munteren Krächzen der Papageien im Garten. Maries Gedanken schweiften zu Kiara von

Timmenbach, die wenige Tage nach der Beerdigung ihrer Mutter abgereist war. Leider ohne das Collier, das die Polizei noch nicht freigegeben hatte. Erst nach dem Prozess, der Gael erwartete, würde es der rechtmäßigen Besitzerin zugeführt werden können.

»Ich dachte, es sei verboten, die Katzen zu füttern?« Christian Munkers Stimme ließ Marie herumwirbeln.

»Sie haben mich erschreckt – schon wieder.«

Er schmunzelte. »Warum erwische ich Sie des Öfteren bei etwas ›Verbotenem‹?«

»Vielleicht, weil Sie ein regelfanatischer Polizist in Pension sind und nur nach verbotenen Handlungen Ausschau halten?«, scherzte Marie und lächelte ihn an. Sie freute sich, ihn zu sehen.

Christian Munker hob die Schultern. Er versuchte, sein Lächeln aufrechtzuerhalten, scheiterte aber.

»Geht's Ihnen gut?«, fragte Marie ein wenig besorgt und rechnete damit, dass er sich wieder wie eine Auster verschließen und sich hinter einem bierernsten Kommentar verstecken würde.

Doch er wandte ihr langsam das Gesicht zu. »Mir geht es immer gut, wenn einem Mordopfer Gerechtigkeit zuteilwurde. Das tröstet mich ein wenig über ... all die ungelösten Fälle meiner Polizeikarriere hinweg.« Er wiegte den Kopf und schmunzelte dann. »Zumindest für kurze Zeit.«

»Verstehe«, murmelte Marie. »Sind da noch viele offene Fälle, die Sie beschäftigen?«, hakte sie vorsichtig nach. Eigentlich glaubte sie die Antwort zu kennen, doch vielleicht würde Munker sich ihr ja anvertrauen.

Er blickte auf die Katzen, antwortete jedoch nicht. »Wissen Sie, ich habe nachgedacht«, meinte er nach einer Weile.

Marie hob fragend die Brauen.

»Jetzt, da wir schon einige Zeit miteinander verbracht und sogar gemeinsam einen Mörder gestellt haben, dürfen Sie ruhig Christian zu mir sagen.« Er kicherte leise, und dieses fröhliche Geräusch ließ ihn plötzlich viel jünger und ungemein sympathisch wirken.

Marie strahlte. »Sehr gern! Ich bin Marie.« Sie streckte ihm die Hand entgegen.

Er ergriff sie und schüttelte sie. »Freut mich. Freut mich sehr.«

»Fühlt sich gleich viel besser an«, bemerkte Marie. »Nicht so steif.« Sie lachte.

Er stimmte ein. »Jetzt ist es aber gut mit den Sentimentalitäten.«

Marie verdrehte die Augen. »Schon klar.« Sie schob die Hände in die Hosentaschen. »Aber eine Sache muss ich noch sagen: Danke, dass du mir geholfen hast.«

»Du? Moment mal. Also, das Du hatte ich Ihnen nicht angeboten. Aber na ja … hm. Ist jetzt auch egal. Ich bin froh, dass wir den Fall lösen konnten«, gab Christian lächelnd zurück und nickte. »Hab ich im Übrigen gern gemacht.« Er hob einen Finger. »Doch ich hoffe, dass dieser unser erster und letzter Fall hier auf Mallorca war. Ich weiß nicht, ob ich noch eine Ermittlung mit Ihnen … äh, mit dir zusammen ertrage.«

Gleichzeitig verfielen Christian und Marie in ein vergnügtes Lachen.

Marie hegte die gleiche Hoffnung wie Christian. Dass Ruhe und Frieden in El Pueblo des Cavernícolas einkehrten, diesem herrlichen Fleckchen Erde.

Cocktail Rezept

Basic Mojito

Zutaten
2–3 Zweige frische Minzblätter
1 Minzzweig als Garnitur
1 gehäufter Teelöffel gemahlener Rohrzucker
1 Spritzer Limettensaft
5 cl Havana Club Rum
Soda
Crushed Eis

Alle Zutaten in ein Longdrinkglas füllen und etwas zerstoßen, um die Aromen herauszukitzeln. Das Glas mit Eiswürfeln auffüllen und mit Soda aufgießen. Gut vermischen, mit Minzzweig und Strohhalm dekorieren und genießen.

Danksagung

Mein ganz besonderer Dank gilt vor allem Eva Murges, ohne die dieses Buch – diese Serie – nicht möglich gewesen wäre. Danke, dass du mich so oft unterstützt und an mich geglaubt hast!

Mein weiterer Dank geht an meine beiden Lektorinnen Kathrin Kummer und Dorothee Cabras, die das Buch zu dem gemacht haben, das es jetzt ist, und mir mit vielen Ratschlägen beiseite standen. Ich habe viel durch euch lernen dürfen.

Ich danke auch meinem Mann, der mir in den großen wie kleinen Krisen beisteht und mich motiviert, wenn ich es nicht schaffe.